U0920504

检点余花饰素襟

刘云霞 著

生活·讀書·新知 三联书店 生活書店出版有限公司

图书在版编目 (CIP) 数据

检点余花饰素襟 / 刘云霞著 .—北京：生活书店出版有限公司 , 2016.3
ISBN 978-7-80768-120-5

Ⅰ . ①检… Ⅱ . ①刘… Ⅲ . ①散文集—中国—当代 Ⅳ . ① I267

中国版本图书馆 CIP 数据核字 (2015) 第 249603 号

责任编辑　廉　勇
装帧设计　罗　洪
责任印制　常宁强
出版发行　生活書店出版有限公司
（北京市东城区美术馆东街 22 号）
邮　　编　100010
经　　销　新华书店
印　　刷　北京顶佳世纪印刷有限公司
版　　次　2016 年 3 月北京第 1 版
2016 年 3 月北京第 1 次印刷
开　　本　880 毫米 ×1230 毫米　1/32　印张 9.5
字　　数　200 千字
印　　数　0,001–5,000 册
定　　价　35.00 元
（印装查询：010–64052612；邮购查询：010–84010542）

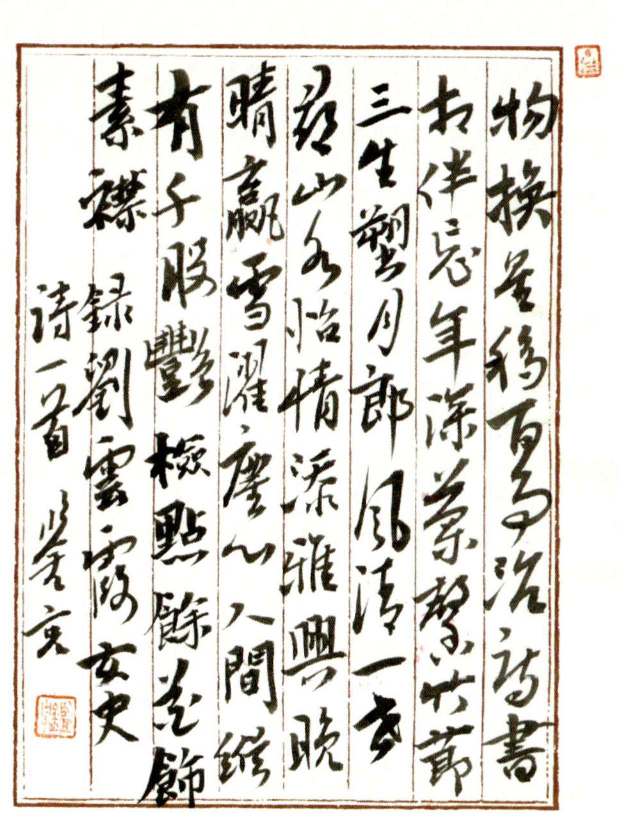

著名书法家鉴克先生题写作者诗句

（鉴克，中国书法家协会教育委员会委员、中国书法家协会培训中心教授）

江峡送别

青山不老水长流，雁字排空欲远游。

莫叹江湖知己少，几人风雨可同舟？　　尺寸：180cm×90cm

生命之源

水滋养着万物，珍爱生命就要珍爱水　　尺寸：138cm×68cm

清水出芙蓉　　尺寸：138cm×68cm

遥知不是雪，为有暗香来　　尺寸：138cm × 68cm

大鹏一日乘风起，扶摇直上九万里

（深圳为鹏城，贺深圳特区三十周年而作）　　尺寸：138cm × 68cm

似曾相识燕归来　　尺寸：138cm × 68cm

红梅报春　　尺寸：180cm × 90cm

含馨不语抱幽贞　　尺寸：50cm×50cm

共　舞　　尺寸：69cm×46cm

竹报平安　　尺寸：46cm × 69cm

廖知禅意　　尺寸：69cm × 46cm

芙蓉国里尽朝晖　　尺寸：138cm × 68cm

金果飘香　　尺寸：50cm × 50cm

素面佳人（墨牡丹）　　尺寸：138cm × 68cm

秋　趣　　尺寸：50cm × 50cm

弹一首曲子放松心情，自弹自唱也很开心

1997 年，在五台山普化寺妙生法师书斋做客

物换星移百事沉，诗书相伴忘年深。

兰馨竹节三生塑，月朗风清一世寻。

山水怡情添雅兴，晚晴羸雪濯尘心。

人间纵有千般艳，检点余花饰素襟。

余花蕴清香，素襟饰真情（序）

读刘云霞女士的散文，渐渐地会进入一种意境，这些在许多人看来似乎是平常的经历和感受，但在刘云霞女士的笔下，却写得洋洋洒洒、绘声绘色，很是让人耐读、爱读。作家的生活经历中存储着太多的感悟，因此，扑入眼帘的文字，凝成了岁月一页页的思想篇章。

云霞的文章，尽管对以往的生活经历、感受有深有浅，磨炼各不相同，然而，她的独到之处在于字里行间的表达是很鲜明的，因此，我说云霞的散文，并没有拘泥于对当时人物或事物的回忆，而是在回味之中，在感受之余，升华为一种思想，是难能可贵的。

作家跳出了自我，从一个时代的变迁中悟出来某些规律性的东西，因此，这些散文有情有义，有血有肉，展示着令人感动的作家包容的情愫。她将强烈的情感掩映于心头，让岁月在她多情的笔下书写着自己深切的感悟，于是在她的笔下，一窝小鸟、一片野菊、一行白云、一只蝴蝶、一洼小草、一轮明月，都闪烁着生命的光泽，让潺潺流动的日子有了生命的欢歌，甚至冬月里的荷塘，不起眼的狗尾巴花，都同自己的情感紧紧地联结在了一起。

在云霞的笔下，这一切都那样鲜灵灵地向你扑来，都有了灵魂，有了抑制不住的情感宣泄，在这些宣泄中，我感受着她那片挚爱的心境，所以她的散文很是打动我，如《我就是那束狗尾巴花》《田园小曲》《冬日的荷塘》《行走在雨中》《想念雪》《关于一窝鸟的记忆》《看云》《千万别忽视孩子的童真与善良》《执子之手，与子偕老》《去看胡杨》……都不是就事而论，而是引申开来，令人遐想。

云霞女士的散文，还有一个鲜明的特点，就是她在生活的磨炼中不断思索，在这种思索中不断地否定自己、反省自己。她读弘一法师的《晚晴集》，在追求生命的本源时，悟出了她对生命的体味和追求，正如她在《想念雪》中所述的“让雪的洁白擦拭着心灵的尘埃，让它变得圣洁如莲”“让灵魂恢复人之初的清纯与善良”。她对纯洁心灵的呼唤、对美好品德的追求，都是让人称道的。

云霞散文中的“山水怡情”部分，也是同样厚重。随着旅游业的发展，游记类散文也比较多，但她的这部分文章同样具有她自己的特点，即比较具有文化含量，每当一景一物所触发，多有联想凝于笔端，有她自己独特的见解。文笔流畅，意境幽美，这些文章很值得一读。

如今太平盛世，高科技的发展，似乎缩短了历史与现实、天与地之间的距离，中华几千年灿烂文化，也似乎在弹指一挥间。从大文学家苏东坡到佛祖释迦牟尼，再到六世达赖，甚至是显赫一时的中国皇帝，云霞都在信手拈来的阅读中，有着她自己并非浅薄的叙述，也同样很有品位。

从云霞的文章中我感受到，她是蘸着真情，甚至是生命里的元素来写这些的，她忠实于自己的记忆，忠实于对生活的真实体验，忠实于对生命的深切感悟，而这些又是“淡妆浓抹总相宜”。由此，我从这位共和国同龄人身上，看到了她蓬勃奋发的活力和创作的潜力。

愿云霞女士在今后的创作中有更多的收获和突破。

李国文

（李国文：著名作家、散文家、文学评论家）

目　录

二辑　月朗风清一世寻

三辑　山水怡情添雅兴

四辑　晚晴羸雪濯尘心

五辑　诗书相伴忘年深

一辑　兰馨竹节三生塑

我平凡如山间一株小草，不与山花争浪漫，不同松柏比高低。我不完美，但从不自怜自弃，不求伟大，不求辉煌，只求活得真实，活得自然，在平凡中愿用三生塑我兰馨竹节之德品。

甲午之春
雲霞寫

我就是那束狗尾巴花

春天一到，河畔总是开满各式各样的小花，五颜六色，好看极了。这也是吸引我和小伙伴们常逗留于河畔的一个原因。

一天，我们又到河畔去观赏小花，小伙伴们每个人手里都拿了一朵好看的花，并说自己就是那朵花。几个小伙伴中我年龄最小，我空着手问同行的一个小姐姐：“我是哪朵花？”她随手摘了一朵递给我说：“你就是这朵狗尾巴花吧。”“狗尾巴花”这名字不好听，花又不好看，我不高兴地说：“我才不当狗尾巴花呢。”于是转身就离开了。

后来，我们家搬到县城，看不到这种花了，但我对这件事一直耿耿于怀。

再次和它见面，是在我下乡当知青时村庄的河畔，河边一簇簇开放着这种花，我也开始注意观察这种花，它的花期很长，秋天，许多花已经辞枝了，它依然开得红红火火。冬天冰雪再冷酷，也摧残不了它顽强的生命。春天一到，它就冲破层层覆盖的冰雪，长出一丛丛绿葱葱的枝叶，继而开出一串串红红的小花，摇曳在堤塘河畔。虽然没有牡丹的富贵、梅的坚贞、兰的高雅、菊的傲骨、玫瑰的热情，但它却有自己的品格：闲逸、宁静、自在潇洒。

它从不计较自己是不是比别的花美丽，也从不因为自己要开放而禁止别的花开放；从不挤进大雅之堂去炫耀自己，因为它知道自己没有那么名贵；也从不想进入西装革履、衣香鬓影的场合，因为它知道自己没有那么高档。它谦卑得如山上的一株小草，它从不耻笑外面的世界，也不在意世界的嘲讽。

一个人的品质其实是与花相似的，是无形的，是一种气息。大诗人李白有两句诗我很喜欢："清水出芙蓉，天然去雕饰。"人和花一样，要去掉各种修饰和包装，活得真真实实，自自然然。

这个世界上"镜花水月"是最虚幻和短暂的，唯此，才使我们有深刻的醒悟，激发我们追求真实和永恒的智慧。

当我们面对一朵花时，心里有美，有香，有平静，也有感动，会让我们用更纯洁的心灵来面对人生。

就让我做一束狗尾巴花吧，开给这世界看，如果这世界不欣赏我，我也要沉静庄严地开放，根植于泥土中，倾听大地的呼唤，深情地注视着人间。

以书为伴，其乐无穷

退休后，常有朋友问我：“你不觉得孤独和寂寞吗？”“不会，因为有书为伴。”我总是这样告诉朋友们。

回想退休近十年的日子里，确实是读书和写作伴我度过的。我从小就喜欢读书，但在学生时代是为了应付考试，在工作岗位上有时是为了某种功利。现在读书全凭自己的兴趣和爱好，对于那些虚构的作品、言情类小说早已淡薄，而对于那些针砭时弊、有真知灼见、有人生感悟的书籍和文章，则百读不厌，常置于床头，反复品味。作者的才情、智慧和幽默，都清清楚楚地从字里行间跳跃出来，仿佛面对面娓娓交谈，进行心灵的对话，气息如兰，淡淡的清香，经久芬芳。

无论是暖春花香四溢，或是仲夏细雨敲窗，或是清秋月光泻地，或是隆冬雪花飞扬，坐在明灯下，泡上一杯茶，打开一本书细细品味，看到了心灵围城中那不灭的灯盏愈加明亮，其中，也有生命的脉搏在跳动。

对于古典文学我也喜欢欣赏，常将唐宋名家的诗词妙文收罗于手下，透过诗词看历代骚客文舞词蹈，常沉醉于“明月松间照，清泉石上流”的美景，也倾慕“采菊东篱下，悠然见南山”的洒脱……

我的最佳阅读时间是在晚饭以后，所有的家务都已做完，便专心读书。若此时，将小窗推开，望窗外月色撩人，清风吹拂，树影摇曳，仿佛与我默默合诵着手中这首古远长诗，令人悠然神往。觉得远遁于红尘之外，渐渐地心随文走，字由意生，这个时候拿起笔，去书写对人生的思考，对生命的感悟，着墨成情，优美的文字便从笔端流淌出来。

由于读书和写作，我结识了许多朋友，大都是退休的，年龄相仿，虽然人生的经历各不相同，但对生活的感悟却有很多相同之处，有很多共同语言。互相推荐好书，有时一起诉说彼此生活中那些感动的事，有时一起写诗，常在网上或用手机传阅自作新诗词，为生活平添了许多乐趣。即便没有吃请，没有朋友来访，也不会感到寂寞和孤独。更为重要的是，在当今变幻的世风中，在滚滚红尘中，让自己的心灵尽量保持清洁和宁静，充分享受生命的原质性给予内心的单纯和愉悦，才有了许多反复回味的与金钱、权力无关的经历与感受。

列夫·托尔斯泰说过：“理想的书籍是智慧的钥匙。”书籍中储藏着人类思想的智慧，是比“黄金屋”还珍贵的东西，通过读书和写作，不断净化自己的灵魂，陶冶自己的情操，开拓自己的眼界。

我热爱读书和写作，它赋予我神圣的力量，我相信文字的魅力超越世俗。弱水三千，唯有知识能经得起时间的考验，唯有智慧能让人变得灵秀，唯有文字能保持永久光彩。当落红飘尽，青春不在，唯有文字能穿越岁月的流沙，永远芬芳。

我想，以后的生活或许会改变许多，但是与书的这种缘分，对读书和写作的这份痴情，不会改变。

冬日的荷塘

生活中的种种不如意一并压来，心情极度沮丧，有一种虚脱的疲惫，一颗心憋闷得要从胸膛中跳出来。下了楼才知道下起小雨，没带伞，也懒得再回去取，索性乘车到了公园。

风轻轻地吹着，带着些凉意，细细的雨飘落在脸上，空气格外清新。偌大的公园游人很少，显得分外空旷，那一片荷塘更是安详宁静。两个多月没有下过像样的雨，荷塘的水很浅，许多陈旧的荷叶漂浮在水面，风不经意地掠过，憔悴的荷叶随风轻摇着，像被岁月风化得残破的一页页信笺，散落在水面。荷塘深处的几声闷响，意味着几道伤痕的新生。我不由自主地停住了脚步，像那欲走又留的风。

几个月前，这里曾是满塘葳蕤的生命。夏日丰沛的雨水滋润着宽大的叶子，它们承接着阳光的恩赐，翩若惊鸿的身体修长，亭亭玉立，绯红的花朵如美女之腮，艳丽夺目，宽大的叶子如绿色的裙裾，随着风的节奏轻轻摇摆着，袅娜的舞姿让游人流连忘返。

如今，时光已去，仲夏的繁华已经消逝，这满塘的荷只能美丽于夏季，如今剩下的是枯槁和脆弱。但在生命的枯槁和脆弱中，荷依然保留着坦然和坚韧，尽管它们的身体已枯萎瘦弱，甚至有些佝偻，但仍蓄着绿意，那细细的梗仍不知疲倦地托举着，那是生命的支点！

禅说："如一切来，如一切去。"这蒙尘的残荷韶华已去，却能如此坦然、如此平静、如此坚毅，欣然地接受四季的变化，淡定地面对枯荣的交替，而我们每个人的生命何尝不能如此？关键不是身处春季还是冬季，而是以什么样的态度去面对、去生活。

此刻，我的心如默默无语的荷塘般平静。

想念雪

北方的冬季是雪的季节。一场大雪就把世界变得洁白，大地似乎被厚厚地盖了一层棉被，一幢幢房屋被白雪覆盖着，树木像披了战袍的战士，挺拔而雄伟，枝干如一把把刀戟指向蓝天。美丽的、丑陋的都被雪覆盖着，残枝枯草，苔痕斑斑的石头，都藏匿得无影无踪。空气清新，世界变得纯洁而宁静。

想念着的，不再是童年的玩雪、不再是青年的踏雪、不再是中年的赏雪，不再是这些，而是渴望一场大雪将自己深埋一次。

半个世纪的风尘玷污着我的心灵，时间的尖粒砥磨着我的清纯与善良，沉重的泥沙淤积在体内，我成了一个臃肿的病人，多么需要一场雪，一场洁白的雪，将自己深埋一次。

首先，放下沉重的躯壳，将陈腐的肉体深埋在雪里，让晶莹的雪清除被肮脏亵渎的皮肉，濯除体内淤积的沉疴，从而变得轻灵洁净。

然后，卸下软弱的骨头，将它深埋在雪里，经过雪的造化，让它变得坚硬些。

再将那蒙了太多红尘的心深埋在雪里，把心底久藏的苦、难言的痛，都深埋在雪里吧，让雪的洁白擦拭着心灵的尘埃，让它变得圣洁如莲。

还有，一定要把被尘世玷污的灵魂深埋在雪里，清除罪恶与虚伪、贪婪与怯懦，让灵魂恢复人之初的清纯与善良。

下吧，铺天盖地的大雪，我愿成为雪的一部分，我愿接受雪的洗礼，我舒展着身躯躺在雪野里，让博大的无边无际的雪花悄无声息地覆盖我，我的灵魂正穿过皑皑白雪，接受雪的洁净和空灵。我愿像浴火的凤凰一样，在雪中涅槃而获得新生！

行走在雨中

晚饭后出去散步，看到地上湿湿的，才知道下了雨。听不见这雨声，也不知道什么时候开始下的雨，把手伸出去，雨在细细地飘着，只觉得静静的空气中渗进了泥土的潮香，迎面飘来丝丝凉意，空气异常清新，路边的树木、花草，都因这细雨的滋润展现出充沛的生机。

路上的行人很少，心中无端地飘来几分喜悦，“青箬笠，绿蓑衣，斜风细雨不须归”（唐·张志和），一顶竹笠，一件草衣，逸致闲情，悠闲暇豫，无拘无束，随遇而安，也是一种境界。不必去拿一把伞，很想在雨中走走。

南方的雨下得缠绵，温柔，纤细，像南方的少女，多情，含羞，使我想起了洞箫牧歌、春花秋月，想起了青烟缭绕的小楼、村舍……“小楼一夜听春雨”（宋·陆游）。听雨，本身就是一种雅人情致，有闲适而宁静的心情，不为俗事纷扰，也不争名逐利，才会有这种雅兴。古时，有志节的读书人，虽然受儒家的影响，有学而优则仕的思想，有经国济世之志，但都不恋栈功名，自觉逆不行身时，往往退隐江湖，寻求一种淡泊、闲适的优游生活，在小楼上居于自己的世界里，听为大地注入生机的春雨，更是一种恬淡心境。

“自在飞花轻似梦，无边丝雨细如愁。”（宋·秦观）落花，轻盈地在柔风中飘落，飘忽得像一个虚幻的梦境，细细的雨丝，黑网般罩着天边的大地，那细如蚕丝般的雨丝，悦然迷离，就像人心头难拂的愁绪。我在似醉非醉中眯起双眼，一缕缕的雨丝，如一缕缕的乡愁，在我心头飘荡，使我想起了故乡的雨。

北方的雨，像北方的汉子，豪爽、奔放。在北方的夏天，先是天气闷热，人们用手里的扇子使劲地扇也扇不出一点风来。抬头看天空，乌云密布，轰隆隆一阵雷响，人们还来不及躲避，那豆粒大的雨点便哗哗地打在地上，击起一个个圆圈，渗入泥土里。鸟儿在雨幕中疾飞回巢，夏蝉因落雨而声音沙哑，接踵而起的是四处的蛙鸣。水从屋檐上哗哗地流下来，小院里一下子积满了尺余的水。家里养的狗、鸡都躲进窝里，只有小鸭们格外高兴，迫不及待地摇着“小尾舵”，组成小小的船队，在院中央新积的雨河里游来游去。这个时候，我和姐妹们不等雨停，便跑到院子里去玩水，把小木盆放在水中当小船，即使衣服全淋湿了，也不顾大人们的呵斥，只嬉笑地玩着，无拘无束，无忧无虑。那如瀑如注的大雨的洗礼，那彻头彻尾的痛快，至今回忆起来，仍让我激动不已。我还常想起雨水滋润过的那肥沃的平原旷野，以及那犄角般的玉米穗和一排排红高粱像火一样的情意。多少年过去了，每到雨丝飘荡时，那似水流年的童真往事，便出现在密集的雨丝之中。

我愿沐浴在这南方的细雨中，也怀念北方滂沱大雨的洗礼，行走在雨中，别有一番情趣。

再读牛虻

第一次读《牛虻》是考完高中的暑假，书是同院李阿姨家读大学的儿子借给我的。

那是第一次接触外国小说，小说以主人公一生的革命活动为线索，成功地塑造了“牛虻”这个为了意大利的民族解放而英勇斗争的典型人物形象。

背景是19世纪三四十年代的意大利。当时的意大利处在奥地利反动教会势力的统治下，国家陷入四分五裂的状态，罗马是教皇的统治中心，加上周围的四个所谓的教皇区，合称“教皇国”，受教皇的直接统治。革命者们为推翻压在人民头上的三座大山——反动教会、封建势力和外国侵略者，为统一祖国而顽强地斗争着，意大利的民主革命如火如荼。

从天真的青年阿瑟到坚强的斗士“牛虻”，其间经历了十三年的炼狱，在当时社会的黑暗、污浊、欺骗、虚伪的现实教育下，背叛了他所信仰的上帝和阶级，投身到火热的斗争中。

刚强无畏的“牛虻”，如钢铁般坚韧，不为任何拷打凌辱所屈服，最后为人类的进步事业而英勇献身。

"牛虻"的革命英雄主义精神，坚贞的品质，在刑场上慷慨就义的场面，横贯长虹的浩然之气，深深地教育和激励着我，让我热血沸腾，要向"牛虻"学习，为共产主义事业奋斗终生。我写了入党申请书，满篇都是豪言壮语，什么头可断、血可流，革命到底不回头，做一个革命战士，抛头颅、洒热血在所不辞，为解放全人类而终生奋斗。

升高中开学前团干部集训，我把入党申请书交给了团总支书记，团总支书记对我说："我们学校还没有学生党员，另外，你年龄还不够，这份入党申请书我先替你收着，等开学时再交给党支部。"

在那种特定的环境、特定的年代下，《牛虻》对我的影响还是很大的。

再读《牛虻》是四十年后，我已从工作岗位上退下来。一天去书店买书，突然又看到了《牛虻》，我觉得很亲切，就买了一本重读一遍。作者艾捷尔·丽莲·伏尼契是爱尔兰女作家，从小爱好音乐，酷爱莎士比亚、弥尔顿和雪莱的诗作。她除了精通英语外，还精通俄文，她读了许多俄国作家（如普希金、莱蒙托夫和果戈理）的作品。1897年6月，《牛虻》在美国纽约问世，同年10月在伦敦出版。小说在全世界引起了极大轰动，到1920年印刷次数达十八版之多。因为伏尼契写了《牛虻》，我曾非常崇拜她。虽然新书译者变了，但内容都是一致的。原来那些让我激动的语言，现在读起来竟那样平静，那样安然，在我的心海里激不起一点儿浪花，很想找一找当年的感觉，可惜荡然无存。

时代不同了，人们的价值观也不同了。有一次，我同晚辈们谈起年轻时读过的书，其中就讲了我读《牛虻》时的感受，并说：

“我们年轻时不讲吃、不讲穿，就讲革命。”他们问：“那你们革命为了什么？”“为了实现共产主义，解放全人类呀。”我这样回答他们并非是虚词，我当时真是怀着这样的理想。儿子一句玩笑话弄得我哭笑不得：“你自己都解放不了自己，还要解放全人类？等全人类解放你吧，老太太。”

这几十年，人的心灵经历了一番极大的动荡与改变，其实，“解放全人类”早已被我自己否定。我已从冲动的青年、沉重的中年走向越来越平淡的老年。梁启超先生有一首《水调歌头》，我读了以后深有感触，下阕是这样写的：“千金剑，万言策，两蹉跎。醉中呵壁自语，醒后一滂沱。不恨年华去也，只恐少年心事，强半为销磨。”

现在回想起来，我也只有“醒后一滂沱”了。

花缘

我与花的缘分始于童年。

小时候家住农村，拥有一个较大的院落。每年春天，院子里除了种植各种各样的蔬菜外，还在篱笆外、厕所旁种上好些花。是父亲种的，因为父亲喜欢花。为此，祖母还常唠叨父亲："种花，种花，养了一群丫头（女孩）。"因为当时在我们村里有个说法：喜欢花的人家里姑娘多，我们家姐妹七个，也许是这个原因吧。但父亲总是不在乎，不论别人怎么说，每年都会在院子里种上好多花。那时年龄小，叫不全花的名字，只知道那五颜六色的花开得非常好看，我和妹妹们都知道父亲喜欢花，花是父亲亲手种的，我们总是站在花旁忘情地看，谁也不动手伤害它们，花的美丽留在我童年的记忆里。

20 世纪 50 年代末期，由于父亲工作有变动，我们家搬进了县城，再也没有院落种花，几乎看不到花，因为没有人种花，也没有人买花，人们连肚子都填不饱，谁还有心思赏花？

我参加工作后，工作单位也没人摆花，因为那会被视为资产阶级情调，墙上挂的是领袖的画像，桌子上摆的是领袖的著作，那灿烂的花只能开在梦里。

改革开放以后，随着经济的发展，人们的生活水平逐渐提高，思维也发生了变化，爱花、养花成了人们生活中的一部分。

如梦的花季早已逝去，浪漫的岁月不再重来，也许是青少年时代太缺少鲜花和浪漫色彩，我对花的喜爱之情愈加浓重。幸运的是，自家附近就有一个很大的花市，在这南方，一年四季都有各种各样的鲜花摆放出售。花市便成了我经常光顾的地方，独自驻足，凝视那一片片绚丽的色彩，扛不住那诱人的幽香。黄色的花淡雅，白色的花高洁，红色的花热烈，紫色的花深沉……泼泼洒洒。

台湾诗人余光中说他看那“艳不可近，纯不可渎”的宫粉羊蹄甲花时，总是要看到“绝望”才肯离去，老先生笔下的“绝望”二字真让人惊心动魄。当我站在一朵朵美艳绝伦的鲜花面前呆呆地凝视时，心中涌动着一股同老先生共鸣的美妙感觉。

美丽的花朵对善良的心灵有一种不可抗拒的威慑力，它召唤着你却不轻许你，谢绝了你却不惹恼你，它让你在它的光辉里沐浴，又让你染着它的清香一步一回头地离开。高尚的手永远是临花轻颤的，摘花的人，在倾覆了美丽的同时也倾覆了自己。

由于常去花市赏花买花，我同卖花人交谈也学了些关于花的知识。在西方古老的神话故事里，花语占了美丽的章节：玫瑰代表爱情，瓜叶菊代表快活，荷花代表君子，秋海棠代表亲切，郁金香代表爱的表白，向日葵代表沉默的爱，花菱草代表不要拒绝我，枫树代表相思……

虽然东西方文化存在差异，对花的解读有所不同，但花带给人们的愉悦和美丽是不可拒绝的。

相传水仙花是由一对夫妻变化而来的，丈夫叫金盏，妻子叫百叶，因此，水仙花的花朵有两种，单瓣叫金盏，重瓣叫百叶。百叶的花瓣有四重，两重白色的大花瓣加两层黄色的小花瓣，看上去既单纯又复杂，像闽南善于沉默的女子，平低着头，眼睛向下看，恋也默默，喜也默默。金盏由六片白色花瓣组成一个盘形，中间由一个黄色的花蕊围成一个酒盏，看上去一目了然，干脆、简单、热情。

有一天早上，我去买莲花，挑了几束花苞，卖花的先生告诉我：早上是莲花开放的最好时间，如果一朵莲花早上不开，可能中午和晚上都不能开了。他帮我选了几束微开的。回家插在花瓶里，一直到晚上，我选的两束花苞仍然垂着头，而他帮我选的几束却热烈地绽放着美丽。

一次，我买几束白色的玫瑰，我比较喜欢白色的花，卖花的大姐告诉我：几乎所有白色的花都很香，颜色越是艳丽的花反而越缺乏香气，就像人一样，朴素单纯的人更有内在的芳香。

大姐在给我包花时，手被玫瑰的刺儿扎了一下，我建议大姐把刺儿拔掉，大姐像是同我交谈又像是自言自语：“每一株玫瑰都有刺儿，正如一个人性格中都有不能让人容忍的一部分，爱护一朵玫瑰不是非得把它的刺儿拔掉，而是学着如何不被它的刺儿刺伤，还要学着不让自己的刺儿刺伤别人。”

我默默地听着，心里着实敬佩这位卖花的大姐，她真的像一位哲学家。

换位思考

生活中经历的很多事情，都让我明白一个道理：站在对方的立场上去思考问题，生活中就少了许多摩擦和不快。

一次下班回家，路上看到一个卖橘子的小贩，我看橘子很新鲜，就买了五斤。提着橘子往家走，觉得分量不对，我又返回小贩的货摊前，让他重新称一下分量，结果只有四斤。我心里有些生气，便对那个小贩说："我买五斤橘子，你竟然少给我一斤，有你这样做生意的吗？"他说："大姐，我一斤才少给你二两，还有的一斤少给三四两的，我给得不算少，我们做小生意的赚不了多少钱，拉家带口的不容易。"

这个小贩还挺诚实，他的一番话也确实触动了我。我也是从寒酸中熬过来的人，生活中也经历过许多辛劳和磨难，也清楚小贩的日子并不好过，他这样做，无非想多赚几块养家糊口的钱，我每个月有两千多元的收入，还同他计较什么呀？如果他一个月有两千多元的收入，他也不会在路边摆摊卖橘子。这样想着，我不但气消了，心中还充满了对他的理解和同情，我说："好了，你给得还不算少。"他说："大姐，要不我再给你添两个？"

我说："不用了，你也不容易，我一个人也吃不完。"我转身离开时，听见他在背后小声说："这个大姐真是个好人。"

我家附近开了一个很大的超市，休息日我去了超市，买袋面粉准备蒸包子，我把面粉放进推车里去找发酵粉，看见卖副食的柜台前站着一个女服务员，我问她："服务员，发酵粉在什么地方？"她说："我不太清楚，你往前面货架上看一下。"我又走到前面卖油盐的货架前问站在那里的女服务员，她也说不知道。于是，我一股火就上来了，对着那个女服务员斥责："问谁谁都说不知道，你们站在这儿都是白吃饭的吗？"那个服务员看我生气了，很抱歉地说："阿姨，我才来两天，这几个货架上的东西我知道，但您要买的发酵粉我真不知道在哪个货架上，我带您找一下。"

她在前面走着，我推着货车跟在她后面，边走边想：这个超市刚开业七天，她才来两天，怎么会记得那么多商品？而且发酵粉又不是常用的东西，要是自己的女儿站在这里，还会发那么大脾气吗？干吗和人家孩子发那么大火，真没劲！想到这儿，我觉得应该向这个女服务员道个歉，她帮我找到了发酵粉，我说："谢谢你，阿姨刚才态度不好，你别生气啊。"她说："我不生气，以后有时间我会多记些商品的位置。"我笑笑说："好啊，下次阿姨再来买东西还找你帮忙。"

换位思考，不仅在社会上同他人相处时少了争执和不快，在家庭关系的相处上也会收到很好的效果，比如最难处理的婆媳关系。婆婆年龄大了，越接近晚年，就越对生活有一种留恋，对生命有一种恐惧感，特别想让晚辈多关爱自己，就常挑剔一些事情，所以，我们做晚辈的就要多理解、多包容，多做些努力。

想一想，我们自己也在一天天变老，也会面临同样的问题。

人生苦短，每天忙着学习，忙着工作，其实，能同家人在一起相处的时间也是很有限的。既然有缘成为一家人，为什么还把时间用来互相指责、互相挑剔、互相抱怨呢？

站在别人的立场，将心比心地换位思考，心胸就会变得更加宽阔，一颗心也会变得更加柔软、更加慈悲、更加包容，生活中就少了许多计较和不快。

许多年来，我一直坚持着换位思考，将心比心地为对方想一想，受益匪浅。朋友，不妨你也试一试。

关于一窝鸟的记忆

楼顶花园有一座小假山，假山周围是棕竹。那几天，我上楼顶，经常看到一只鸟从假山后面的棕竹里飞出来，我觉得很奇怪，便扒开棕竹一看，不知什么时候鸟儿在假山上做了一个窝，窝里六个白生生的鸟蛋有序地排列着。鸟窝位于假山面的凹处，被周围的棕竹叶子严严实实地遮盖着。我心里异常惊喜，忙忙碌碌的鸟儿要做妈妈了，这“准妈妈”还真用心，为未出生的鸟宝宝布置了一个风吹不着、雨淋不到的“家”。

我发现鸟儿一看见我，就在空中盘旋，不敢进窝，所以我有意躲着它。本打算近几天要换草坪，但为了不惊动“准妈妈”，我给花工打电话，另约了时间。

我在鸟窝的周围撒了许多小米，又备些水。我悄悄地躲到僻静处观看，大约一个星期，我一上楼顶，就听到了叽叽喳喳的鸟叫声，这肯定是诞生的新生命。趁鸟妈妈不在，我扒开棕竹，拜访这六个小生命。六只小鸟刚刚出蛋壳，眼睛还没睁开，粉红色的皮肤嫩嫩的、光光的，它们挤在一起，我一动棕竹叶子，它们便把小嘴齐刷刷地张开，以为是它们的妈妈来给它们喂食。

这么多小鸟，鸟妈妈能喂得过来吗？饿着怎么办？我有些担心，想起在农村时，家里刚孵出的小鸡，我常常把小米用水泡了喂着吃。于是，我就用水泡了些小米喂它们。可是怎么喂小鸟都不肯吃，这六只小鸟还真有原则，只吃妈妈给它们啄回的食物。每次鸟妈妈飞回来喂食,小鸟们就叽叽喳喳地叫个不停，直到鸟妈妈飞走了再去寻食物，它们才安静下来。

大约又过了十天，小鸟开始从窝里跳出来，原来光滑的身体也长了羽毛，但它们的羽毛还不丰满，还不会飞，只能在假山上跳来跳去，并开始啄食假山周围的小米。又过了两天，它们开始试着往草地上飞，找食物吃，我便在草地上也放些小米。它们开始看见我时有些惊慌，啄两口，抬起头来看看我，慢慢地，见我并不伤害它们，它们就放心地跳来跳去啄食，这时鸟妈妈几乎看不到了，她一定是有意锻炼她的孩子们自我生存的能力。

唐朝诗人杜牧有“好树鸣幽鸟，晴楼入野烟”的名句，我的花木不够高大，假山也不够幽深，但鸟选择了这里，就是我们的缘分。我每天除了按时给它们提供食物外，还用温柔的目光抚摸它们的羽毛。它们婉转的啼鸣，让我忘记了烦恼；它们闲庭信步的姿态，仿佛让我回到了童年那种自然、原始的生态。

“众鸟高飞尽，孤云独去闲。”（李白）我们共同分享着宁静、和谐的时光，只是这时光太短暂了。某个早上起来，我又准备为它们摆食物和水，一上楼顶，见六只小鸟齐刷刷地站在假山石上，看见了我，它们叽叽喳喳地叫了一阵后，扑扑地拍打两下翅膀，然后向蓝天飞去，这是它们在向我告别。

望着空荡荡的鸟窝，我心里异常失落，也常常为它们牵肠挂肚，不知晚上它们宿在哪里，会不会有人伤害它们。“羁鸟恋旧林，池鱼思故渊。”总盼着它们还能飞回来，飞回它们的故居住一住。有时站在楼顶上，看见有鸟飞过，我总是抬头望一望，心想：是不是从这里飞走的鸟儿来探望它的故居？由于与这窝鸟的缘分，我对鸟儿有了特别的感情，祝愿它们能有一个宁静、和谐的环境。

独处——心灵的驿站

在当今各种通信工具畅通的时代，在喧闹的人生街市中，我们需要一种内在的沉静，一种心灵的安宁，可以以逸待劳地接收和整理一些外来的东西，才觉得生活具有一定的连续性和完整性，所以，我喜欢独处。虽然“红杏枝头春意闹”是许多人向往的风景，但我更喜欢“青萝拂行衣”，品味独处之美。

独处的时候，可以让自己一颗躁动的心安静下来，与逝日的生命悄悄地对话，过往的人生经历如老电影般一幕幕浮现在眼前，挚爱过的，怨恨过的，挣扎过的，奋斗过的……许许多多情节都可以追溯其必然，不管我们喜不喜欢这些结局，也不管我们为那些往事付出多少心血，都是我们生命中的真实感受，学会毫不逃避、心平气和地接受它们，把所有的烦恼驱走，留下温柔的情思。

独处也是一种自我放松，我们总是感叹人生的短暂，经常在匆匆赶路，生活越来越像一部千螺万杆轰轰作响的机器，而我们就像一个个元件不停地转动着。当我们在成功与失败之间挣扎时，当我们在权力和荣誉之间追逐时，已经忘记了什么是人生之本。其实，在我们每个人的生命里，还有一个自由的自己，当我们为了一个目标匆匆赶路或奋斗时，千万别忘了让自己的心灵放松一下，独处，就是这样的放松。可以静静地坐着发呆，什么都不想；也可以回忆一下童年的趣事，让自己再一次欢喜；还可以走进餐厅，坐在一个角落独自进餐，对眼前的一幕幕静静地审视，也会得到许多启发和感受。

独处可以静下来读读唐诗宋词，读读古典名著，可以看到那个时代的风景、那个时代的心灵，有我们现代人无法想象的澄明和素雅。闭上双目，我似乎看到了竹林茅舍边，那个颜斶对齐宣王说："晚食以当肉，安步以当车……归真反璞，则终身不辱。"仿佛眼前出现了一幅画：山寒水瘦，一个人独坐茅屋，听雨落寒窗，一叶孤舟正泊在江中……

"日暮苍山远，天寒白屋贫。"清凉和安然的气息扑面而来，于是心灵也就如一首唐诗宋词，体会到了生命的美和庄严，是人生一种难得的境界。

独处，是一种生活状态，也是一种很高的生命境界。人若能独处，表现出来的是静默、神定、心宁。

有一个木匠干活时，手表不小心掉到木屑里，他急冲冲地拨动木屑，也没有找到那块心爱的手表。他去吃饭时，他儿子悄悄地走进木匠干活的屋子里，一会儿工夫就把手表找到了。木匠很高兴又惊奇地问儿子是怎么找到手表的，他儿子回答说："我只是静静地坐在地上，就听到了嘀嗒嘀嗒的声音，我就知道手表在哪儿了。"

我们往往是这样：在狂躁地追逐时，烦乱的心绪扰乱了自己的心灵。要想办法让自己安静下来，倾听内心的声音，在静谧安详的氛围里，会获得灵性的指引和无常的力量。

《菜根谭》中有这样一句话：“静中念虑澄澈，见心之真体；闲中气象从容，识心之真机；淡中意趣冲夷，得心之真味。观心证道，无如此三者。”

人只有在宁静中，心绪才会像秋水一般清澈，这时才能发现人性的真正本源；人只有在安详闲暇中，气概才会像晴空白云一般悠闲、舒畅，这时才能发现人性的真正灵魂；人只有在淡泊明志中，内心才会像平静的湖水一般谦虚和顺，这时才能获得人生真正的乐趣。要想观察人生的真正道理，再也没有比这三种方式更好的了。

当我们被纷乱的事物困扰时，当我们的心绪烦乱时，不妨试着独处一下，让心灵放松一下，哪怕是一杯茶的工夫也好。

给小孙子编故事

小孙子聪明可爱，但有一些小毛病，我带着他出去玩，其他小朋友的玩具他可以玩，但他的玩具其他小朋友绝对不能摸、不能碰。用大人的话说有点儿自私,用小孩子的话说有点儿小气。

我心想：虽然这是个小毛病，但任其发展而形成他的性格就不好了，长大后他要融入社会，自私的人很难同众人和谐相处。但三岁的孩子，给他讲大道理他还不懂，小孙子喜欢听故事，于是，我就给他编了一个“小马找朋友”的故事：

有一匹小马，聪明又漂亮。一天，他带上心爱的小汽车去找小朋友们玩。路上，他遇到了小羊妹妹，小羊妹妹手里拿着一个漂亮的小风车，小马觉得很好玩，就问小羊妹妹可不可以让他玩一下。小羊很高兴地把手中的小风车送给了小马玩。过了一会儿，小羊说：“小马哥哥，你的小汽车可以让我玩一下吗？”小马连连摇头说：“不行，不行，这是我的玩具，不能让你玩。”小羊听后，很失望地拿着自己的小风车走了。

小马又往前走，遇到了小熊哥哥。小熊哥哥拿了一把新式玩具枪，小马很是羡慕，就对小熊说：“小熊哥哥，我可不可以玩一下你的玩具枪？”小熊高兴地说：“可以，可以。”并把玩具枪递给了小马。小熊觉得小马的小汽车也很好玩，就对小马说：“小马弟弟，我想玩一下你的小汽车，可以吗？”小马连连摆手说：“不行，不行，这是我的玩具。”小熊听后，拿回玩具枪，不高兴地走了。

小马又往前走，看到小猴子骑着一辆别致的小车。小马走到小猴子面前，很想骑一下，又不好意思说。小猴子看出了小马的心思，就主动把小车给小马骑着玩。小马骑车时把手中的小汽车放到了草地上，小猴子看到了，很想玩玩小汽车，就问小马行不行，小马跑过去，拿起小汽车说：“这是我的小汽车，你不能玩。”小猴子失落地骑着自己的小车走了。

就这样，小马连一个朋友也没找到，伤心地哭了起来。这时，山羊爷爷走了过来，笑眯眯地拍着小马的头说：“孩子，别哭了，刚才的事情我在一边都看到了，小朋友们都高兴地把自己的玩具让给你玩，可你的玩具不让小朋友们玩，小朋友们不喜欢这样小气的小朋友，所以才离开了你。你是个聪明的孩子，想一想，怎样才能让大家喜欢你？”

讲到这儿，我又问小孙子一句：“你帮小马想一想，怎样才能让小朋友们喜欢他？”小孙子想了想说：“小马不要再小气了，要把自己的玩具让给小朋友们玩。”

于是，我高兴地说：“对了，小马就是这样做的，他再也不当‘小气鬼’了，他很高兴地把自己的玩具让给小朋友们玩，小羊、小熊、小鹿、小兔子、小猴子等也高兴地把玩具让给小马玩，他们在一起唱歌、跳舞，非常开心。”

一天，小孙子骑了一辆新童车到院里玩，院里的几个小朋友围了过来。一个小朋友用手摸车的前把，小孙子刚想推开他，我在一边说：“没关系的，小朋友喜欢就摸一摸，我们不做‘小气鬼’，是吧？”小孙子听后，把手缩了回来。

慢慢地，小孙子变得大气了，他的玩具也会高兴地让给其他小朋友玩。

同小孙子在一起的时间里，我给他编了许多故事：“懂礼貌的小羊”“诚实的小鹿”“爱劳动的小牛”“爱惜粮食的小鸡”“助人为乐的小猴子”“不讲卫生的小猪”“不守信义的小狐狸”……主要是培养他纯洁、正直、善良的心灵。同时，我也给他改编了一些童话，增加了一些情和景，加深他对自然界的认识，小孙子还把我讲的故事归类为“奶奶版的”，并称他自己讲的故事为“骁骁版的”，很有意思。

在给小孙子编故事、讲故事的同时，我自己的心灵也得到了净化，我心里有一种欲望：拿起笔来，为孩子们写故事，这是一件很有意义的事情。

女人，六十岁

六十年，一个甲子，六十岁，人生的旅途已走了大半截。六十岁的女人经历了童年到花季，由少妇到母亲，到祖母。六十年的人生之路，经历了太多的人事沉浮，目睹了太多的花开花落，懂得了绚丽的花期会在转眼间悄然枯萎，平平淡淡地面对天籁敲响的一个个人生命题。

六十岁，阳光近晚，学会默默地接受现实中的一切，懂得了阳光可以照在身上，留在心里，但不可能握在手里。世界并非为一个人而存在，阳光并非为一个人而灿烂，该拥有的已经拥有，不该有的不再苛求。

六十岁的女人，有着更多的大气与潇洒，内心清淡而宁静，“但觉风过群山，花飞满天，内心安宁明净却又饱满”（三毛）。

如果把女人比作一条河，上游是青年时代，明净而婉转；中游是中年时代，狭窄而湍急；下游是老年时代，宽阔而平静。六十岁的女人，穿过了青春期晦涩之路，跨过了沸腾喧哗的中年，步入了低声细语流淌的晚年。当回过头来，体味曾经过往的喧哗之路，留下几许稚嫩，几许浅薄，还有几许荒唐。但每一步，都清清楚楚地记录在人生的行程中，而不是记录在电脑里，随意删除。人生不是彩排，过往的一切都不可以重来，所以，人格、尊严不是老天赏给的，而是自己努力获得的。人要活得对得起自己，不是锦衣玉食，也不是住豪宅开名车，到生命停止的那一刻，所有物质的东西都没有意义，所以，六十岁的女人更懂得在享受生命的同时，不断地去完善生命，去珍惜生命。

六十岁的女人，内心被岁月储存了丰沛的内涵，通达、宽容、博学、独立，多思和智慧，通常被冠以“兰心”“蕙质”之誉。不喜欢结交三教九流，讨厌无聊的逢迎，懒得吃喝应酬，有些孤僻和清高。

六十岁的女人，对爱有了更深的理解，更高的追求。少女时代红杏一样打开的情怀，已经慢慢地收拢，不再追求花前月下，她们注重亲情、友情，她们懂得尊重自己，也懂得尊重别人。她们的爱如大海般浩瀚，没有了少女的浪漫和稚气，但博大的爱闪现着母性的光辉，任时光老去，永远向着爱的天空微笑。

六十岁的女人，不再追求“回头率”，衣着素雅，不习惯浓妆艳抹，对时尚的少女羡慕的同时，也有一点点嫉妒。

六十岁的女人，童心未泯，看见儿孙踢毽子也想试一试，一试才知道腿脚已经不听使唤。对着镜子，看眼角爬上的皱纹，便轻轻地叹一声，真的老了吗？才知道青春时光逃遁得很远很远，心中掠过一丝丝酸楚和无奈。

六十岁的女人，如深秋景致，大地丰沃富饶，层林尽染，绚丽与凋谢并存，太阳已带着问候滑下屋顶，夕阳依然把前方照亮，前路昭然。她们深邃的目光依然向着远方，淡定、从容、优雅。

写于六十岁生日

看云

也许因为我的名字与云有关，我和云有不解之缘。

童年时就喜欢看云，曾幼稚地想过：白的云是年轻的云，黑的云是年老的云，云老了就伤心地哭了，雨一定是云的眼泪。常常望着天，看那变幻莫测的云发呆。

一次，同妈妈一起去刨茬头。那时北方的天空异常明净，秋天庄稼收割完，大地一片空旷，天的湛蓝拉大了与地面的距离，天高云淡，天的蓝和云的白是那样相融相衬，我看得入了迷，竟忘了刨茬头。妈妈大声对我说："不刨茬头，望天干啥？"我说："看云。""云有什么好看的，能看出花来呀？"妈妈生气地说。

我真的能把云看出花来，但不是在童年，而是在我学了国画以后。

这些年居住在沿海城市，虽然空气质量不如以前，但欣赏到蓝天白云还不算奢求。我家住在顶层，所以在楼顶阳台看云得天独厚。一天，我去阳台晒衣服，因为头天晚上下了一场雨，空气显得很洁净，一抬头，看那天蓝得像个大湖，朵朵白云缓缓移动，恰似漂浮在水面上的朵朵白莲，洁净、高雅，这博大的美让我震撼。感谢天公捧给我们这样美丽的景致，我看得双眼有些酸了也不肯收目。

我看云，不仅能看出花朵，还能看出画来。那次在内蒙古大草原，我和朋友坐在草地上聊天，我抬头望着远方，7 月的天，云层低垂，把天空和草原连在了一起。无垠的碧空，云在晚风中舒卷翻腾，时聚时散，在太阳的照射下，清晰地显现出明与暗的区别。云随着气温的降低也加快了速度，那一片片急急赶路的云，就如一匹匹骏马在一望无际的草原上奔驰。我想，这一定是徐公悲鸿极度潇洒地在天幕上挥毫。

我还喜欢在飞机上看云，别有一番情致。当飞机穿过云层，那漫无边际的云，仿佛脚下刚刚下过一场大雪，顿失一切龌龊和污垢。静静地面对一片洁白的世界，心也随着洁净起来。远处露出一片蓝天，如一片明净的湖。

当旭日如蓓蕾初绽，含在黎明之花瓣里的云，变幻是绚丽多姿的。先是静默，淡淡的灰夹着一些淡淡的黄，随着太阳的升起，云也变得热烈起来，由金黄色变成了一片灼热的红，像一片片燃烧着的火，有种催人奋进之感。

2012 年春节，我到马尔代夫旅游。一天傍晚，我们乘船去观赏海上日落，我不仅看到了海上日落的壮观，还欣赏到了日落过程中云变幻多姿的奇丽景象。

我们的船向海的中间移动，大朵大朵的白云游移在海面。阳光透过云层照射在海面上，光影闪烁在幽深的海面上。夕阳把云映照得五颜六色，银色、金色、灰色、橙色、红色，宛如仙女舞动的裙裾。远处海上隐约可见的小岛，如硕大的神龟露出的脊背，背上驮着几片彩云。当太阳接近海面时，云变成了金黄色，是仙女引来了一群金凤凰，拖着长长的尾羽。

当太阳在海浪间渐渐融没，一弯眉月纤巧妩媚，这奇异的云便搭起了琼楼玉树，一座城堡便悠然地显现。似乎有人在廊下敲棋子，似乎有人在树下品茶……静谧、安详，一种无可抗拒的美悄然充溢我的心头。

云的变幻真的很神奇，有时如一匹匹奔驰的马，有时如一条条腾跃的龙，有时如一行行飞翔的雁，有时如一朵朵盛开的莲……让人心中产生无限遐想。

田园小曲

坚硬的都市，身躯贪婪地向着田野伸展，高楼向着天空疯长，灯火彻夜燃烧，人群如蚁，爬满城市的枝条，让人备感渺小、孤独、彷徨、疲乏……

长时间住在被水泥硬化了的世界里，长时间远离散发着芬芳气息的泥土，让我更加留恋生活在乡村时的童年，那农家小院留给我绿油油的记忆：那黄色的黄瓜花，白色的土豆花，紫色的茄子花，还有那爬满土墙的五颜六色的牵牛花，至今仍开在我的梦里。

刚好搬了家，阳台还不算小，除了种些花外，我特意留了一块地作为小菜园。我让妹妹从东北老家寄过来一些菜籽。可菜籽太多，我的田园太小，种什么呢？左思右想，决定种三样：种两粒南瓜，种十几粒黄瓜，余下一小块种上了小萝卜。

我每天精心地浇水，每天都看几遍，真是“百谷草木丽乎土”呀，四天时间，小萝卜就冒出了嫩嫩的芽，又过两天，黄瓜也探出了头。我正担心南瓜不能发芽时，一看，土被顶出了一个包，一天工夫，弯曲的南瓜苗破土了。

“普天之下，莫非王土”是皇帝们所要拥有的，我有席片大的土就够了，虽然小了些，但能放下我的心。因为有了这一席土，我便有了自己的小田园，那小园盎然的生机让我兴奋不已。

大约半个月，绿油油的萝卜秧下长出了圆圆红红的小萝卜，纤纤的黄瓜秧也爬上了架,开出一朵朵黄色的小花。黄瓜坐胎了，细细小小的，像一盏盏点亮的小灯笼，照得我心旷神怡。三五天后，细小的黄瓜便像小棒槌般吊在秧上，瓜秧也长得郁郁葱葱，南瓜秧也爬满了架。

看着那红嘟嘟的小萝卜，看着那一条条带着嫩刺儿的黄瓜，我舍不得摘。那是童趣，那是天趣，那是人与大自然的亲近，那是精神的慰藉、心灵的归宿。

我的小小田园，远胜于江山十万。

月圆之夜

“好大的月亮啊，快抱着我亲亲月亮。”带着几分娇慵的声音从楼下传来，接着是一阵笑声，苍老的，年轻的，稚气的……

我站在屋顶阳台上望着月亮，今天的月亮又大又圆，据说十几年才有一次。明月高悬，银河清澈，北斗参差，一片晶莹明净。面对着清丽的月亮，再忙碌再现实的人，也会抬头看看月亮。

“长安一片月，万户捣衣声。”从李白的两句诗中，我们便可以看出月亮在中国人心目中的地位，多少文人墨客对着月亮抒发自己内心的情感。

“明月松间照，清泉石上流。”多么柔美，多么清新！

“明月几时有，把酒问青天。”多么豪放，多么洒脱！

“星垂平野阔，月涌大江流。”多么雄浑，多么磅礴！

中国文人咏月之作，在世界文学史上独一无二。诗仙李白的诗今存近千首，其中约四百首写到明月。古老的月光，苍茫的月光，凄迷的月光，伴随他走过漫长的一生。他或借满天霜月，挥洒着青春的意气；或牵一缕月光，寄托对家乡的思念；或采撷一掬月华，装饰自己缤纷的梦；或饮酒醉月，抒发自己难平的壮怀。

月光如一匹白纱，直泻而下，月光是空蒙的，是缥缈的，是虚无的，是迷离的。越是虚无缥缈的东西，越能让人产生浪漫的想象，越能激发文人的欲望。

“年年今夜，月华如练，长是人千里。”十五月圆，月月一次，但中秋月圆更令人注目。

中秋居农历八月之中，秋高气爽，一轮明月高悬，自然会激发人们几多遐想，几多期盼。

中国人有“尚圆”的审美观，讲究线条美，线条的周而复始，由首至尾，由分至合，形成一个圆形，意味着和合、和美、团圆。八月十五月亮又圆又大，是“天道”与人心走到了一起，是万家期盼团圆的日子。所以，那些得到圆满幸福的人，面对玉蟾桂魄，自然期盼月亮女神保佑他们更美满、更幸福；那些尚未得到圆满幸福的人，也祈福“但愿人长久，千里共婵娟”。当然，对于那些多愁善感的孤单之人，想到月宫嫦娥受冷落的遭遇，由此联想到自身的落寞，心中难免产生悲伤，压在心头的愁绪，是根本无法逃避的。

“嫦娥应悔偷灵药，碧海青天夜夜心。”当年，偷吃了后羿的长生不老灵药、独自飞到月宫的嫦娥，在碧海青天中，品尝那永无休止的孤独与寂寞，她是否后悔因当时的一念之差，而忍受如此煎熬？可天下之事，尽管是在瞬间决定的，也没有了反悔的余地，时间不会倒流，不会给人以第二次机会去修正错误。

月亮渐渐地升高，街上的行人依然很多，谁人在吹箫？低咽的声音重复着、重复着，永久激扬不起来。

“明月楼高休独倚，酒入愁肠，化作相思泪。”夜深，月明，不禁幽独之苦，似人怜月，似月怜人。若人不伴月，月不伴人，又有何物可以相伴？月无言，人亦无言。楼高月明处，孤独之苦如酒入愁肠，谁知芳心正苦？江水东流去，怎奈难载一怀愁！

不管怎么说，有缘相遇又有缘相守，终是幸运的。可这世间有更多的人，是有缘相逢却无缘相守，一条银河阻隔了多少牛郎织女，于是才有了脍炙人口的诗句：“人有悲欢离合，月有阴晴圆缺，此事古难全。”

夜渐渐地凉了，晚风也渐渐地凉了，月光依然明亮着。箫声已经听不见，吹箫的人也许已经睡了，呜咽的箫已被抛在一边，被冷落在月光里。

我站在阳台上，呼吸着微凉的空气，静静地倾听月光潺潺的流淌，反复默咏着：“人有悲欢离合，月有阴晴圆缺，此事古难全。”既然如此，何必有太多无奈，太多伤感？有甜蜜的相聚，就有凄然的离别；有短暂的重逢，就有漫长的思念。月亮由亏而盈，盈后又亏，谁能将时间的脚步，永远定格在团团圆圆的日子里？不如采撷一掬清丽的月光入梦。

2013 年中秋夜

二辑　月朗风清一世寻

在看云卷云舒、花开花落的日子里，那些经历过的事情，目睹的一些场景，犹如轻重不一的石子，投入到我的心海，激起朵朵浪花，有感动，有感悟，有憧憬，也有伤痛和缺憾……在纷乱的世事中，明月清风亦为我一生所追寻。

萬紫千紅總是春
甲午春雲霞寫

感悟生命

对于拥有生命并懂得珍惜，是从生开始的。

我在医院生儿子时，和我同一个产房的另一个产妇，她的胎位不正，20 世纪 70 年代末，乡镇的医院还不能做剖腹产手术,她经历了一个非常痛苦的生产过程。经过了一天一夜的挣扎，孩子仍不能出生，为了保证她的安全，医生几次动员她放弃孩子，她不肯。

“这母亲在她生产的床上受罪——但她还不曾绝望，她的生命挣扎着血与肉与骨与肢体的纤微，在危崖的边沿上，抵抗着，搏斗着，死神的逼迫；她还不曾放手，因为她知道（她的灵魂知道！）这苦痛不是无因的，因为她知道她的胎宫里孕育着一点比她自己更伟大的生命的种子，包涵着一个比一切更永久的婴儿；因为她知道这苦痛是婴儿要求出世的征候，是种子在泥土里爆裂成美丽的生命的消息，是她完成她自己生命的使命的时机。”（徐志摩）

在她的坚持下，在医生的帮助下，剪断了外阴，终于生下了她的孩子。这个伟大的母亲，她回到产房时，脸色灰白，双目紧闭，只听见她一起一落轻微的呼吸。但我看见了她的安详，她嘴角的微笑。她的儿子由于挤压和产钳夹头，头顶形成一个大大的尖包。对于孩子的哭声，她微微睁开眼睛，此时，她已没有精力再照顾她的孩子。

这个伟大的母亲，她使我懂得了生命的可贵。

我们妇科病房有八个床位，医院没有独立的育婴房，孩子出生后就随母亲来到病房，我看着这几个像天使一样的婴儿，有的安详地熟睡，有的在母亲的怀里吮吸着香甜的乳汁，有的挥舞着粉红色的小拳头大哭……这些可爱的生命，在我内心深处激起一种非常美妙的感觉。

生命对于人，无论他们自认为是高贵还是低贱，贫穷还是富有，都只有一次，任谁都不能重来一次。这一次可能是悠长的，也可能是短暂的，无论是怎样的一次生命，我们都要善待这一次，美丽这一次，珍惜这一次。

在以后的日子里，我先后目睹了祖父、祖母、外祖父、父亲、母亲的离去，让我对生命有了更进一步的认识和感悟。他们是我最挚爱的亲人，疼爱我，给了我生命，他们都曾在病痛中挣扎，然后默默地离去，没有留下一句话，没有了爱，没有了恨，没有了快乐，也没有了痛苦。因此，我才彻悟:那爱，那恨，那快乐，那痛苦，都如此珍贵，因为它们标志着生命的存在。

随着阅历的增加，那种对于死亡的恐惧变得淡漠了，我已知道那是必然。生命就是从出生走向死亡的过程，人从生下来那天开始，死神便同每个人签了约，没有一个人是可以违约的。生命每时每刻都在不停地消逝。在草原早已不见一代天骄，在西安再也看不到一世霸主，秦皇汉武，唐宗宋祖，只停留于历史的瞬间。活着的时候南征北战，叱咤风云，风流占尽，转眼间瞑目长逝了，所有的荣耀与悲哀，到最后都化作寒灰，埋在土里。

闲云潭影日悠悠，物换星移几度秋。
阁中帝子今何在？槛外长江空自流。

人的一生，虽然过程可以截然不同，但结局都是一样，生老病死，花开花落，这是自然规律，不必过于担心。

半个世纪的人生旅程，让我懂得了每个人的生命都不是完美的，法国伟大的思想家卢梭说：“世界上没有太多完美，只有当你不苛求完美的时候，你才能找到更多的完美。”人生的旅程并不都是幸福和快乐，既有光明也有黑暗，既有高峰也有低谷。困难和挫折是生命中不可回避的，烦恼不会因为我们扯上被子和闭上双眼而放过我们，死亡也不会因为我们恐惧而溜走，它们都是生命中的一部分，都是生命的最终结局。

对于生命的爱及对生命越来越接近本质的认识，我的生命变得单纯而明净，享受和欣赏生命中的自然和美丽，而这些多与利欲和物欲无关。人的生命之所以宝贵，是因为它承载着许多价值：正义与善良，责任与信念……这些都是用金钱所买不到的。

因此，我不在意世俗的名利和女人的虚荣，我只想把握住实实在在的生命，拥有并懂得珍惜。

小草的赞歌

“没有花香，没有树高，我是一棵无人知道的小草。从不寂寞，从不烦恼，你看我的伙伴遍及天涯海角……”

这首由白彤、何兆华作词，王祖皆、张卓娅作曲的《小草》，很快唱响了大江南北。一曲《小草》的赞歌，在这物竞天择的世界里，草拟出绿影金梦的宣言。一株株拉起手来，一片片结成绿海，一次次风沙掩埋，一场场野火降灾……它们毫不屈服，一步步地蔓延，一寸寸地生长，在默默无语的繁衍中，完善着一项伟大的工程。

驱冰逐雪，建筑春天。在2月料峭的冰寒里，板结的荒原上，湿漉漉的黑土里，树木清冷的山头，已经有了小生命的迹象。尽管绿色的象征仅仅是内涵，可清新、萌发的内蕴，已把那朦胧的倩影展现在人们的意象中，那轮回的旺盛的生命给人以振奋。

从绿意内敛的山头、荒原、土地……雪再也撑不住了，开始唱响的序曲，便从云端唱到山麓，唱到低矮的村落，唱入软融的春泥。

河塘里叶暗花残的枯枝下，苦等了一冬的老根开始发绿，猛烈感到水的血脉，山坡的杏花笑了，村落的桃花也竞相展示着美丽的容颜。

松树高德，竹有亮节，四野小草在平凡的拓展中，用青春的激情为大地母亲编织着绿色的锦衣，处处锦绣，山河俊朗。

碧草如茵，年复一年，纤弱的小草展示着生命力的顽强。春日的萌生，夏天的繁盛，在秋天的萧瑟中，在落叶归根的季节里，干黄的草梢松松软软，似绵似毡，脚底泥下的沉浮，体现着那开始枯萎的小草与自然顽强的抗争，绽落的草籽散漫开来，等待着生命得以延续的契机。在秋季的飘落里,在严冬的肃杀里，仍不话凄凉，不能不令人敬佩。

“国破山河在，城春草木深”，面对秋冬对绿意的屠杀，它们高傲地喊着：“野火烧不尽，春风吹又生。”

只要还有一个苹果

朋友的女儿两次参加高考，都因相差几分而与大学失之交臂。朋友打电话告诉我：她女儿成天闷在屋里，情绪低落。她心里很急，不知如何是好，让我劝一劝她女儿，也许比她开导效果更好些。

我同她的女儿也很熟，她是一个非常懂事、非常可爱的女孩，千万别让这一挫折击倒她。休息日，我去了朋友家。

她女儿喜欢文学，我也喜欢读书，我便以此为切入点。我先和她讲了近期看过的一些书以及书中一些故事对我的启迪，接着我给她讲了一个苹果的故事：

瑞典医生斯坦利·库尼茨非常喜欢沙漠探险。有一次，他试图穿越非洲撒哈拉沙漠。进入腹地的那天晚上，一场铺天盖地的风暴袭来，向导不见了，满载着水和食物的骆驼消失得无影无踪，那瓶准备为自己庆祝三十六岁生日的香槟酒也洒得一滴不剩。

死亡的恐惧从四面八方涌来，斯坦利的手神经质地伸进自己的上衣口袋。苹果，我还有一个苹果！他从绝望中清醒过来，手攥着那个苹果坚持着。

几天后，奄奄一息的斯坦利被当地土著人救起，令人们不解的是，昏迷不醒的他手中紧紧攥着那个依然完整干瘪的苹果。

20世纪初，这个一生中不乏传奇的老人去世了，弥留之际，他为自己拟写了这样一句墓志铭：我还有一个苹果。

讲完这个故事后，我深有感触地说："上天把一个人置入困境时，一定会塞给这个人一个救命的苹果，它就藏在身上的口袋里，只要能找到它，就能走出生活的沙漠。"

讲到这儿我抬眼看她，她在听，而且听得很入神。

过了一段时间，我求同事找了一些高考复习资料送给她，她已经开始复习课程了。

后来，她如愿地踏进了大学的校门，我得知后很是欣慰，不是因为我给她讲的故事，而是因为她用智慧找到了那个"苹果"。

环境不是退缩的理由

在校读书时读过秦时李斯的作品，他对“仓中之鼠”与“厕中之鼠”的不同遭遇甚为感慨。“仓中之鼠”不被风吹雨淋，又有足够的吃的，所以肥硕无比；而“厕中之鼠”饥寒交迫，风吹雨淋，瘦骨伶仃。两种鼠的命运不同是因为生存环境的不同所造成的，因此，李斯发誓要摆脱“厕中之鼠”的命运，成为“仓中之鼠”。他做到了，他当上了秦朝的丞相，算是位极人臣了。虽然他最后被杀身亡，但“仓中之鼠”的感觉他是体验到了。

由李斯的经历我想到了两只青蛙的故事：有两只青蛙同时掉进奶桶里，一只青蛙说：“这是命啊，这么深的桶我怎么能跳出去呢？”于是，它盘起后腿，一动不动地等待着死亡，最终沉入桶底淹死了。而另一只青蛙就不同了，它打量着四周说：“我的后腿还有劲儿，我要找到垫脚的地方跳出这可怕的桶。”它一边划一边跳，慢慢地，奶在它的搅拌下变成了奶块，在奶块的支撑下，这只青蛙纵身一跳，终于跳出了奶桶。

在生活中，人们往往觉得有什么样的环境就有什么样的人生，这种说法实在是不确切。其实，影响我们人生的绝不是所处的环境，而是我们对生活中的逆境和困难所持的态度。人生不可能一帆风顺，人生的路上不可能平坦无阻，命运掌握在自己手里。当身处逆境、遇到挫折时，失望和沮丧都是没有用的，即使你哭哑了嗓子，环境也不会自然改变，事情也不会无缘无故地好转。所以，要勇敢地面对它，冷静地接受它，积极地解决它，让自己走出逆境。

音乐——滋润心田的清泉

在我们生存的世界里，有各种各样的声音：风声、雷声、雨声、涛声、鸟鸣声，各种动物的吼叫声，机械的轰鸣声……这些声音像一股股洪流，时时刻刻在伴随着我们，在包围着我们。有的声音我们喜欢听，有的声音我们拒绝听，但有一种声音深深地吸引着我们，那便是音乐。任何一种声音都不能像音乐那样具有震撼灵魂的力量，任何一种艺术都不能像音乐那样调动起生命的整体感受。

音乐是人类心灵对各种天籁有选择的模仿。首先是辨别音色，形成音阶，然后，在音阶的变化中组成旋律。无论是欧洲的五线谱，还是中国的工尺谱（简谱），都是一个逐渐形成的过程。音乐的各种曲调诞生于人类丰富的文化活动中。在刀耕火种的远古，先民们唱着歌，日出而作，日落而息，那歌便是唱了两千多年而经久不衰的《诗经》。《诗经》整齐的四言形式，便于记忆的歌咏，风、雅、颂涵盖的民俗、历史及祭祀等典章制度，都容纳在一定的音乐形式中。

音乐的文化性决定了它必然是依赖自然而存在的事物，音乐的题材亦是受到了不同自然环境的影响。奥地利作曲家小施特劳斯的《蓝色多瑙河》，冼星海的《黄河大合唱》，古老的黄土高原上一声清脆的《兰花花》，东北二人转的流行，都是人们的情感寄托于自然的体现。

一方水土养一方人，一方风情催生了一方音乐，一方音乐也孕育着一方乐器。欧洲的文化是钢琴的摇篮；蒙古包、轱辘车，风吹草低见牛羊的大草原，注定是马头琴的天地；黑土地、红高粱以及大风飞扬的黄土高原，就有火辣辣的唢呐声回荡着；而杨柳岸乌篷船，小桥流水人家，杏花春雨江南，永远是二胡生生不息的土地。

音乐，同宇宙、自然紧密联系，也是相通于其他艺术的纽带，比如文学。1814年的一个夜晚，一个酷爱音乐的年轻人走过维也纳广场，由于他家境贫寒，买不起钢琴，只好到一所小学去练琴。当他看到一个衣衫褴褛的小孩正在叫卖一本书，便掏出身上仅有的一点钱买了那本书，一看竟是歌德的诗作《野玫瑰》。他一遍又一遍地读着，身心被诗的意境融化了，一股清新而亲切的旋律从灵魂的深处飘出来，一曲《野玫瑰》诞生了。他就是被称为“歌曲之王”的舒伯特，他的《野玫瑰》名曲成为世界音乐殿堂中的瑰宝。

欧阳修的《秋声赋》就是用语言文字描述了自然的声音，《琵琶行》等诗作，也有着对音乐的阐释和注解。

音乐是一种生命的激情，是人心灵情感的勃发，是命运的激响。贝多芬、阿炳是耳眼有缺陷的残疾人，但他们都留有震撼世界的声音，因为他们的音乐是心的音乐，是启迪，是生命。所以，我们听音乐也要用心去听，无论是和风细雨式的摇篮曲，还是暴风骤雨式的交响曲，都要用心去聆听，用心去感受。我在高中读书时，听过瞎子阿炳用二胡拉的《二泉映月》的录音，感觉这是世界上最生动的音乐之一，缓慢悠扬的旋律如缓缓流淌的泉水，在冥冥之中萦回曲折地流淌，这映照着月光的泉水，从一个孤独寂寞的心灵中流淌出来，犹如饱含着悲凉和辛酸的心发出的深长的叹息，那一声声低泣，那一声声哀叹，那一脉脉无奈，是对坎坷凄凉一生的感叹。听了这样的音乐，心灵无法不随之颤抖。

2000年，我在美国世贸地铁站里听到了一曲《二泉映月》，凄楚的乐曲吸引我走近了这个拉二胡的人。是我们的同胞，年龄四十多岁，他双目微闭，目无旁人，用心地拉着，丝毫没有走调。我听他拉了三首曲子，《二泉映月》的音符如泉眼滔滔跌宕，《病中吟》的曲调如泪水缓缓流出，《良宵》的节拍如思念浓浓笼罩，一种无奈、一种悲凉、一种沧桑，听得我两眼含泪。

一段动人的旋律，能抵得上千言万语，好的音乐营造而成的美的壮观、美的深邃，已经到了用文字无法描绘的境界。所以，对许多歌曲我百听不厌，当我第一次听到《我爱你，塞北的雪》时，就被深深地打动，“我爱你，塞北的雪，飘飘洒洒漫天遍野……”，广袤壮美的塞北大地，银装素裹，千里冰封，万里雪飘。那象征着塞北人豪爽柔情的雪飘飘洒洒，这是一种生命之美。“你把生命溶进土地哟，滋润着返青的麦苗、迎春的花叶……”我看到那洁白的雪，毫不犹豫地将自身倾情献给大地，滋润着万物复生，草原青草丰盈，牛羊肥壮，绿油油的秧苗在风中翻着碧浪……山山水水变得无比秀丽。

音乐，召唤我们进入美丽的怀抱，洗掉人世间的污秽、尘垢，把心灵净化。生活中不能没有音乐，有音乐的世界是个温馨的世界。每个人的心中都有一股股如泉般值得寻觅的音乐，就像一股股流淌的清泉，当我们用心去感受一首乐曲时，我们的心灵深处便会流淌着悠然的声音，那便是潺潺的泉水，清泉流过心田，我们的心田便一畦一畦地绿了。

执子之手，与子偕老

"执子之手，与子偕老"，这句话很多人都会讲出来，尤其是在婚礼上，都会用这句话来祝福一对新人。然而，说的人真的能懂得"死生契阔，与子成说；执子之手，与子偕老"（《诗经·邶风·击鼓》）所涵盖的关乎生命的沉重分量吗？

有一天，在朋友家楼下的院子里，我看见一个老妇人推着轮椅，轮椅上坐着一位老先生。那个老妇人像照顾小孩一样喂他水果，又用毛巾帮他把嘴擦干净。朋友告诉我这是一对老夫妻，老先生已瘫痪多年，他老伴照顾得非常精心，什么时候见到他衣服总是干干净净的。我站在一边悄悄地看着，为他们不离不弃、患难与共的真情而感动。接着朋友向我讲了一件更让人感动的事：三年前的一个上午，老夫妻住的房子冒出了浓烟，邻居敲门屋里没人应，大家都很着急，便报了警。这时，阿姨（老妇人）买菜回来，见此情景，电梯也来不及等，疯了似的跑上三楼，看到烟越来越大而且有火光冒出，大家都劝阻她别进屋了，很危险，但还是没有拦住她。她打开门冲进屋里，这时滚滚的浓烟夹着火把门窗都封住了。消防车赶到，消防人员从厕所里把这对老夫妻救了出来，当时两位老人都已不省人事，救护车赶到后迅速地把这对老夫妻送到了医院。要不是阿姨冒死冲进屋里把老先生拽到厕所里，这位老先生早就没命了。

听朋友讲着，我的眼睛湿润了，我想到了金代诗人元好问一首《摸鱼儿》词的由来：

泰和五年（1205），元好问赴并州赶考，路上遇到一个捕大雁的人对他讲：有两只大雁在一起，捕到一只杀死了，另一只漏网的大雁并不逃走，围着死去的大雁哀鸣之后，竟然撞地而死。

元好问听后很是感动，将那只大雁买了下来，葬在汾河边，在坟上堆了一个石丘（后来有名的雁丘），并作了一首《摸鱼儿》以示留念。他心中感慨万千，对着滔滔河水、茫茫宇宙发出了旷绝千古的开篇一问："问世间、情为何物，直教生死相许？"

元好问通过以物喻人的手法，对忠于伴侣的大雁进行描绘，赞美了大雁忠贞专一的品质。它们天南地北地闯荡，经历了无数的"寒暑"交替，经历了团聚的欢乐和分离的痛苦，它们一起走过了"万里千山"，经历了"层云暮雪"的艰辛，它们是生死与共的伴侣。当一只被残忍地杀害时，另一只选择了以死相许。

后人赞美大雁的忠贞，并非为殉情，而是赞扬那千古流传的简单朴素的一种情感："执子之手，与子偕老。"

在这茫茫宇宙间，在这滚滚红尘中，总有一样东西坚如磐石，灿烂如星辰，值得我们耗尽生命最后的能量去拥有，正如《诗经·邶风·击鼓》所述："死生契阔，与子成说；执子之手，与子偕老。"

这对不离不弃、患难与共的老夫妻是对这句诗最好的诠释。

钱这东西

古人讲“有钱能使鬼推磨”，不无道理。钱这东西确实有用，这个道理我从小就深有体会。童年时在乡村，货郎一来，货车上总是摆着各种各样的糖果，我没有钱买，只能看着流口水。上小学以后，喜欢看小人书，因没钱买，我常常站在书摊前不肯离去，趁卖书人不注意赶紧拿起一本翻一翻，卖书人看见了便呵斥我：“把书放下，弄脏了卖给谁呀，没钱买就让开，别在这儿站着！”上了初中，没钱交学费，要么读不成，要么自己付出艰辛去做小工挣学费。

在我的生活中，没钱办不成事的记忆很多，其中最深刻的一次记忆是那一次带儿子到游乐园去玩：1989 年，我们家刚从东北搬到北京不久，星期日，儿子让我带他到石景山游乐园去玩，我兜里就剩 1 元 3 角钱，我同儿子商量，过两天就发工资了（每月 76 元），下个星期日再去玩。可是儿子执意要去，并说：“我们找一找，看爸爸兜里有没有钱。”于是，我和儿子翻箱倒柜，翻遍了所有的衣兜，翻出 1 元 6 角钱，这真是个很大的收获。我们带着 2 元 9 角钱，高高兴兴地出发了。地铁票用去 2 角，游乐园门票5角，包含了6项游乐项目，又用3角钱玩了其他2个项目。中午儿子饿了，买了一盒饺子用了5角钱，共用了1元5角，如果我再吃一盒饺子，回去还要乘坐地铁，买菜钱就没了，所以我只能饿着。儿子吃饺子时问我为什么不吃，我说我不饿。我站在一边，望着蓝天，心里酸酸的，感叹没有钱真是不行。

二十多年过去了，社会发生了很大变化，人们兜里的钱也逐渐多起来，因为有钱，就有了许多物质的享受，可以住宽敞的房子，可以开名牌车，可以买名牌时装，可以进高级饭店……如果这些花销都是合情合理得来的，也无异议，可有的人为了得到这些不择手段，贪污、受贿……男人有了钱包“二奶”“三奶”。人们开始对钱深恶痛绝，说钱是万恶之源，并说：“男人有钱就学坏，女人学坏便有钱。”似乎一切都是因为钱造成的，钱是罪孽的代称，这一点我绝对不认同。

其实，钱本身并没有罪恶，无论是硬币还是纸币，无论是人民币还是外币，只是一种媒介。钱穿行于各种各样的手掌之中，关键是掌握这些钱的人对它的态度，万恶之源并非钱本身，而是人心的贪婪。

在人类古老的圣书中，无论是《圣经》《古兰经》还是《佛经》，都阐述了一个共同的戒律：告诫人们不要贪婪。这意味着，它是人们必须遵循的生命品质。其实，这个世界没有什么是真正属于自己的，因此，我们对周围的一切事物，金钱、权力、地位、名誉等，都不应该怀有过多的贪婪。上帝造了万物，给予万物共同的仁慈和恩典，万物都是平等被赐予者。上帝既然有办法赐予万物，自然也有办法约束和惩罚万物，有最大的恩惠，一定也有最大的枷锁。我们现实生活中的一些人，因为贪婪，被金钱诱惑，黑手伸得长，伸得广，被上帝捉住了双手，扔进了地狱。一切，包括生命在瞬间逝去，以至于他们的亲人、子孙都被无法挽回的命运带入生命最黑暗的狱中，不仅给个人带来了灾难，也给他们生活的群体带来了无法跨越的艰辛与磨难。

人活在世上，要心满意足地接受生活中的一切，不要为金钱所困，不要为金钱所累。“你即使富有，也和穷苦无异；因为你正像一头不胜重负的驴子，背上驮载着金块在旅途上跋涉，直等死亡来替你卸下负荷。”（莎士比亚）所以，真正完美的生命，不是金钱数量的增加，而是自觉自愿地减少需求，并主动帮助有需求的人改善生活、改变命运，让手中的钱为社会为人民做些有益的事情。

为知耻者喝彩

2009年5月，国内各大媒体都报道了关于韩国前总统卢武铉自杀的事件，网络上出现了几千条对此事件的评论，大部分都是同情甚至赞赏这位“草根总统”的知耻精神，反映了当今的中国社会对荣辱观的高度重视。

荣辱观是几千年来中国文化的优良传统。中国古人将“耻辱感”这种心理感受加以发掘、升华，使之成为一种文化积淀。“不知荣辱乃不能成人”“宁可毁人，不可毁誉”“宁可穷而有志，不可富而失节”等，许多格言警句都证明了古代志士将荣辱观放到了与人格一样的地位。更重要的是，这种荣辱观与国家的兴亡紧密地联系在一起。清末大学问家龚自珍曾说过：“士皆知有耻，则国家永无耻矣；士不知耻，为国之大耻。”荣辱观已深深地渗透于中国社会的文化生活之中，所以，在中国历史上许多英雄志士，甚至美人都是知羞知耻的。

虞姬是项羽的爱妾，出了名的美人，也是知耻的美人。她得知自己一心敬爱的项王大势已去，心疼不已，自己不想成为项王的累赘，更不愿落入敌人之手，让项王蒙羞受辱，所以她抢先一步，自刎在项王面前。大诗人苏东坡有感于虞姬的美丽、痴情、知耻近乎勇，特赋诗一首："帐下佳人拭泪痕，门前壮士气如云。仓黄不负君王意，独有虞姬与郑君。"

项羽兵败垓下，无颜见江东父老，只将自己心爱的战马让乌江亭长船载过江，然后在江边拔剑自刎。著名女词人李清照曾赞叹道："生当作人杰，死亦为鬼雄。至今思项羽，不肯过江东。"

南唐后主李煜，因975年宋兵攻陷金陵而被俘，曾作《虞美人》一首："春花秋月何时了，往事知多少。小楼昨夜又东风，故国不堪回首月明中。雕栏玉砌应犹在，只是朱颜改。问君能有几多愁，恰似一江春水向东流。"这首蒙羞含辱、凄婉动人的《虞美人》流芳千古。

1644年，李自成攻破京城，崇祯皇帝朱由检为大明江山葬送于自己之手而羞愧不已，上吊自杀时以发遮面，让后人以布蒙其面，声言自己黄土之下无颜再见列祖列宗。

中国人如此看重的荣辱观，在当今的中国出现了严重的缺失。随着市场经济的迅速发展，以物质观为衡量杠杆的社会风气，使不少人失去了应有的自我道德约束力，也造成了不少社会恶习。不分荣辱，甚至以耻为荣，严重地侵蚀着一些行业及官场，阻碍了中华民族的复兴、社会的和谐发展。

耻辱感的道德本质不是他律而是自律，是根于良心、受制于良心的自律行为。人活在世上，并不是什么事情都可以做，什么是荣，什么是耻，都要在心里有一个底线，卢武铉自杀事件在中国民众内心唤起的是对荣辱感文化的渴求。

知耻是良知的产物，是一种自我控制，人因知耻，在与外界的交往中不至于粗鄙和丑陋，能恰到好处地适可而止。

知耻是一种美，是一种高尚的美，一种纯洁的美，一种存在越来越少的美德。

我们为知耻者喝彩，呼唤人人都有一颗知耻的心。

从刘伟的人生之路体味王国维的『人生三种境界』

2010 年 10 月，东方卫视《中国达人秀》总决赛在上海八万人体育场举行，比赛持续近三个小时，最终无臂钢琴师刘伟荣登达人冠军宝座。

刘伟以神秘花园的钢琴曲搭配流行劲歌 *You're Beautiful*（《你真美丽》），将两种不同风格融为一体，再一次让观众赞叹这位无臂青年的才艺和坚毅精神。

刘伟的事迹让我感动，在寻觅他的人生之路时，我对王国维的“人生三种境界”有了更深的感悟。

王国维在《人间词话》中讲：“古今之成大事业、大学问者，必经过三种之境界：昨夜西风凋碧树，独上高楼，望尽天涯路，此第一境也；衣带渐宽终不悔，为伊消得人憔悴，此第二境也；众里寻他千百度，蓦然回首，那人却在，灯火阑珊处，此第三境也。”追寻刘伟在现实生活中平凡而又不平凡的人生之路，细细品味人生三种境界，心有所得。

“昨夜西风凋碧树，独上高楼，望尽天涯路。”（宋·晏殊《蝶恋花》）王国维把晏殊在新秋中的感受摘录出来，作为古今之成大事业、大学问者必经的第一种境界：觉醒。

人们常把青少年时代形容成黄金岁月，其实，多数人在青少年时代都是相当迷茫、浑浑噩噩的。他们冲劲十足，但并不知道自己想做什么，在做什么，有时如飞瀑直泻，盲目地向前冲刺。直到有一天自己停下脚步，静下心来，重新审视生命的意义，这一生所希望的目标到底是什么，才仿佛从一切纷乱中抽身而出，产生一些新的感觉。自茫然和盲从中寻找生命方向的觉醒，虽有些伤感，有些孤独，却明确了方向，产生了无穷的力量。

这种觉醒，对于无臂青年刘伟来说更是一种涅槃。这个出生于 1987 年的男孩，从小就有很多美好的梦想：他想当一名解放军战士，人民警察。在他上小学的时候，正值中国职业足球的肇始阶段，他想成为一名职业球员，像马拉多纳一样奔跑在绿茵场上。而他所有的美好梦想在他十岁的一天戛然而止。他是怎么触的电，他自己都无法完整地回忆当时的情景。他醒来的时候，已经躺在医院的病床上，当他脱离生命危险之后才被告知永远失去了双臂。以后的人生之路该如何走，他倍加黯然。

在医院接受治疗的日子里，他有幸遇到了北京市残联副主席刘京生，一个同样失去双臂的病人，却能自己吃饭、刷牙、写字，在事业上也有所成就。面对有着同样遭遇的人，他开始寻找自己的人生之路，他告诉自己：我的人生只有两条路，要么赶紧死，要么精彩地活着。他选择了后者，在失去双臂半年后，他学会了用脚刷牙、用脚吃饭、用脚写字。

“衣带渐宽终不悔，为伊消得人憔悴。”（宋·柳永《蝶恋花》）王国维用这两句表达刻骨爱情的千古名句，来比喻古今之成大事业者、大学问者必须经过的第二种境界：执着，即锲而不舍的精神。

执着的精神，无悔的追求，是一种力量的来源，不能执着，则不能专注，也难有成功。人生之路曲曲折折，历尽艰辛，横遭波折，有了一个生活目标，甘心情愿承受其中的苦涩，为此奋斗、消瘦、憔悴也无怨无悔。

觉醒后的刘伟，虽然他的生活被放到了没有欢乐的断崖上，但他重新燃起了对生活的希望，对理想的追求。经过两年的康复，他又回到了原来的班级，期末考试他仍然取得了第三名的好成绩。

十二岁时他开始学习游泳，仅用两年时间，他就在全国残疾人游泳锦标赛中获得两金一银，其中的艰辛可想而知。他曾对母亲承诺，奥运会上一定要拿一枚金牌回来。由于高电压对刘伟的细胞有过严重的损害，高强度的体能消耗导致他的免疫力下降，他患上了过敏性紫癜，他必须放弃训练，否则生命难保。在不得不放弃游泳后，他开始了另一种追求——音乐。

“众里寻他千百度，蓦然回首，那人却在，灯火阑珊处。”（宋·辛弃疾《青玉案》）这是成大事业做大学问之人的第三种境界，也是最高的境界，并说此等话“非大词人不能道”。越是崇高的境界，追求的路越是崎岖和坎坷。词人苦苦寻觅的“那人”可视为一种境界，一种情操，一种理想，一种追求或其他，总之，“那人”不随波逐流，不追慕荣华，不在华灯下，不在歌舞场，这个超凡脱俗的“那人”却在灯光稀疏、受人冷落的地方，表达了作者孤高幽独、淡泊自持、自甘寂寞、不同流俗的至高境界。

这种境界体现在刘伟身上的是坚毅和顽强。许多人用手弹钢琴要经历许多年才有起色，无臂的刘伟用脚弹钢琴，这听起来有些离奇，他每天练钢琴七个小时。手指可以撑到八度，而脚趾最多只能张到五度，要用更多的移动才能弥补不足的跨度，许多时候需要腕部悬空的,双脚悬空难度更大。经过长期的磨炼，刘伟逐渐摸索出了与琴键相处的方法。2010 年 8 月，在《中国达人秀》现场，当他弹奏完《梦中的婚礼》，全场起立鼓掌，当评委问他这一刻是怎么做到的，他说了一句话:“我觉得我的人生只有两条路，要么赶紧死，要么精彩地活着。”

刘伟用他的不悔与执着书写着他精彩的人生，他的人生路让我对王国维的人生三种境界有了更深的认识。

千万别忽视孩子的童真与善良

那天，带小孙子去公园玩，发生的几件小事给我很深的启示和教育。

正值夏季，公园里的花开得很漂亮，我们玩得也很尽兴。看小孙子出了好多汗，我决定找个地方歇一下喝点水。前方刚好有个木椅,我们便走过去。有一只小猫四肢伸展着睡在木椅上，我刚要上前把小猫赶走，小孙子拉住我说："奶奶，别赶它，看它睡得多香呀，我们再找个地方吧。"我心里为之一震，在我的思维里是要把猫赶走，然后我们坐这个木椅，可在孩子的思维里，猫已经睡在木椅上,我们就不要去打搅它。孩子是对的,我说："好哇，我们再往前走一走。"

我们找了另一个木椅歇息后又继续玩，走到一片花丛边，看见有许多蝴蝶在翩翩起舞，我们驻足观赏，小孙子突然大声说："奶奶，你看那只大蝴蝶好漂亮呀！""奶奶给你捉住它！"说着我就进草地去追那只大蝴蝶。"别抓它！"小孙子在一边喊。我把脚缩了回来问他："你不喜欢吗？""喜欢，可我不想让它死，就让它这样飞多好哇，你捉住它就死了。"多善良的孩子，我心里实在是好感动，我对小孙子说："谢谢你的帮助，不然奶奶要犯错误了。"小孙子却说："奶奶，你已经犯错误了，你刚才把小草给踩疼了，我听见它们哭了，我们幼儿园老师说把小草踩疼了它会哭的。"孩子的言行实实在在地教育了我。

丰子恺在他的一篇文章里曾这样写道："顽童一脚踏死数百蚂蚁，我劝他不要，并非爱惜蚂蚁，或者想供养蚂蚁，只恐这一点残忍心扩而充之，将来会变成侵略者，用飞机载了重磅炸弹去虐杀无辜的平民。"这不是杞人忧天，因为人的习惯是从童年开始一点点形成的，善良和凶恶是可以转化的，没有一个人一出生就是强盗、刽子手，只是因为生活中凶恶泯灭了善良的天性，让一个善良的孩子变成了一个凶残的成人。

我想起了苏东坡的诗句：

钩帘归乳燕，穴纸出痴蝇。
为鼠常留饭，怜蛾不点灯。

为了让乳燕归来，钩着窗帘不敢放下；看到飞撞到窗户上的痴愚的苍蝇，赶紧打开窗让它飞出去；担心老鼠没有东西吃，常常为它们留一点饭；为了爱惜飞蛾的生命，夜里不点灯。

对于才华横溢的苏东坡来说，这是他最普通的诗，但每当我读这几句诗时，我的心都为之深深地感动。在这简单的语言背后，是一颗博大慈爱的心。我检讨了自己的行为，并对小孙子进行了表扬。

四岁孩子的眼睛纯真无瑕，四岁孩子的心灵是比雪还澄明的一面镜子，从四岁孩子的言行中，我看到了人之初的纯真和善良。当我们被世俗缠绕,心灵粗糙、心眼关闭时,孩子真实的观照、慈悲温暖的心灵，往往能带领我们返璞归真，找回失去已久的童真与清明。

千万别忽视孩子的童真与善良。

不要小看一点点

有一个老师在讲数学课前让学生们做一个数学游戏，老师问:“1 乘 1，乘 10 次，答案是多少？”学生们异口同声地回答:“是 1。”老师又问:“那 1.1 乘 1.1，乘 10 次是多少？”过了一会儿，一个学生算出来了，约是 2.59。老师再问:“那 0.9 乘 0.9 乘 10 次呢，是多少？”过了一会儿，一个学生又算出来了，约是 0.35。接着老师深有感触地说:“就差这么小的 0.1，相乘后的结果却相差很大，生活中也是这样，许多小问题积累起来就变成了很大的问题。”

这个小游戏使我想起了小时候妈妈常给我们姐妹讲的一个故事:一天，有一个孩子把邻居家的火柴拿回来，他妈妈不但没批评他，反而夸奖了他。过两天，他又拿回两个鸡蛋，他妈妈还是照样夸奖他。就这样，随着年龄的增长，他的胆子越来越大，偷东西的范围也越来越广，东西的价值也越来越大，结果被抓进了监狱。

虽然那时我还不能真正理解这个故事的深刻意义，但我知道偷人家东西是丢人的坏事情，偷多了是要被抓进监狱的。

中国有句古话："勿以善小而不为，勿以恶小而为之。"小恶不改必成大恶，积小善终成大善德，这是我们做人做事应遵循的一个原则。

世界闻名的哈佛大学，培养出了众多的政治家、科学家、企业家，有40多名诺贝尔奖获得者、30多名普利策奖获得者，还培养出了几位总统。这样一所一流的大学，得益于一个叫哈佛的年仅二十九岁的青年人的一个小小的善举。

哈佛大学创建于1636年，原名为剑桥学院或新学院，坐落于美国马萨诸塞州剑桥市。1607年出生于英国伦敦的青年约翰·哈佛，从英国剑桥大学毕业后来到这所学校工作。那时的学校只有一名正式老师，一所木板房和几十名学生。但哈佛十分钟爱自己工作的这所学校，希望学校未来能有所发展，虽然他身患肺病，但他工作很投入。1638年9月，哈佛因肺病不治身亡，去世前他立了遗嘱，将全部（大约400册）藏书和一半的资产（大约780英镑）捐赠给这所学校。

而在当时的美国，人们刚刚来到新大陆淘金创业，还没有人想到为文化教育做一点贡献。

当时的政府和学校敏锐地意识到，应该让哈佛善举成为一种风尚，于是把学校的名字改为哈佛。年轻的哈佛因自己小小的善举，成就了一所大学，并赢得了世界性的声誉。

难得糊涂

一句“难得糊涂”使清代书画家、文学家郑板桥享誉天下，也道出了他一生为人处世的宗旨。

郑板桥（1693—1765），名燮，字克柔，江苏兴化人，三岁丧母，由乳母费氏抚养长大。幼年生活清苦，二十六岁设塾教学，并以卖画为生，四十岁才中举人，于1736年（乾隆元年）四十四岁时考取进士。他先后在山东范县、潍县当过知县，十二年的官场经历，他目睹了当时社会的黑暗，他的正直也遭到了豪绅的排斥，于1753年（乾隆十八年）辞职还乡。

回乡后，他以画竹为生，过着清贫而有气节的生活。他一生只画竹、兰、石，他的诗、书、画、印被誉为“四绝”。

郑板桥是个极为清醒的人，之所以兴叹“难得糊涂”，有他的苦衷。据资料记载：1746年秋，郑板桥由山东范县调任潍县知县，上任时正遇上百年不见的旱灾，而钦差姚耀宗却漠不关心，反而向他求字画。郑板桥很是愤怒，就以画鬼讽刺他。郑妻劝道：“既然皇上不问，钦差不管，你就装糊涂吧。”郑板桥回应妻子：“装糊涂我装不来，聪明难，糊涂难，由聪明变糊涂更难，难得糊涂。”

糊涂有两种：一种是真糊涂，懵懵懂懂，浑浑噩噩，这不是装出来的；另一种是装的糊涂，相对郑板桥这种出淤泥而不染的高雅品格而言，要违背他自己的理念和道德行为，显然是一种痛苦的折磨，唯其清醒正义，刚直不阿，而对现实又无能为力，才会发出"难得糊涂"的感叹。

中国有句名言叫"大智若愚，大巧若拙"，通俗地说就是揣着明白装糊涂，在必要时是保护自我的良策。前些年我学书法，翻阅王羲之的资料，看到一个很有趣的故事：

王羲之是东晋时期著名的书法家。朝廷有位大将军王敦，常常把少年王羲之带到军帐中表演书法，天色晚了，还让他在军帐中睡。有一次，王羲之一觉醒来，听到军帐中有人在说话，仔细一听，原来是王敦同他的心腹在秘密商量造反的事，他们一时竟忘了王羲之还睡在军帐中。听到谈话内容后，王羲之非常吃惊，心想：如果他们知道我睡在这里一定会杀了我。于是，他抠出口水，弄脏了头脸和被褥，蒙头盖脸，还发出轻轻的鼾声。

王敦同心腹密谋多时，忽然想起王羲之还睡在军帐中，不由得心惊肉跳，心腹恶狠狠地对王敦说："这小子必须除掉，不然我们就要遭灭顶之灾了。"当他们拿着刀正要下手时，看见王羲之嘴边还有口水，确认王羲之仍在熟睡中，便放弃了灭口的打算，就这样，王羲之躲过了一场杀身之祸。

明代才子解缙的情况就不同了。解缙自小就聪明，二十岁就中了进士，他经历了明朝的三位皇帝。

朱棣刚开始很宠信解缙，一方面，他想笼络天下读书人，而解缙正是读书人的优秀代表；另一方面，他想编一部有特色的大书，来显示文治武功，而解缙正是胜任编书工作的最佳人选。

解缙召集了上千人，分头编纂一部卷帙浩繁的书。到永乐六年（1408），这部书终于完成，朱棣还亲自写了序言，命名为《永乐大典》。朱棣对解缙极为恩宠，曾对人说："国不可一日无我，而我不可一日无解缙。"这让解缙感激涕零。

后来，解缙在皇帝立继承人的问题上遇到了麻烦。从朱棣本人到一部分大臣都倾向于立朱棣的次子朱高煦为太子，因为朱高煦善于骑射，立过战功，只是性情暴虐。而朱棣的长子朱高炽性情温和，但武功不行，不善骑射。但按照立长不立幼的宗法传统，朱高炽又是首要人选。犹豫不决的朱棣去征求解缙的意见，解缙态度明确地说："皇长子仁孝，天下归心。"但朱棣没有说话，其实就是无言否定了，解缙这时玩了一个小聪明，吐出三个字"好圣孙"。"好圣孙"指的是朱高炽的长子朱瞻基，就是后来的明宣宗，朱棣相当喜欢这个孙子，平时也特别用心培养他。

后来，朱高炽沾了儿子的光被立为太子，没有解缙"好圣孙"的点拨，好运也不会来得这么快，所以朱高炽对解缙万分感激。然而，朱高煦却恨透了解缙，想方设法收拾他、诬陷他。最终解缙被冻死在雪中，年仅四十七岁。解缙死后，朱棣又将其家人全部罚为奴隶，妻子宗族遣至辽东。

"绝顶聪明"的解缙至死都不明白，统治者之间的"夺嫡之争"是手下人可以掺和的吗？白白送了自己的性命。

因此，在为人处世中，真正聪明的人从不过度张扬自己，锋芒过露，容易遭受他人的嫉妒、打击、迫害，给自己带来不必要的麻烦，甚至杀身之祸。

"我辈凡夫俗子，只需要安分守己，笨一点儿没关系，一辈子要干的事就是念'南无阿弥陀佛'六个字。"（莲池大师弘一法师语）经常这样告诫弟子，做人要安分守愚，锋芒太露的人必将一事无成。

在当今社会中，芸芸众生共同编织着一张复杂的社会关系网，要想不被人情关系的旋涡所吞噬，必须学会自我保护，而大愚中有大智，糊涂中隐聪明，大智若愚，难得糊涂，确实是一种智慧人生。

由知青所想到的

我不喜欢看电视连续剧，尤其是那些言情的作品，但 2012 年上半年中央电视台播出的电视连续剧《知青》我没有放过。因为“知青”曾经也是我的名字，我也曾以这个名字骄傲过，也曾以自己的方式高扬过这面精神旗帜，在我的人生旅途中，那也是一段不平凡的经历。

《知青》是作家梁晓声的作品。梁晓声出生于哈尔滨，1966 年初中毕业，1968 年到北大荒插队。因他本身曾是个知青，所以他的作品以知青题材为主，有人称他为“知青作家”，也有人称他的作品为“北大荒文学”。他的代表作有《这是一片神奇的土地》《今夜有暴风雪》《雪城》等。其中长篇小说《雪城》最为出色，《今夜有暴风雪》则被视为知青小说里程碑式的作品。《知青》是梁晓声的又一力作。

文学源于生活，但也不同于实际生活，对于《知青》的褒贬我不加言说，但是四十多年前的那段经历让人难忘，那些深层的东西让我们思考。我们曾经拥有一个无比辉煌、丰碑般的名字——知青，我们可以为知青而自豪、无悔。但今天，当我们冷峻地直面共和国历史的尖锐诘问时，我们该怎样注释自己那段并不短暂的、众说纷纭的人生经历？当我同后辈讲起知青的经历时，他们常常不解地问："你们为什么要下乡？""是形势的必然，也是无奈的选择。"我只能这样回答，而今天我依然这样理解那段经历。

1966 年，是中国历史上史无前例的一年，这年春夏之交爆发的"无产阶级文化大革命"，导致从中央到地方大批"走资派"落马，又直接制造了一场席卷全国的"革命大串联"风暴。毛主席在天安门城楼上频频挥巨手接见红卫兵。"敢上九天揽月，敢下五洋捉鳖"，成千上万的大学生、中学生、小学生，甚至工厂的工人、农民……纷纷行动起来，扒火车、扒汽车、扒轮船；到北京、到上海、到井冈山、到延安……以及一切向往的地方。所有铁路、公路、水路，昼夜不停地运送南来北往浩浩荡荡的队伍。要不是国界的阻挡，雄心勃勃的中国人会将"大串联"的火种传播到全世界的各个角落。

据后来的不完全统计，这场"大串联"的人数约五千万，历时一年。风雨飘摇的中国，人们对革命的狂热远远超过了对自身生存状态的思考，经济变成了不屑一顾的东西，工厂停工，土地荒芜，交通阻塞，事故频频，损失难以计数。

当 1967 年呼啸而来的秋风将首都大街上的黄尘和翻卷的大字报一起刮到天上去的时候，全国性的武斗和造反派夺权正难解难分。国家经济犹如一艘机器熄火失去动力的破船，摇摇欲坠，随时都有倾覆的危险。

11 月，周恩来总理接见造反派代表，传达毛主席的最高指示："要斗私批修"，"这次运动的重点是整党内那些走资本主义道路的当权派”。

11月末,周总理又接见首都红卫兵,传达毛主席的最新指示:“要复课闹革命。”“要复课闹革命”,谈何容易?学校里那些被称为“臭老九”的老师,被造反派斗得伤的伤,死的死,剩下的也都靠边站了。而且,学生的心也不可能再收到课堂上。恢复高考更是不可能,刚刚批判了资产阶级教育路线,恢复高考等于否定自己。这些桀骜不驯、造反有理的红卫兵已完成了使命,走资本主义道路的当权派也已被打翻在地,永世不得翻身了。那么,红卫兵运动向何处去?那些青年如何安排?现实面临着生存和就业的严峻考验。把我们这些十七八岁的孩子留在城市,没有那么多的就业机会,几千万红卫兵滞留在城市,就是随时可能爆炸的火药。

1968年,毛主席提出了那个著名的口号:“知识青年到农村去接受贫下中农的再教育,很有必要。”号召一经提出,便点燃了整整一代人的热情。

20世纪70年代,当第三次工业革命的浪潮席卷全球,人类正以前所未有的信心征服太空时,占世界五分之一人口的中国,却掀起了轰轰烈烈的知识青年上山下乡运动,这也注定了是一场悲剧。

1968年开始的上山下乡运动,到1978年底,步履艰难地经历了十个年头,全国上山下乡知青两千多万人,牵动了城市两亿人口、几千万个家庭的命运。

我们都有过灿烂的理想、崇高的志向,当科学家、作家、工程师……没有人把雄心壮志的标尺定在农村。“人民公社”的大锅饭,加上“文化大革命”的摧残,导致了中国农村的荒芜和贫穷。但无论主观上如何抵触，也必须服从上山下乡的指示。

“文化大革命”中的知识青年上山下乡运动，被推到了“反修防修”的战略高度。报纸上一再宣传：“愿不愿意上山下乡，走不走与工农相结合的道路，是忠不忠于毛主席革命路线的大问题……是看一个青年革命、不革命或者反革命的唯一标准。”这也是“文化大革命”中的知识青年上山下乡运动与以往运动的根本区别。

“青山遮不住，毕竟东流去”，在大潮裹挟之下，几乎没有人抗拒得了这股滚滚的历史潮流。

年轻的生命在陌生的土地上耕种着年华，用草根编织起的花环在思维的荒芜上祭奠着青春，苦涩的笑和泪在岁月的年轮里滚动、流淌、滴落在干裂的课本上，摇曳的辫梢在高粱地里掩映，一口河水、一块玉米饼填充着饥肠，一袋旱烟、一段笑话放牧着疲劳……对于每个知青来说，这都是一段曲折漫长的布满荆棘的人生之路。

我们可以忘掉荣誉、忘掉金钱、忘掉悬挂在头上的种种桂冠，但我们没有理由忘记苦难，以及这种苦难强加在我们每个人及整体身上的那种铭心刻骨的烙印。

从某种意义上说，现在评价这场上山下乡运动为时过早，后悔也罢，无悔也罢，历史都不会因为个人的意愿而改变轨迹。作为这场运动的参与者，也许我们离历史太近，暂时无从把握个人命运与社会进程的关系，也许我们内心还淤积着太多的伤痕或“知青”情结，但那段人生经历是我们一生都会铭记的。

以足球的名义，对种族歧视说『不』

歧视是隐藏在人性中的一颗卑劣的种子，稍遇合适的土壤，就会肆意生长。足球赛场这一片绿色的土壤，充满了对抗和沸腾，或悲，或喜，或残忍，或疯狂，是人性真实表露的地方，也是种族歧视滋生的土壤。比赛还没开始，种族歧视就开始崭露头角。本届欧洲杯上，在荷兰队训练期间，看台上几名波兰球迷竟然集体唱起了"猴子歌"。橙色军团的队长范博梅尔带领队友转到球场的另一端训练，但是他的愤怒难以抑制："这一切真是一种耻辱，如果在比赛过程中发生这种事，我们会和裁判商量退赛。"

其实这种行为在欧洲赛场屡禁不止，远的不说，2004年，英格兰队同西班牙队举行一场友谊赛，这本是场友好的比赛，但是部分西班牙球迷冲着英格兰队的黑人球员模仿猴子的叫声，有的还打出了种族歧视的标语。这件事在当时掀起轩然大波。事后，时任西班牙外交大臣的莫拉蒂诺斯不得不代表政府向英格兰队和球迷道歉。

有黑人球员的地方就有遭遇种族歧视的可能，种族歧视是奴隶贸易的产物。1441年，一支葡萄牙探险队在布朗角附近劫掠了 10 名非洲黑人，将他们带回里斯本出售，这在历史上被看作是黑奴贸易的开始。

16 世纪，葡萄牙在海上的贸易非常兴盛，荷兰后来者居上，在 17 世纪时达到了劫掠黑奴的高潮。他们拥有 1.5 万余艘商船，这些船往来于世界各大港口，除了普通的物资外，他们将大量的黑奴贩卖到美洲广阔的各国殖民地。随后，英国、法国、丹麦、瑞典等欧洲国家也纷纷踏入非洲贩卖黑奴，牟取暴利，而且彼此激烈争斗。

在财富面前，歧视和对抗成为面对种族和群体差异的方式，带来无休止的战火，不同种族群体、阶层之间的敌视被固化于人性之中，成为造就灾难的隐患。

虽然贩奴时代早已过去，两次世界大战也成了历史，但根植于人性之中的丑恶却没有被消除。在群体狂热的情况下，理性和罪恶感一同瓦解，时至今日，歧视总是幽灵般地闪现，不仅在球场上，政坛上亦然。法国内政部前部长布莱斯·奥尔特弗因为发表了歧视阿拉伯移民的言论，被罚 2300 英镑，并被判有种族侮辱罪。

英超利物浦前锋苏亚雷斯因为在球场上对曼联球员使用了种族歧视语言，被禁赛 8 场。

当 500 名球迷一起羞辱某个黑人球员时，这种丑恶的行为令人愤慨，这种不符合足球精神的行为一旦出现在足球场上，其影响之恶劣不难想象。让我们以足球的名义，对种族歧视说“不”。

2012 年 6 月欧洲杯期间

『末日』后的『重生』

这是一个晴朗的好天，我沿着红树林海岸走着，空气温暖而湿润，明媚的阳光照亮了远处的山峰，也照亮了近处的树木、花草、房屋……人们有的沿海岸走着，有的坐在岸边木椅上谈笑风生，一对对情侣摆着各种姿势在拍照，一对老者站在岸边用手指着什么，又一起笑了起来，两个男青年坐在椅子上一边弹着吉他，一边唱着歌。红树林里传出一阵阵清丽悦耳的鸟鸣，这是多么温馨而又安宁的景象！

在太平洋以西的这个大陆上，当新一天的阳光笼罩大地时，我们看到了祖国辽阔的天空、繁华的都市、深邃的海洋、连绵起伏的山脉和阡陌纵横的大地，我们对人类的爱、对国家的爱、对生命的爱毋庸置疑。

过去的昨天，是人类历史上特殊的一天，2012 年 12 月 21 日下午 3 时 14 分，是所谓北京时间的“世界末日”，是玛雅人以自己的存在方式与历法神秘预测的“世界末日”，也就是第五个太阳纪末之时的“灾难之日”。这一预言引起了无数争议，导致了诸多猜疑，也给人们带来了莫大的焦虑、惊恐甚至绝望。

“世界末日”显然没来，2012年12月21日已还原成一年365天中的普通一天。其实，“末日”之说早已被否定。真正对“世界末日”深信不疑的人极少，我身边的许多朋友用一种近乎喜剧的方式来对待它，有的朋友说：“末日过后我们要‘重生’一次。”有的说：“末日过后，我们要好好地过每一天。”

玛雅人讲的“世界末日”，就是生命和万物的“败坏”和“更新”的循环，他们认为“末日”之后，会出现新的文明、新的环境、新的生命。从这个意义上讲，它让我们重新审视生命，也就是说，我们人类要对生存环境给予更多的关怀和爱护。

人类诞生伊始，就进入了“自然化人”与“人化自然”相复合的历史进程，渐渐地，人类走上了破坏环境的“作茧自缚”之路，即使有“世界末日”，那也是因为人类不恰当的生存方式给自己造成的危机和灾难。

玛雅人的预言并非无稽之谈，但愿“末日”后“重生”的人们，都能对自己的生存环境给予更多的重视，对地球给予更多的关怀和爱护。

这是人类共同的责任、共同的幸福。

三辑　山水怡情添雅兴

当你被无休止的现世欲望拖累得步履艰难时，当你的心灵感到落寞孤寂时，走出去，把心灵融入自然，去接受灵山秀水的洗礼，在山水的灵韵中陶冶情操。

鐵骨淩寒獨報春
己丑年雲霞寫

走进摩梭人家

早些年，我读了杨二车娜姆的《走出女儿国》中关于摩梭人生活的描述，觉得泸沽湖畔被称作“女儿国”的地方很神秘，直到真正踏上这块土地，才有了一番新的认识。

滇西北高原川滇交界处的宁蒗彝族自治县内有一个美丽的泸沽湖，摩梭人世代生活在泸沽湖畔。2001年的夏季，我和朋友结伴来到这个久慕的地方，首先映入眼帘的是那一湖清澈透蓝的湖水，水太蓝了，清蓝、蓝宝石——都不能恰当形容它，湖中散布着一些岛屿，岛上树木苍翠，像一只只绿色的船。眺望海拔3750米的格姆女神山，在厚厚的植被覆盖下高大的山体青翠欲滴。湖中的岛与远处的山，还有岸边笼罩在缥缈云雾中的古朴小屋，都显得静谧、柔美，使人有一种身临仙境的感觉，都渴望同这仙境一般的湖水亲密接触。

泸沽湖禁止使用机动船，在湖中使用的是手划的猪槽船，是用杉木凿成的，长5米左右，宽1米，形状像农家喂猪的猪槽，故称猪槽船。船上最多坐5个人，船在水上划行时，隔着船板能感受到水在流动。湖水很深、很蓝，但依然能清晰地看到湖里的鱼和小草。把手伸进水里，湖水在手指间荡起浪花，湖水的温度透过指尖传递到心上，凉凉的，像有什么心事。阳光灿烂的照耀和纯净湖水的承托，让人心中无限惬意。

“阿哥，阿哥哟，月亮才到西山口，你何须慌慌地走，火塘是这样的温暖，我是这样的温柔，玛达咪，玛达咪——”歌声从远处飘来，另一只船上的摩梭女孩在歌唱。为我们划船的摩梭女孩告诉我们这是摩梭恋歌。在我们的要求下，她也扯开嗓子为我们唱了一遍，并教我们跟着唱。在悠悠的划水声中，她还向我们讲述了许多摩梭人的生活故事，这更让我们有一种强烈的愿望，走进摩梭人家，去了解世代生活在这美丽的泸沽湖边的摩梭人是一种怎样的状况。在导游的安排下，我们走访一户姓曹的摩梭人家。

这户摩梭人家居住的是四合院式的房屋，前后两排正房，左右各一排厢房。前排正房是母屋和经堂,后排三间正房称花楼，为女儿居住，左右厢房为畜厩，存放杂物，房屋四壁用圆木垒成，屋顶木板用石块压牢，俗称木楞屋。其中母屋是家里老祖母居住的地方，是一个家庭最主要的组成部分，是所有重要家庭活动的场所，是整个家庭饮食、待客、议事、敬神、祭祀的核心部分，融会了整个摩梭文化的精华。修造母屋时，要经过一系列复杂的仪式，首先要占卜吉日，由喇嘛或达巴占卜修造的时间、地基的方位及伐木方向与时间。传统的摩梭文化认为大自然是神圣不可侵犯的，小树、百年古树、一些精壮茂盛的树都不能砍伐，唯有正在枯萎的树木才可砍伐，否则，会伤害自己。母屋的设计极具特色，它的顶部相当低，而门槛又很高，每个人进去都必须低头鞠躬，充分体现了摩梭文化对母屋的尊重。还有一个作用就是防止鬼进入母屋，因为鬼不会弯腰。母屋内的上方为火塘和锅庄，火塘上方是冉巴拉，象征火神与灶神。火神像前放有凹顶方形锅庄石，可用来为灶神和祖先祭供食品。火塘两侧是两根含义深远的木柱子，右柱被视为女性，左柱被视为男性，因常年火烤烟熏，两根木柱油黑发亮。

母屋火塘前的座位也体现了以女性为中心，兼男女互补的原则。家里的老祖母坐在火塘的右上方，舅舅坐在火塘的左上方，其他人按辈分与性别分坐两旁，长者坐上方，幼者坐下方。火塘的座位辈分分明，不能乱坐，除非是尊贵的客人，并且主人主动让位，否则，不能随便坐祖母和舅舅的两个位置。

这儿除了有严明的规矩外，还有严厉的禁忌，如不能从别人面前走过，不能跨过火塘，不能踩踏火塘的锅庄石，不能向火塘吐口水，不能把鞋放在火塘前，不能背对着火塘吃饭，不能在火塘前说脏话及一切与性有关的话题。不论是富豪或大款、大公司经理，或是修佛的喇嘛，在火塘前只有一个身份——摩梭人。

我们拜访的曹姓摩梭人家是一个大户人家。老祖母近七十岁，有三个女儿和一个儿子，加上外孙、外孙女，共十几口人。女儿的孩子有的在读小学，有的在外地打工，其中二女儿的儿子在北京读大学。

在摩梭人家做客，必须尊重他们的风俗及文化。摩梭人非常好客，把我们让到母屋，我们面对着火塘围坐着，首先品尝他们亲手做的牛头饭。牛头饭吃起来柔软可口，但做起来还真的有些复杂。先将泸沽湖畔生产的玉米磨成细粉状，筛去糠壳，将玉米面用温水揉成面团放到甑里，蒸半个小时，倒出来放在竹筛里用冷水搓散，然后再放到甑里蒸，蒸熟后即可食用。

我们还品尝了他们自制的猪膘肉。自古至今，摩梭人都喜欢制作猪膘肉，猪膘肉的多少标志着摩梭人家庭的富贵程度。猪膘肉是用整只猪腌制而成，制作时先将头骨以外的骨骼全部剔除，再拌上各种调料，然后缝合呈琵琶状，所以也叫琵琶肉。猪膘肉大部分在冬季制作，可存放数年不腐。摩梭人家里一般都存有两三条猪膘肉，这样的猪膘肉肥而不腻，非常可口。重点拜访曹姓摩梭人家之后，我们又走访了从二十岁到八十岁不同年龄、不同层次的摩梭人，对摩梭人的“走婚”有了更进一步的了解。

摩梭人的家庭是地球上仅存的母系家庭，完全以母亲的血缘来构造亲属关系，男不娶，女不嫁，采取“走婚”的形式，所以，传统的摩梭家庭只有“祖母们”“母亲们”及“舅舅们”，而没有父系成员。女人的身份不是妻子或媳妇,而是母亲或姐妹；男人的身份不是父亲或丈夫，而是侄儿或兄弟。整个家庭的核心是母亲与儿女的纵线关系，还有姐妹兄弟间的横线关系。家庭的财产以母系族谱继承，女性是传宗接代的根，每个家庭不能没有女人，所以摩梭有句谚语称：“妇女是根种，缺了就断种，无男不愁儿，无女水不流。”摩梭家庭内的分工是母亲当家、理财、掌管内政，舅舅管礼仪，负责对外交往。摩梭文化尊母敬舅，男人不必照顾自己的子女，但必须以舅舅的身份教养姐或妹的孩子，舅舅在家里地位崇高，不可批评或背弃他。在摩梭文化里，这种骨肉相连血浓于水的关系，已扩展为整个文化无处不在的深层结构。阿咪，不单单是生母，生母的姐妹也一律被视作自己的母亲，这也是摩梭人约定俗成的道德观。照顾子女是母亲们的共同义务，赡养老人也是子女们的共同责任，是以感情和谐、家庭和睦、敬老爱幼为本的价值观。

摩梭人走婚不是“性淫乱”，而是以爱情为基础。青年男女在走婚前相处一段时间，产生了感情后在花楼相会。女孩到十五岁就有了自己的房间并作为花楼，每个花楼都独立于母屋。男女青年情投意合后，男青年晚上带着定情礼物到花楼与女青年相会，天明即离开。他们的结合不受任何人的支配，没有媒妁之言，没有父母之命，双方各自住在母亲的大家庭里。有了孩子归女方抚养，女子一辈子住在母亲家，即使与男人分手，生活照样如常，不会出现女人离婚、寡妇等负面问题。子女的归宿为母系家庭，没有嫁不出去的压力，一切顺其自然。

摩梭人没有明文的婚姻法，却有千百年约定俗成的道德规范，男女在性事上都严守着两性关系的平等和互相尊重。

虽然子女归母亲家族抚养，但孩子们从小就知道自己的父亲是谁，在现实生活中，孩子的父亲虽然不同自己的子女住在一起，但父亲常看望自己的子女，来往频繁。

离开摩梭人家，我心里一直在想，老祖母的子女们还坚持走婚的习俗，可她女儿的子女们有的已经离开了这块土地，接受现代文明教育，接受现代文化知识，还像她们那样去走婚吗？比如她在北京读大学的外孙，遇到心仪的女孩，也会把她带回家的。

随着时代的进步、岁月的流逝、观念的更新，这种走婚的习俗还能维持多久？

丽江印象

二十几天的云南旅行，走过十几个地方，但丽江给我留下的印象最深。

丽江古城始建于宋末元初，坐落于玉龙雪山脚下、金沙江畔，是纳西族的居住地，也是我国汉族、白族、藏族、纳西族文化的交会点，具有独特的文化景观，处处闪耀着迷人的魅力。1997 年，它被联合国教科文组织认定为世界文化遗产，与雅典、巴黎、威尼斯等城市一同载入世界史册。

丽江是个冬不冷夏不热的地方，正值夏季，丽江更是山清水秀。我们沿着河边五彩杂石铺成的小路进入古城，细细地观察着那些深藏于小巷的民居，重重叠叠的民居高低错落，主次有序，古朴清秀。木质的门楼飞檐翘角，柱子上的斑驳显现着遗世而独立的韵味，许多家的门上刻着古典的花纹或吉祥物，古色古香，宁静安详。一条条清溪围绕着一个个古典小屋流过，给人一种江南水乡的韵味。纳西族的妇女在门前流动的溪水里洗衣、洗菜，悠然自得。

由于河多，这里的桥也多，桥是古城的又一特色，单孔桥、双孔桥，有350多座，名称繁多，样式各异。其中有座百岁桥，上面挤满了拍照的人。这些桥大多是明代木氏土司聘请内地工匠精心设计建造的，为丽江这座古城增添了古朴、典雅的韵味。没有目的地行走，有时停下来，读一读东巴文字，或者坐在石阶上晒晒太阳，平添许多乐趣。

踏过石桥，穿过小巷，来到闻名的四方街，四方街从东、西、南、北四个方向延伸出四条老街，老街又连接起四面八方的小街、小巷。这些小巷、小街都有溪水相伴延伸，流经千家万户，潺潺的水声，日夜流淌，给古城带来一派永恒的生机。

四方街可谓丽江古城的中心，一个面积不大的广场铺面林立，各种工艺品、字画、玉器、药材以及当地的特产，应有尽有，广场上充斥着五湖四海的语言，人来人往，一派繁荣。

落日余晖中，我们来到河边一处酒吧。这是一处位置比较僻静的酒吧，一个小院落有几间木质的客房，小院里各种花卉散发出阵阵清香，街边的流水哗哗作响，伴着轻柔的音乐，我们慢慢地品着红酒。酒没醉人人已醉，自由感随风迎面吹来，心情豁然开朗，将所有的压力和烦恼统统抛去。静静地坐着，什么都可以想，什么都可以不想，就让时间这样静静地流淌，这个夜晚轻而易举地就颠覆了我们以往的生活。

“北有故宫，南有木府”，这话听起来似乎夸张了些，但木府精致的雕刻，玲珑的构件，璀璨的绘画，曾经让徐霞客惊叹：“宫室之丽，拟于王室。”

木府是纳西族土司的官宅，位于丽江古城西南的狮子山下，占地46亩，中轴线全长369米，兴建于明代。走进木府，首先看到的是“天雨流芳”四个大字，这是纳西语“去读书”

的谐音。这个牌匾被称为木府的起点，纳西族的起点，丽江的起点。自明朝纳西族的首领率众归顺中原起，这个被赐为“木”姓的土司带领着众民开始大规模地学习文化，引进先进技术。历时100多年，使这个原本蒙昧的民族开始觉醒、开化，并走向辉煌，其影响之大，功德之高，直至今天仍让人们赞不绝口。

这座木氏的官宅经历了22代，历时470多年，后遭破坏，现有的木府是1996年人民政府在原址复建的。

“到丽江一定要去听纳西古乐。”我去丽江之前，一位朋友这样告诉我。对于纳西人来说，最高的修养莫过于音乐和绘画，纳西古乐是丽江古城无形的瑰宝。

演出地点在一座古色古香的四合院里。我们走进演奏大厅，演奏人员还没有到，古老的乐器静静地摆在台上，时隔不久，大厅里便坐满了人。演奏人员从后台上来，大多是老年人，长者九十岁，八十岁以下的被称为中青年。一个个面目沧桑，却是那样从容镇定，全神贯注。先是几声低沉的锣声响起，像是从天边而来，声音逐步环绕房梁和场子之间，台上台下没有喧哗，听众完全屏声敛气，任思绪自由翱翔。锣声过后，琴声、箫声缓缓奏起，首先演奏的是唐《八卦舞曲》、南唐的《浪淘沙》，接着是南宋的《水龙吟》，后演奏一些佛教道教的乐曲，低吟浅唱，像行云流水，又仿佛是老人们对漫长岁月的感悟。古乐凝结着纳西人民的聪明才智，是纳西族一种独特的文化。与纳西古乐一起扬名四海的是古乐研究会会长宣科先生。早年，宣科先生在中学任教，退休后，他潜心研究音乐。1986年，他就以音乐专著《活的音乐化石》（即《音乐源于恐惧论》一文）

轰动海内外。音乐起源于劳动，多少年来没有异议，但他的“音乐起源于恐惧”之说却让世人为之哗然。他把自己的精力都投入到民族音乐的研究上，并成绩卓著。

到丽江的人都想去攀登一下玉龙雪山，玉龙雪山位于丽江古城北面约 15 公里，雪山不仅巍峨壮丽，而且随季节的更替、阴晴的变化，显示出奇丽多姿。凌晨，古城正在酣睡，雪山就开始迎接曙光，晨雾缭绕着顶峰，雪山如含羞的少女，“犹抱琵琶半遮面”，时而上下俱开，白云如纱幔横腰一围；时而云开雾散，碧空万里，群峰如洗，闪烁着晶莹的银光。在丽江古城的某一处，偶尔抬起头，便看到玉龙雪山从屋檐间露出来；山周围没有云雾缭绕，白色的雪峰在蓝天的映衬下显得格外隽美、清晰。傍晚，夕阳的余晖映照着山顶，雪山像披着红纱的少女，亭亭玉立；月出，星光闪烁，月光柔媚，雪山便进入白纱帐中，渐入甜美的梦乡。

登玉龙雪山那一天，天公作美，天气很好，我们早早到了大索道上。上雪山的人依然很多，开始排队，然后从海拔 3356 米处上缆车，向雪山的古冰川进发。缆车平稳上升，封闭的车厢里听不到风声，舒缓的音乐轻柔地响了起来，恰到好处地抒发着我们的情绪。缆车下是玉龙雪山的原始森林，被誉为“高山植物资源宝库”，分布了七条自然植被景观。望着缆车下奇异的树木和花草，再抬起头来，看这远方的山水，真是美不胜收。

时间不长，我们到达了玉龙雪山的主峰扇子陡（5596 米）正下方的海拔 4506 米处。这里是雪山的公园，有几处茶馆和咖啡厅，我们在一处茶馆里边喝茶边休息。只见山上的冰塔林，像一把把刀戟刺向蓝天，在阳光的照射下，冰川呈淡淡的绿色，像翡翠碧玉，闪烁着迷人的光彩。

玉龙雪山分布着欧亚大陆离赤道最近的现代海洋性温冰川和雪海。山上的气温很凉，接近冰川时更是寒气逼人，虽然已近夏季，我们却穿着棉大衣。靠近冰川，便听见流水声，这是冰川融化形成的冰河，玉龙雪山日夜输送着甘泉，将丽江古城濯洗得干干净净，美丽的丽江深深地留在我的记忆里。

七月，在青海湖

高原有水，来自大海，远离喧嚣，独立成湖。

青海湖位于青藏高原东北部，是我国内陆最大的咸水湖，蒙古语叫“库诺尔”，藏语称“措温波”，意为青蓝色的湖。汉代以前，羌人在这里游牧，汉文献中称之为“仙海”，北魏时更名为青海湖。

大西北的风物莽莽苍苍，阳刚之气横溢，但浩瀚的青海湖却带有女性的色彩，性情柔美，仪表非凡。人们醉心于青海湖的奇丽风光，为它的浩瀚、雄伟、秀丽赞叹不已，称它为青藏高原上一颗璀璨的明珠。

7 月是格桑花最美、湖水最蓝的季节，所以到青海湖的人也最多。

1988 年盛夏，著名诗人海子在他的西部之旅中为美丽的青海湖留下了这样的诗句：这骄傲的酒杯 / 为谁举起 / 荒凉的高原 / 天空上的鸟和盐　为谁举起……一只骄傲的酒杯 / 青海的公主　请把我抱在怀中 / 我多么贫穷，多么荒芜，我多么肮脏……我看见你从太阳中飞来 / 蓝色的公主　青海湖。

面对浩瀚的湖水，诵读着海子的诗，才真正认识到什么叫博大，什么叫浩瀚，什么叫壮观，什么叫非凡，什么叫圣洁。海拔约3200米、面积约4430平方公里的湖面，一眼望不到头，水连着天，天连着水。站在湖边，极目远眺，东岸有巍峨挺拔的日月山，西侧是峥嵘万千的橡皮山，南侧是绵绵不断的青海南山，北面是壮丽的大通山。地势开阔，气候凉爽，湖的四周雪山环绕，山上白雪皑皑，清晰可见，雪山倒映，波光潋滟，风情万种。湖水苍茫无际，变幻多姿。湖面平静安详时，湖水是深一色的蔚蓝；微风吹过，湖水带着几分绿意的碧蓝，在阳光的照射下，波光点点，像无数撒满湖面的宝石、珍珠、翡翠。湖水随着风力的大小、阳光的强弱，变幻莫测，这是大自然留给人间一处最为宝贵的珍藏。金黄色的油菜花盛开在湖畔、山川，随风摇曳，空气中弥漫着蜜一样的花香。

湖边的地势开阔平坦，气候温和，水源充足，是水草丰美的天然牧场。我们的车子开到日月山的垭口处停了下来，大家争先恐后地下车，一览青海湖的美丽风光。

被称为青海湖屏障的日月山，自古以来是中原通往西域边疆的咽喉。唐代，中原与吐蕃在此有过无数次战争，死伤不计其数。诗人杜甫有“君不见青海头，古来白骨无人收，新鬼烦冤旧鬼哭，天阴雨湿声啾啾”的悲凉诗句。

传说文成公主远嫁吐蕃藏王，唐太宗和皇后怕公主思念故乡，赐给她一面日月宝镜。每当思念家乡，对镜一照，便可看到父母和家乡。文成公主途经此地，瞭望荒无人烟的西域，不禁思念家乡，但想到身负和亲的重任，便毅然将镜子抛掉，日月宝镜遂化为日月山脉。

站在山顶公路的垭口旁，日亭和月亭高高叠起，玛尼堆的经幡在风中猎猎有声，路两旁的山峰上仍有积雪未消，在这古代著名的赤岭上，今时的青藏公路恰与唐蕃古道在此相叠。

一段远古的回忆，触摸了历史的沧桑。那曾经胡马嘶鸣硝烟四起的古战场，如今已是一片繁荣富饶的土地，已是一片灿烂光明的景象，青海湖岸边旖旎的风光与一湖圣蓝的水相映成辉。

日月山的东边属湟水流域，享受着湟水的灌溉，到处呈现出一派山清水秀、田园似锦的江南风光。青海湖边著名的塔尔寺就坐落在这美丽的田园里——湟中县鲁沙尔镇西南，是宗喀巴的诞生地。塔尔寺始建于1379年，是为了纪念中国佛教著名的黄教创始人宗喀巴而建。寺院占地1000余亩，是由许多宫殿、经堂、佛塔所组成的一个气势宏伟、藏汉艺术风格相结合的古建筑群，是西北地方佛教活动的中心，在国内和东南亚一带都享有盛名。

塔尔寺最奇特的是大厨房内的五口大铜锅，这五口大铜锅可同时煮够3200人吃的米饭。

我们仔细地欣赏了被称为塔尔寺“三绝”的壁画、堆绣和酥油花。

壁画多绘于布幔上，悬挂或钉在墙上，也有直接画在栋梁上的。染料均为矿物质，色泽鲜艳，经久不褪。堆绣包括刺绣和剪堆两种，做法是先将各种颜色的绸缎剪成各种形状，塞以羊毛、棉花等填充物，然后绣在布幔上，具有明显的立体感。塔尔寺的酥油花制作得非常精致，每年春节前几个月，酥油花艺人便将纯净的白酥油揉进各色矿物质颜料，塑造出佛像、人物、花鸟等各种形状，于每年正月十五灯节会上展出，成为一年一度的寺院盛事。

日月山的西面是绿草如茵的草原地带，被称为依山连湖、令人心旷神怡的环湖草原。夏季的大草原一望无际，青草丰茂，郁郁葱葱。牧民的帐篷星罗棋布，成群的牛羊游动如云，有的在悠然地反刍，有的休闲地卧在草中。远处高山顶端皑皑白雪，蔚蓝色的天空飘着一朵朵白云，盛开的油菜花一片金黄，这一切都绘制了青海湖神奇、迷人、绝妙的画卷。

在绿草漫漫的广阔牧场上，当地人都以放牧为生，帐篷、包房是当地人沿袭已久的居住方式。在蒙古包里，坦率直爽的蒙古族牧人热情地款待我们，先是香气沁人的奶茶、奶酪，接着又敬上醇美的马奶酒，手抓羊肉更是让人大饱口福。席间，我们跳起了蒙古舞。“在那遥远的地方，有位好姑娘——”婉转悠扬的歌声从另一个蒙古包里传来。《在那遥远的地方》是“西部歌王”王洛宾为怀念一位叫卓玛的姑娘而创作的，歌词里提到的姑娘的帐房就坐落在一片叫“金银滩”的草场里，这首动听的情歌至今依然唱得缠绵。

和青海湖同样享有盛名的还有青海湖中的鸟岛。每年五六月，湖面有十多万只候鸟在这里繁衍生息，美丽的青海湖便成了鸟的天堂。飞翔的鸟如遮天盖日的行云，浮游的鸟似袒露在湖面的片片沙滩，游人一到便惊动了它们，或在水面轻轻地盘旋，或展翅直冲云端，婉转清脆的群鸟啼鸣和流水声相和，宛如一首首激昂的交响曲，蔚为壮观，令人赏心悦目。鸟岛成了诗情画意的天地，其中“三块石”是鸟最集中栖居的地方，一些美院的学生在此写生。

在碧波浩渺的画面里，有挺拔的山峰，广阔的牧场，吐艳的鲜花，悠然的牛羊，安详的飞鸟，让人备感温馨静谧，我在心里默念着海子的诗。

是啊，在博大无私、神奇、圣洁的湖水面前，我们是何等贫穷、荒芜和肮脏。

青海湖像一位胸怀宽广的母亲，用甘美的乳汁养育岸边的儿女；她又像一尊心性善良的女神，润泽着脚下广袤的土地；她又像一位美丽纯情的牧女，悉心呵护着如云的羊群。

去看胡杨

第一次去看胡杨，正值盛夏。

在南疆，在塔克拉玛干沙漠，大片的胡杨郁郁葱葱，塔里木河曲折蜿蜒，两岸的胡杨沿河道走势一直延伸到漫漫天际。

我们乘坐的汽车由沙漠公路 0 公里处前行 13 公里，向左拐上石油公路。行驶 36 公里左右，便到了塔里木河的交叉口，这里是胡杨林密集生长区，一片片胡杨树盘根错节，枝杈交错，高的树有 20 米上下，像山一样挺立。强壮的根交错盘结，有的如虎卧，有的如龙蟠。一样树上生长着不同形状的叶子，有的似柳叶，有的似枫叶，有的又似银杏叶，形态各异。“矫如龙蛇欻变化，蹲如熊虎踞高岗，嬉如神狐掉九尾，狞如药叉牙爪张。”（宋伯鲁《胡桐行》）我在心里赞赏这位诗人生动形象的描绘。

维吾尔语称胡杨为“托克拉克”，意为最美的树。胡杨的美不但体现在它多姿的形状，更体现在它顽强的精神。胡杨具有极强的抗干旱、耐盐碱、御风沙的能力，被誉为“英雄树”。“在漫无人烟的大漠深处 / 在风沙肆虐的戈壁尽头 / 在寸草难生的盐碱荒丘 / 百籽不发芽啊 / 万物难生 / 唯有你胡杨，创造着绿色的希望，诠释了生命的力量/展示着震撼心魄的英雄形象。”我用这样的诗句赞美着英雄树。

活着千年不死的胡杨，像一面面猎猎的旗帜，挺立在沙漠之上，静穆，苍劲，在盐碱中歌唱，同风沙比试着力量，背负着火热和干渴，在大漠中拼比着自己的不屈和顽强。

死后千年不倒的胡杨，像远征的战士，即使战死在疆场，也要让自己的躯体浇铸成坚固的屏障，用沧桑的魂魄征服着沙漠的心，高挺不弯的脊梁，傲然屹立成铁壁铜墙。

倒下千年不朽的胡杨，是沙漠的灵魂和骨骼，风吹沙埋，铮铮作响，风骨卓然，激情昂然。胡杨，天地间不朽的壮士，沙漠中的英雄，有了你，沙漠才有了春天和希望。

第二次去看胡杨是深秋季节。

大地吹起阵阵凉风，大雁南飞，秋日落下的本是枯枝败叶，是枯槁和伤怀，这时的胡杨却兴奋和振作起来，呈现着透明的金黄，闪耀着神秘的光芒。全力以赴奔向色彩的巅峰，树是金黄的、山是金黄的、季节是金黄的。天空澄澈如水，蓝天下的金黄令人目眩，片片金色的树叶在风中舞着，沙沙作响，像无数个梵高在挥毫，大涂大抹成一幅金灿灿的油画。梦幻般的金黄激起心中童话般的遐想，是荷马史诗、瓦格纳的歌剧、贝多芬的交响曲……它的热烈、壮阔和辉煌令人赞叹。

金光闪闪的树冠，如同大师的头颅，转动着透明的金黄色的智慧，咏诵着金子般的诗句。

它的狂爱向死而生。

它的干渴、它的呻吟、它的挣扎、它的顽强、它的豪放，眼中辛酸的泪，都为了这一季的辉煌。

啊，胡杨，荣也顽强，枯也顽强；昔也辉煌，今也辉煌。

野菊花

收获后的田野裸露着肌肤，结籽的黄草“卧薪尝胆”地潜伏在地上，阳光变得又弱又淡，北方来的风阵阵地吹着，枯黄的树叶是那样毫无反抗地从树枝飘荡到地上，而飘落到地上的枯叶也无法在原地安稳，被风四处吹散开来，这一切，都让人感到深秋的气魄。

“霜叶红于二月花。”同朋友相约去赏红叶，我们沿着坡路往山上走着。“快看，快看，这里有一片菊花，好美啊！”走在前面的一个朋友招呼着我们。

我们加紧了脚步，在毫无遮挡的山坡处，一片金彩似的野菊花开得淋漓尽致。一束束柔美的小花，一丛丛细小娇柔，你挨着我，我挨着你，晃动着脑袋，摇曳着腰肢，摆动着裙裾，伴着风的旋律，载歌载舞。

天空极度澄净，明丽的日光，毫无遮挡地投射到山坡上，一片野菊闪动着金灿灿的光影。

我们驻足观赏着，如同欣赏一群野游的女孩在表演歌舞。

灿灿然，淘气中带着聪颖。

悠悠然，顽皮中携着灵气。

不存戒心，不设栅栏。穿过东篱的雅兴，出于唐宋佳句，这群野在山坡上的“女孩”就这样无拘无束地、欢快地舞着，毫不为任何卑俗之情所玷污。她们的快乐是真实的，不需要向任何人证明；她们的幸福是自足的，不需要告知任何人。

她们没有一块属于自己的香圃，没有一片遮挡的篱笆，没有女主人纤纤玉手的呵护，她们披露而卧，枕霜而眠；她们迎日而笑，随风而舞；她们用自己的方式，独守一方贫瘠。她们欢乐、坚定、安然、美丽，在风霜肆虐的境遇中，依然孤傲地绽放着生命的绚丽色彩，在远离世俗的净土中，依然无悔地将生命磨砺成一缕缕淡雅的清香。

醉倒雁群，醉倒红叶，醉倒远行的人。

啊，这群野性的“女孩”！

这片亮丽的生命！

五台山散记

十二年前的追寻

第一次去五台山是 1997 年的秋天。那一年单位进行体制改革，职务升迁的失落，事业的诸多不顺心，加上感情的困惑，让我心灰意冷，总想找个地方去释放一下内心的烦愁，或者去寻找一种答案。正好去山西开会，离五台山很近，我知道五台山是文殊菩萨的道场，文殊菩萨是大智慧菩萨，便决定寻求文殊菩萨的智慧帮我解开心中的结。会议结束当天恰好是周末，我便一个人去了五台山。

大巴车行驶了近三个小时，就要走进佛国圣地五台山了，一种敬畏的心情悄然从我胸间弥漫开来。山连着峰，峰连着山，在漫山遍野的翠绿之中，圆圆的向日葵颔首向南，沉甸甸的谷穗默默垂首，还有那一株株从车窗外闪过的白杨、垂柳、松杉，全然是一副虔诚至极的模样，似乎在潜心地聆听、沉思或感悟，眼前的一切都染上了佛的灵气。车再往前开，便见峰峦叠翠，清风徐徐，流水潺潺，浓荫之中掩映着一座座红墙逶迤、斗拱飞檐的寺院古刹，庄严、肃穆。

公司在五台山有招待所，我简单地吃了中午饭，便走进附近一座寺院。入院第一座殿殿额的石匾上刻有“普化寺”三个字，两侧有石刻的对联一副，上联是：皈依三宝极乐地；下联是：遵守五戒未来天。因为是深秋季节，又是下午，所以寺庙里人很少，显得很宁静。

来到佛前，我举手跪拜，不知心中的苦如何诉说，不知不觉泪便流到腮边，竟情不自禁地哭出声来。忽听身后一声“阿弥陀佛”，起身回头，见一位僧人不知何时双手合十立在身边。我正觉得不可思议，僧人一语道破玄机：“此乃佛缘，阿弥陀佛，可否到我客室坐一坐？”我点头表示同意。

这是一间不大的会客室，有二十平方米左右，中间是长方形木桌，上面摆放着笔、墨，墙上挂了一些书法作品。从一些资料和照片中，我得知他是普化寺住持妙生法师，十五岁出家，是五台山有名的僧人书法家。我看了他的一些书法及诗词，顿生敬意，巧遇这样一位高僧，我很愿意把心里的苦闷向他倾诉。他不提问也不回答，只是含笑默默聆听。说完以后，我心里觉得轻松多了。他像一位老朋友，热情自然，并为我泡了两杯茶，第一杯喝完觉得有些苦，第二杯喝完觉得清香甘甜。我也很喜欢书法，他看我对他的书法作品很欣赏，就随手为我写了一副对联：心如朗月连天净，性似寒潭彻底清。只见他双手挥毫，字体刚劲飘逸，让我看得目瞪口呆。于是，我也即兴为他写了一首诗：

赠妙生住持

皈依佛教少离家，夜诵经书朝结跏。

出口成章惊客座，挥毫泼墨绘心花。

临走时，他送了我许多佛学方面的书籍。我不知如何表达感激之情，妙生法师还是那句话：“此乃佛缘，阿弥陀佛。”

山寺的夜来得很早，晚钟一声声传来，沉缓而悠远。灯下静读妙生法师送我的一本《醒悟明灯》，书中记载了顺治皇帝了却尘缘皈依佛门出家五台山留下的《归山》诗：“天下丛林饭似山，钵盂到处任君餐。黄金白玉非为贵，唯有袈裟披最难。……百年三万六千日，不及僧家半日闲。……百年世事三更梦，万里乾坤一局棋。禹疏九河汤伐夏，秦吞六国汉登基。古来多少英雄将，南北山上卧土泥……”遥想当年，顺治皇帝悄悄离开繁华京城，脱下黄袍换袈裟，从此隐姓埋名遁入五台山，踏上漫漫佛国之路，那是怎样的大彻大悟？荣华富贵不慕，六宫粉黛不恋，终日青灯黄卷，那是怎样的人生境界？而我们这些芸芸众生，争名于朝，争利于世，有何意义？在我的脑际不断地浮现那位曾经的一代天子：身着灰色长袍，在寺院中洒扫，在古松下盘桓，在青灯旁诵经，在书案上挥毫……

我忽然又想起白天妙生法师为我泡的一苦一甜的两杯茶，看来真是用心良苦。人生不过数十载，岁月匆匆流逝，每个人都在苦苦甜甜的生活中沉浮，有过物是人非的感慨，有过深怀彻悟的希冀，有过随波逐流的漂泊……为了追求名利，却被虚荣奴役一生。我们经常振振有词地嘲笑猴子捡到了什么，丢弃了什么，可我们自己总是在琐屑中迷失，被微小的实利遮住眼目。我们苦苦为之追求奋斗，蓦然回首，发现原来已失去了许多宝贵的东西。人不是神，也不是佛，人就是人，人的周遭际遇磕磕磕碰碰坎坷曲折，自然会有痛有泪。也许我们缺乏禅宗顿悟的本领和超越人生的睿智，也许我们狭小的胸襟不似弥勒佛的肚皮足以包容万象，也许我们难下定“众生无边誓愿度，烦恼无尽誓愿断”的决心，但我们可以有一颗祥和平淡的心。完美的人生或许不可求，但祥和平淡的心情却不可丢。“人生最辉煌时，淡泊而沉静；人生不如意时，沉静而不惶惑”，这是佛祖留给我们做人的最高境界。

台怀镇飘来幽雅清馨的佛国音乐，行云流水般的音乐以管子及笙、笛等乐器演奏，在佛国圣地上空流淌。这来自青灯古佛下的天籁之音，没有震耳欲聋的喧哗与骚动，没有声嘶力竭的喊叫，所有的音符都那么恬静安详，好像佛像前的炷炷清香，轻盈地上升，舒缓地淡化。听着这来自佛国圣地的旋律，心里的一切尘埃被荡涤而去。起身站在阳台上,举目望着晴朗的夜空，洁净如玉的皓月在湖蓝色的夜空中，向苍茫的山岭泼洒着湿润柔和的光泽，为层峦叠嶂的山岭蒙上一层神秘的色彩。巍峨雄伟的北国山岭在空明澄澈的月光中更显冷峻，昼间凝翠涌绿的千山万壑一片迷蒙，倒是峰峦间飘动的薄云依然缥缈自在。明月朗照，山川无语。

山寺的夜色真美，在城市里好久没有感受到这样的夜晚了，时已深夜，我却没有一点睡意，我要把这美好的夜晚记住，随即挥笔写了一首小诗：

为洗烦心到五台，感知菩萨善情怀。
佛光驱散心头雾，恩泽浴身明智开。

我讲的明智，是因为这次五台山之行，使我悟出了人生的许多道理，义殊菩萨，救度苦难，解脱愚痴的大化，这大化渐渐冲淡了我世俗的忧烦。

第二天，要赶早班车回北京，天刚刚见亮，我就到了菩萨顶。

菩萨顶位于台怀镇中心区灵鹫峰上，是五台山规模宏大、结构完整的喇嘛寺院，是黄庙的首寺，创建于471—499年间，即北魏孝文帝时，当时叫大文殊院。菩萨顶是满语语音的意译，因为清朝统治者为满族，所以清诸帝将菩萨顶提到至高无上的地位。我这个满族的后人，更应到菩萨顶朝拜。

转过大彩壁，抬头仰望，108级条形台阶陡峭升高，立即使人感受到了这座寺院的雄伟气势。佛家认为人生有108种烦恼，把解脱烦恼之道称为法门。这108级台阶等于108道法门。上一级台阶，入一道法门，除一种烦恼。虔诚地登上108级台阶，便将人生108种烦恼踩在脚下。我一鼓作气登上108级台阶，到了绚丽多彩的木构牌楼下，寺院的大门还没有开，但能看到寺宇高耸，殿堂云集，金碧辉映，极富皇家气派。

站在108级台阶之顶，迎面一轮红日跃上山头，温暖的阳光洒满青山绿水，我想起了海子的诗：

从明天起，做一个幸福的人
喂马、劈柴，周游世界
…………

这是海子1989年1月所写的诗，可这个才华横溢的年轻诗人，两个月后，却魂断河北山海关，他没有实现做个幸福人的愿望。我告诉自己，我要做到。

名不虚传的清凉圣地

五台山独有的佛国内涵，令我梦绕魂牵。十二年前的初识，给我留下了太多的留恋，太多的期盼。随着时间的推移，重上五台山的愿望越来越强烈，但因为许多客观原因，终没能如愿成行。2009年夏天，我推掉了一切事情，约了几个朋友驱车从京城出发。车行驶在平坦的高速路上，我的心早已飞到了五台山。车到达山门，这里建造了一座宽大华丽的牌坊，横匾是金光闪闪的“清凉圣地”四个大字。因为要加收门票，司机下车购票，我们也下车欣赏着罕见硕大的牌坊。阵阵凉风吹来，胜似秋天的凉爽，骤然从热得熬人的北京至此，真正体会到了这“清凉”二字的含义。

昨天刚刚下过一场雨，整洁的马路上一尘不染，平坦宽敞。放眼望去，山脚下原来那些简陋的小房，被鳞次栉比的中高档宾馆所取代。台怀镇的变化更是惊人，街道拓宽了许多，两边是装饰鲜明的店铺，原来居民住的破旧院落不见了，增加了许多近似北京四合院式的成片住宅，多为白墙灰瓦红漆大门。

满目的青翠，郁郁葱葱，松杉挺拔，桦榆婀娜，杨柳轻扬。爽风凉丝丝，空气鲜润得直透肺腑，很想伸手摸一把它的清凉。再抬头看那天，俨然就是一个蓝色的大湖，朵朵白云在里面畅意地游着。安排好住宿，我们便迫不及待地投入到“清凉圣地”的怀抱。

五台山，古称“清凉山”。《华严经疏》中记载：“清凉山者，即代州雁门五台山也。岁积坚冰，夏仍飞雪，曾无炎暑，故曰清凉。”在这清凉圣地，到处都是美丽的色彩和旋律，那披着绿茸茸嫩草的山峦，那映着丛丛鲜花的山泉，那阵阵梵音和着悠悠钟声，那青松柏杨衬托着琉璃瓦的古刹，那山间吹来的习习清风，都显示出这是一处名不虚传的“清凉圣地”。

关于这座山的风光之美、气候之好，还有一段美丽传说：当年，文殊菩萨来此讲经说法时，酷热难熬，风沙蔽日，沟无流水，坡无绿荫，满目疮痍。东海龙王那里有块“歇龙石”，只要借来镇山，便可玉宇澄清，暑气永消。文殊菩萨化成老和尚去了龙宫，指名要借那块“歇龙石”。老龙王想：这块石头如此之大，如此之重，他怎么能拿得动？便说：“只要你拿得动便拿走。”这老和尚就施展法术，口中念念有词，把一块硕大的石头缩成一粒小丸，飞入他的袍袖，带回五台山。老龙王目瞪口呆，事已至此，无可挽回，只好悔在心头。九个龙子外出回宫，正想卧石休息，看“歇龙石”不见了，问清缘由，怒气冲天，直奔五台山而来，巨尾一扫，把五个山峰都削成了平台，利爪乱刨，在山顶上翻起了无数黑石，至今这些石头仍在，人称“龙翻石”。文殊菩萨自有对付他们的办法，一声咒语，搬来九座山峰，把龙子们锁在那里，成为现今的九龙岗。文殊菩萨将“歇龙石”置于一个山坡上，五台山立刻出现了神奇的变化，山间涌清泉，坡梁长青草。龙子们皈依佛门，守山播雨，使这里雨水充沛，气候湿润。放石头的山被称为“清凉山”，此处所建寺院为“清凉寺”，从此五台山成了“清凉世界”。这个美丽的传说反映了人们对美好生活的向往，五台山的清凉自然不是那块“歇龙石”的魔力，而是由其地理条件所致。

北岳恒山向东南逶迤而下，在山西省东北部撒下五座山峰，五峰连绵，圈出一块方圆300多公里的平原，为现在的台怀镇。以台怀镇为中心，分为台怀、台内、台外三个层次，像三个渐大的同心圆，有东、西、南、北、中五台之分。五个台顶海拔都在3000米左右。在这奇妙的同心圆内，由远至近，从山顶到谷底，分布了57座青砖灰瓦或红墙金顶的大小寺院，五峰耸峙，苍然深秀，气度非凡。佛界素有“金五台”“银峨眉”“铜普陀”“铁九华”之说。《清凉山志》中描述：“五峰中立，千嶂环开。曲屈窈窕，锁千道之长溪；叠翠回岚，幕百重之峻岭。岿巍敦厚，他山莫比。”其山势之奇伟，环境之清幽，寺庙之众多，规模之宏大，历史之悠久，无与伦比。五台山是大自然赋予的一幅绮丽多姿的画卷，清新的空气，凉爽的气候，连绵的群山，雄阔的峰顶，苍翠的树木，嫩绿的草坡，气宇轩昂的座座寺宇，掩映于青山翠丛中，显得信加清幽俊美。

在平整如幔的山顶，绿茵茵的草地如厚厚的绒毡，蒿草似少女的长发在风中丝丝飘逸，草甸上特有的花朵在8月的阳光下恣意地开放着，深紫、酒红、艳黄、浅白……有的成串，有的成簇，有的成盘或成盅，这是大自然的精心雕琢。

躺在绵软的草地上，身体及心灵被这花香、草香沐浴着。仰望湛蓝的天空和洁白如棉的云，陶醉于这清凉圣地之美，这种精神上的享受，不仅使人身心愉悦，更让人的灵魂得到净化。想到在这个物欲横流的世界上，许多被无度的贪欲所毁者，不正是由于他们过分地沉溺于物质追求吗？物质的东西，正如天上的浮云，瞬间即逝。佛讲：心净众生净，心净国土净，修行必先净心。想到此，我不禁对宗教文化倡导的“净”“清”“空”产生了深深的敬仰。

人在尘世，难免会有身心的污染，当你身心疲惫时，当你思绪烦乱时，当你心灵无助时，当盛夏难熬时，就到“清凉山”来吧。这里不仅会给你无尽的“清凉”，还可以参观古建筑群，游览青山绿水，听取美丽的传说，增长历史文化知识，实在是一件快事。

在塔院寺当居士

只有身临其境，用心走进五台山雄伟深广的怀抱，才能领悟五台山的神韵和风骨。在朋友的帮助下，我见到了塔院寺的主管照见师父，他给了我一个居士证，并在塔院寺为我安排了住处。这样，我在寺院的活动就方便多了。

现在的塔院寺和显通寺原为一个寺院，明永乐五年（1407）重修大白塔时，将当时的阁院分开，因塔建寺，所处寺院为塔院寺。

塔院寺占地15 000多平方米，坐北朝南，依山傍水。寺院的结构也是五台山的代表，布局严谨，主次分明，左右对称，前后相宜，气势敦厚雄伟。院内有各种建筑120处，分左、中、右三个院。大白塔中线轴上有三重殿宇，由南至北分别为天王殿、大慈延寿宝殿和藏经阁。

佛家将大白塔称为“佛舍利塔”。为广传佛法，印度阿育王将释迦牟尼的肉体炼就的84 000个舍利子，用五金七宝铸造了84 000个铁塔来供奉。在他去世后，这些铁塔广布于大千世界，五台山大白塔（当时为慈寿塔）就是其中一座。现在的大白塔是元大德五年（1301）由尼泊尔匠师阿尼哥设计的，将原来的慈寿塔藏在了大白塔的腹内。

大白塔为一座砖结构建筑物，体现着尼泊尔的建筑风格。塔基为正方形，塔座为八角形，通高 75.3 米，环周 83.3 米。塔基外围建有通廊，安装有 120 个法轮，此轮用于诵经，又称转经筒。在法轮上写有唵、嘛、呢、叭、咪、吽，为梵文字的六字真言。六字的含义是："唵"表示"佛部心"，意思为身、口、意念与佛一体，才能取得成功；"嘛"与"呢"表示"宝部心"，意为如意宝，获得此宝无所不能；"叭"和"咪"表示"莲花部心"，喻法性如莲花一样纯洁；"吽"表示"金刚部心"，意为只有借助佛的力量才能成就一切。这六字为藏经的根源和核心，不断诵念和思考，可达到功德圆满。现在人们通常解释为：用右手将法轮转动，绕塔走一圈，可免灾祸，平安吉祥。所以，到塔院寺来的香客和游人，都争着到塔下来转动法轮。

大白塔厥高入云，优雅、苍劲、深朴、高逸，像一位尊贵的老者，带着笑意迎候着参拜者。站在塔下，人只能仰视。仰视是凝重的，是虔诚的，让人感到自身的渺小。巍然屹立的大白塔让人不但体会到它的壮观，而且会欣赏到它独特的艺术风格。整个塔身从上到下，绝不雷同，也不繁缛，简约又不失大气。塔顶上盖有铜板 8 块，呈圆形，按照周易八卦的"乾、坎、艮、震、巽、离、坤、兑"方位安装，周长 23 米。塔顶正中心之上为风磨宝瓶，铜顶高 5.3 米。边洞吊装铜质垂檐 36 块，每块挂风铃 3 个，连同束腰风铃，共 252 个。日照塔顶，银光闪烁。古人曾赞美白塔："厥高入云，神灯夜烛，清凉第一胜境也。"

大白塔南侧是天王殿，正对着塔院寺的正门。塔院寺有两座门：一座是正门，木匾上写着“清凉圣地”，为康熙御笔。另一座是旁门，有砖刻的“山云水月”四个大字。塔院寺的天王殿与其他寺院的天王殿不同，正面塑像不是大肚弥勒佛，而是观音菩萨，观音菩萨背后立有一通法令碑，刻有万历皇帝敕令修塔的圣旨。

寺院的正殿为“大慈延寿宝殿”，万历皇帝登基后封其母为慈圣皇太后，“大慈”意为太后，为祝其母亲李太后延年益寿，将原来的“大雄宝殿”命名为“大慈延寿殿”。

大白塔的北侧是大藏经阁。阁额木匾上书道：“两塔今唯一尚存，既成必怀有名言。如寻舍利及丝发，未识文殊与世尊。”此匾为乾隆于五十七年（1792）拜寺时所书。两塔指大白塔和文殊发塔，文殊发塔是为文殊菩萨显灵时遗留下的头发而建，在大白塔的东侧。

闻名中外的“转轮藏”就高置在大藏经阁里，是由高僧憨山大师于明万历九年（1581）设计制造的。大殿正中有一木质经架，六角形，21层，高11米，每层有许多小格，用于放置经书。最底层装有转盘，人力推动，运转自如，转一次轮藏等于念一次经书。

塔院寺有一处一连三幢的方丈院，毛主席曾在此居住过。1948年，毛泽东、周恩来、任弼时离开陕北向河北的西柏坡进发，路经五台山，在塔院寺留宿一夜，并在此抽了一个上上签，开怀大笑。朗朗笑声中，这位伟人想的是什么呢？是想到儿时同虔诚的母亲一起拜佛，还是想到将向历代皇都北京开进的吉兆？对此，我不敢妄加揣度。

白天的塔院寺，无尽的人流鱼贯而入，寺院里香烟缭绕，增加了佛教圣地的独特风韵。晚上寺院的大门关得很早，没有了游人，只剩下寺里的僧人和居士，显得很安静。寺院的大殿里隐约传出僧人晚课时连绵不断的诵经声，和着轻悠的檐下铜铃声，好像来自寺院的一草一木，又好像天籁中悠悠的逸云，深邃、清丽而又令人沉醉。

居住在寺院，我才知道，僧人从早到晚都是不轻松的。除了上午和下午有一连串的相关诵经活动外，每天凌晨3时便开始做早课，晚上要做晚课。在照见师父的安排下，我参加了寺院僧人的早课。在随僧人诵经的时候，我心里觉得非常虔诚，虽然他们念的经文我听不懂，但我知道经文里所讲的教义善良而美好。有时一人诵，有时大家合诵，抑扬顿挫，此起彼伏，旋律优美，而且能让人摒弃杂念，心静如水。此刻，心灵体会到了一种难得的纯净无尘、幼稚天真的感觉。佛文化的感召和人内心积累的东西是息息相关的，特别是跪拜的那一刻，心律的波动与佛殿的钟声、铃声交融，灵魂的独语与佛家的偈语融会契合。佛家云：听经文烦恼消，智慧长，菩提生。在这个时候，许多话是不用说的，用心感悟就行了。只是我平时没有练出跪功，跪在那里，两腿直打哆嗦。

早课于5时30分结束，走到饭堂门口，我见十多个僧人和居士正在收拾中午的青菜。有菜花、扁豆、土豆、茄子、角瓜，每筐有50斤重，青菜大多是居士送的，我也动手帮忙整理青菜。将近6时，人们已经开始陆陆续续地进入饭堂。好大的一个饭堂，能容纳二百多人同时用餐。长条木桌、长条木凳，两排之间两两相对，中间留出可一人过的通道，用于饭堂的僧人为大家添斋饭时通过。每个人面前放两只大碗，一双筷子。男居士与僧人在一侧，女居上与尼姑在另 ·侧。6时整，窗外一年轻僧人把钟撞响，然后堂内一年长僧人开始带头诵经，众人随着同诵。唱和声止，有四个僧人分别拎着饭桶和菜桶分两路按顺序添饭菜。饭菜绝不能多要，不够吃可以再添，但绝不可以剩下。饭菜不够，将碗推到桌子前端，僧人就会过来添。饭堂上要遵守“禅堂止静，缓步低声”的规定，吃饭时不能说话。没过多久，诵经之声又肃然响起，整个饭堂里充满了庄重和威严，吃饭仿佛不仅为果腹，亦为修行之一道。

“须知极乐神仙境，修炼多从苦处来”，我的心灵再一次为出世者们那种决意追求的苦心而动情了。我从袁枚的诗又想到了明代高僧莲池大师对弟子们苦口婆心的规劝：“向道者百，而坚久者一二；坚久者百，而坚之又坚，久之又久，直至菩提心不退转者一二。如是最后，名真道人。难乎哉。”看来修行达到佛悟的最高境界真是不容易啊，为了达到佛悟的最高境界，出世者们的修行可算是馨香祷祝，苦心孤诣了。

在塔院寺当居士，赏古刹，读碑文，喝圣水，吃素斋，闻佛号，听经文，别有一番道悟。在佛禅的修行中，以佛门外的人来看，很难忍受。佛菩萨普度众生，使人脱离世俗之苦，可佛界弟子却先要从耐苦入门。因此，在佛禅的修行中，信仰是先决条件。信仰有了，还要有坚定的意志，一个有着坚强意志的人，才能创造力量，才能克服一切困难，达到成功的目的，修行如此，事业亦如此。

身在佛国，如有禅悟，这该算是一种了吧。

黛螺顶上所见所思

在台怀镇中心区清水河东畔，群山巍峨，松林苍翠，在半山脊又突起一座小峰，顶高400米，形如大螺，满目青黛，此峰为黛螺顶，山顶的寺院也以此山为名。黛螺顶面临台怀谷地，与菩萨顶隔谷相对，“云岚往来，灵气若接”。1080级青石台阶倚山而铺,全长508米,直通殿宇。赵朴初先生为该路题名为“大智路”。

黛螺顶寺院创建于明成化年间，明万历年间和清康熙、乾隆年间都重修和补修过。此寺有三座主殿，第一座殿为站坛殿，殿座为六角台基，上部为六角重檐尖顶，这是五台山寺宇中特有的建筑造型。殿内的释迦牟尼佛像站立在佛坛之上,称为站坛佛。又因用旃檀木雕成，所以称旃檀佛。站坛佛源于佛教传说：释迦牟尼得道后，到忉利天为其母讲《罗汉经》之前，佛家弟子们为让佛祖影像永留心间，请画师为佛祖画像，画师鉴于对佛祖的尊崇，不敢用目直视，便照着水中的影子画。于是，就有了站坛佛一说。

第二座殿为文殊殿，殿内供有五座台顶的五种文殊法像。中间为中台的孺童文殊，左侧为北台的无垢文殊，右侧为南台的智慧文殊，左侧殿坛为东台的聪明文殊，右侧殿坛为西台的狮子吼文殊。

到五台山拜佛，称为“朝台”，要亲登五座台顶，朝拜五座台顶上五座寺庙中五尊不同的文殊法像，才算朝台完毕。乾隆皇帝多次到五台山，总想亲自登上五座台顶，终因气候多变，风雨所阻，未能如愿。乾隆四十六年（1781）春，乾隆于行宫召见黛螺顶住持青云法师，让其办好一件事，就是五年后他再来朝台时，既不须登上五座台顶，又可朝拜五方文殊。青云住持从文殊菩萨那里获得聪明智慧，他解开了乾隆留下的难题，将五座台顶的五尊菩萨法像供于黛螺顶的一个殿内，这样只要登上了黛螺顶朝拜,就等于登上了五座山顶。乾隆于五十一年（1786）三月，登黛螺顶朝拜了五方文殊，并亲笔写出了脍炙人口的诗篇：“峦回谷抱自重重，螺顶左邻据别峰。云栈屈盘历霄汉，花宫独涌现芙蓉。窗间东海初升日，阶下千年不老松。供养五台曼殊像，阇黎疑未识真宗。”此诗生动地描绘了黛螺顶的秀美景观，也表达了乾隆对文殊菩萨的崇敬。此诗被刻于寺内石碑背面，字迹遒劲而圆润，实为书法艺术珍品。石碑正面刻有乾隆十五年（1750）冬御制碑文，对黛螺顶做了较为详细的说明。

第三座殿为后殿，殿台阶下长有一松一柏，乃诗中所讲的“阶下千年不老松”。

因为黛螺顶文殊殿内供有五种文殊菩萨法像，所以到黛螺顶朝拜等于拜了五种文殊菩萨，到此朝拜的人很多。在这里，能深深地感受到宗教气氛的庄严和僧侣香客的虔诚。且不说那些古刹中粗茶淡饭、布衣青灯、打坐诵经的僧人，单是那些远道而来的善男信女们的虔诚、执着，也足以震撼人的心灵。在黛螺顶台阶上，我遇到几位朝拜的虔诚者，他们有年老者，也有年轻者，有男也有女，不管旁人如何观看，如何评论，他们的心境已完全进入了一个无人的状态。其中让我记忆最深的是一位中年妇女，三步一跪，一伏一叩头，额头上已渗出了一片圆圆的青紫色的血斑，口中还念念有词，但不知她讲的是什么。还有一个小伙子，一步一跪，一伏一叩头，他的每一个动作都一丝不苟。听路人讲，他是替母还愿的，我想，不管他母亲是什么心愿，他的孝举足以让人赞叹。

五台山是僧众并存的世界，在这个佛国圣地，芸芸朝拜者中，动机各不相同，有祈求延年益寿者，有祈求消灾避祸者，有祈求心想事成者，有求财求禄者，有祈求平安吉祥者。他们有的身心遭受到巨大伤痛，祈求上苍赐予恩惠；或者自觉罪孽深重，需要通过苦行寻求解脱；或者有万难不辞的雄心宏愿，须用无限虔诚来同佛做交易。他们认为磕头是内心慰藉、解脱的最好表达方式，以磕头表示虔诚。由此我想到了两千五百多年前的古印度王子乔达摩·悉达多，放弃优裕的宫中生活，舍身弘法，关注人间疾苦，寻求普度众生脱离苦海的自我解脱之路，启迪教化众生清心寡欲，修炼解脱，进入涅槃，将人类的精神境界引向一种超凡脱俗的高层次的生命实践。而现实中，人们常常不重视精神世界的提升，不去防御世俗社会的各种诱惑和邪恶，不把佛法作为净化人心、完善人格、修炼人性的一个途径，最终难以在佛道中体认人道、世道、天道。而那些临时抱佛脚的人，那些败于俗界、迫于无奈到佛门来找出路的人，以自己的盲信盲从，给佛教留下了越来越多的实用主义烙印。难道为了显示佛心慈悲、佛法无边，就可以不顾弘法的初衷和要旨吗？我想佛祖是不会这样做的，佛祖毕竟不是贪官，收礼越多办事越勤，也不会不辨是非，佛祖对善恶忠奸是从不含糊的，那些作恶多端的人，那些贪婪无度的人，临时抱佛脚是没有用的，他们终归要得到应有的报应。

佛家讲“平常心是道”“步步是道场”，其实，修行不只对于那些出家人，对于我们每个人，人生也是一种修行和禅悟。

在袅袅香火中，在声声木鱼中，我仿佛听到了远山的呼喊：

做人要清清白白，堂堂正正；做事要对得住苍天，坦坦荡荡。这是佛祖告诫我们的做人的道理，它体现在我们的一生一世、一举一动、一言一行中。

北台眺望

五台山的最高峰为北台，高3058米，比泰山还高1500多米，高耸入云，巅摩斗杓，故名为“叶斗峰”。北台山高路险，气候变化无常，从历代诗人对北台的描述中，就能体会到境况的艰险。宋代张商英咏北台：“北台高峻碧崔嵬，多少游人到便回。”金元之际，大诗人元好问是山西忻县人，他多次到五台山，写出《台山杂吟》十六首，勾画出山川的神奇、雄健。“西北天低五顶高，茫茫松海露灵鳌”，就描绘了北台峰高峻立，直插云际，天因此显得低垂了。山上松树茫茫似海，海下露出巨龟。神话说，渤海东有座大山，随水漂浮，上帝使巨龟载着它才屹立不动。这是块神灵所在的福山宝地。“万壑千岩位置雄，偶从天巧见神功”，岩壑山峦是这般雄奇，这是天神奇巧的功力。明代诗人唐文焕曾留《北台》诗：“上方台榭枕崔嵬，蹑磴扪萝百转回。……归去京华千里外，白云回首也心灰。”

北台顶台高，寒极，风狂，雷猛。《清凉山志》中描绘，“风云雷雨出自半麓……时或猛风怒雷，令人悚怖。尝有大风，吹人堕涧，若槁叶耳”。其下仰视巅摩斗杓，言其高峻，“峰顶可接北斗之柄”。“寒气逼人飞夏雪，泉声落涧响晴雷”，“寒谷未秋先落叶，阴崖不雨自生雷”。可见，北台之景致奇绝。

五台山人讲，北台是文殊菩萨的老家，是文殊菩萨最初到五台山讲经说法的地方。北台叶斗峰上的灵应寺，始建于隋，明代重修。据《清凉山志》记载，明隆庆、万历年间，僧人来此安居，开粥以济饥寒，雕造佛像。寺内供有无垢文殊法像，意为智慧纯洁无瑕。因此，北台既让人生畏，又让人神往。清康熙皇帝曾亲临台顶，一览胜景，挥毫抒情："绝磴摩群峭，高寒逼斗宫。钟鸣千嶂外，人语九霄中。"

现在去北台的路已很好走，车子可以直接开到山顶。我们的车子沿着山道迤逦而上，虽然峰回路转，但路面既平又宽。云遮雾裹的大山，参差有致的峰峦，由近至远延伸到云雾深处。峭壁青苔，山间长着许多笔直的杉树、柏树，还有形态各异的松树，万树葱茂，历经千年风雨的洗礼，这些树木显得结实古朴。一路上可以欣赏它们的挺拔和壮观，感受它们的安然和自在，体验它们经风沐雨、傲雪斗霜的生命力。那绵亘无尽的峰峦上覆盖的，不是茂密的丛林，就是嫩绿的细草。绿坡上开放着白色的小花，朋友告诉我这花叫零陵香，花不大，但分外清秀而雅致，远远望去，在一片沉静的绿上，星星点点，如同飞散的落雪，又如同无数孩子甜蜜的笑靥。车子越往上开，天空越见晴朗，蔚蓝的天空，嫩绿的草坡，细碎的小花，一群群牛羊悠闲地啃着青草，朔风吹过，真有一种"风吹草低见牛羊"的草原风情。

车子在一山顶处停了下来，我们下了车，见路边立一大石牌坊，上方醒目地写着"华北屋脊"四个大字。再往前走，就到北台的峰顶了，一面硕大的幔坡从天边至山崖倾斜着，看上去就如一个椭圆形略带弧形的台面。站在山顶极目远望，真是"会当凌绝顶，一览众山小"，真正感觉到了"千嶂尽去，万里无碍"。

向南望，台怀镇全貌历历在目，在紫霞蒸腾的深山幽谷中，在白云缭绕的峰峦岩崖上，在碧水流淌的清溪旁，在苍翠深绿的山林间，寺宇耸峙，佛塔挺立，楼阁参差，殿堂错落，美不胜收。

向东望，东台望海峰，高峻雄奇，远衔东海，蒸云浴日，霞光凝翠，瑰丽非凡。据史书记载，东台顶上有时在光亮和谐的薄雾屏幕上，会出现两圈丽色光环，宛如殿堂里菩萨背后的灵光，佛家称为佛光，僧尼称为佛祖显圣。人们有时也会看到，天空中有一直径丈余的光环，由红、橙、黄、绿、青、蓝、紫七色组成，在彩色光环中，隐约可见人的身影，佛界称“乃曼殊大愿之所持，如幻三昧之所现”。

向西望，西台挂月峰，群山拱合，山谷幽深。《清凉山志》谓之“西台顶广平，月坠峰巅，俨若悬镜”。东台日出，西台挂月，这是名山大川中少有的相配相映的景观。

向北望，是天下闻名的雁门关，五台山就坐落在雁门关的关隘口下。将雁门关、娘子关、平型关一线勾连，香火袅袅的五台山仿佛是古今战场中的一块腹心之地。作为三关要冲的雁门关，自古以来就是兵家必争之地，几千年来血雨腥风，刀光剑影。历史上，杨家父子镇守雁门关的事迹流传最广，杨家以“忠良”二字著称于世。杨业为北宋名将，善骑射，在守边御侮中屡建战功。太平兴国五年（980），他在雁门关大破十万契丹兵，斩杀其节度使，生擒其马步军都指挥使。经此战后，契丹兵每同宋军作战，望见杨业旗帜就退后逃遁。杨业镇守雁门关一带达七八年，使冀北边民得以安居乐业。遥想当年杨家七郎八虎，驰骋疆场，金戈铁马，何等威武，其报国之心天地可证。

如果说历史学家翦伯赞先生曾把漠北草原比作中国历史演兵的大后台，那么，雁门关便是出场门。华夏民族围绕这一古关口，留下了痛心的一幕幕，也演绎了无数波澜壮阔的民族奋斗篇章。据史料记载：在一百多年前，八国联军入侵北京，其中一支侵略军直抵五台山长城岭西侧的涌泉寺，清军守将望风而逃，人民群众奋起反抗，义和团的大旗飘扬在佛寺上下。1937 年秋，贺龙率八路军 120 师一个团在雁门关打了一次伏击战，而聂荣臻也在雁门关一带指挥抗日游击战。徐向前是五台山人，1937 年任八路军 129 师副师长，在雁门关一带战斗过。陈毅也在五台山一带战斗过，并留有诗句："本不游五台，迂道时日紧。至今有余欢，曾踏菩萨顶。"叶剑英留下的诗句是："打破禅关惊破梦，未妨仇恨是清狂。"新中国十大元帅，有八人都在雁门关一带留下了战斗足迹。

历代英豪凝聚着中华魂魄，在一座座佛堂大殿此起彼伏的钟磬声中，该裹挟着多少为民族为国家而奔波、抗争、厮杀、呐喊的战魂！元代大诗人萨都剌坚信自己是雁门人，作为少数民族曾有感而发："要令四海无战争，千古万古歌太平！"

站在高峨的北台顶，仰望蓝天云卷云舒，俯视大地山清水秀，万里山川如画。经过几千年的磨合，华夏大地已成为祖国各民族共同的家园。其中，佛教文化博大精深的内涵不容忽视。当琅琅的诵经声、悠扬的佛乐从寺院里传出，我在心里默默祈祷：愿大慈大智的文殊菩萨保佑华夏大地永远太平昌盛，保佑华夏子孙世代安乐兴旺。

佛风摇曳帝王影

如果问哪座佛教名山最受历代帝王垂青、亲临最多、留下的圣迹最多，当然首推五台山。正是由于统治者的认同和宣扬，才使佛教在非发源地的中国得到了空前的发展。跨越历史的时空，我们站在五台山上，佛风摇曳，帝王之影迎面而来。

东汉明帝开山建寺立了头功。东汉永平七年（64），汉明帝刘庄于一天夜里梦见宫殿有一个金人，头顶放射着金光，照得大殿金光闪闪，明帝正欲询问，见那金人升入空中，往西而去。第二天，明帝与大臣谈论此梦，众人皆认为西方有佛。明帝遂派大臣蔡愔和秦景等前往西域求佛。他们在阿富汗巧遇正在弘扬佛法的印度高僧迦叶摩腾和竺法兰，于是，两位大臣邀请他们到中国讲经说法。二人应邀，一行人用白马驮载佛经，于永平十年(67)到达洛阳。汉明帝敕令修造了一座寺院供二僧居住，因白马驮经之故，取名白马寺。寺院落成后，两位高僧在寺内清凉台上译出《四十二章经》，这是最早的汉文佛经。

永平十一年（68），迦叶摩腾和竺法兰来到了清凉山（今五台山），决定在此建寺，但当时此处由道教一统，据《国史旧闻》记载：永平十四年（71）正月十五，明帝召集诸道士于白马寺与迦叶摩腾和竺法兰赛法，在白马寺西院焚经以辨真伪。结果佛教经文烈火不烧。二僧获胜后，便着手建寺，见群山怀抱中有一山峰酷似天竺国释迦牟尼修行的灵鹫峰，就将寺院造于此处，定名为“灵鹫寺”。汉明帝为表示自己笃信佛教，又加上“大孚”二字，于是，寺院全称定为“大孚灵鹫寺”。此寺院是五台山第一座寺院，与洛阳的白马寺同为中国最早的佛教寺院。

北魏孝文帝，这个五岁就登上皇帝宝座、三十三岁便魂断沙场的君王，在他短暂而光辉的一生中，不仅政绩显赫，更能以佛论治国，以儒论养性，以老论处世。他崇佛敬僧，建寺造塔。

在南北朝的历史上，孝文帝的祖先鲜卑拓跋部落是一个充满活力的民族，他们以五台山一带作为雄踞北方和接受汉文化的根基，极力推崇汉文化，改革本部落的野蛮旧俗，成为当时匈奴之后最兴盛的一个少数民族。北方统一后，在平城（今山西大同）建都。北魏太和二年（478），孝文帝封河南公梁弥机为宕昌王（羌的酋帅）。归宫途中，路经五台佛光山，在一个朝阳东升的早晨，看到佛光山上有一团神奇的佛光显现，少年天子大喜，认为是祥瑞之兆，于是下令在佛光山修建寺庙。初建时有佛堂三间，僧室十余间，著名高僧释昙鸾是佛光寺落发的第一僧人。随后，孝文帝又请来中原能工巧匠，大兴土木，再造灵鹫寺十二院，又在寺间开辟了占地四五十亩的大花园。年轻的孝文帝每逢盛夏都到五台山朝圣礼佛、避暑游玩，他登临西台挂月峰，在此打球、射箭，留下了射箭台、打球场和人马迹。“魏帝銮舆避暑来，旌旗卷日映山台。盘陀石上空留迹，风雨千年印绿苔。”足见当年之气派。

五台山于北魏后期成为佛教圣地，声名远播，僧侣如云，大兴华严经典研究之风。

北齐诸帝也都信佛，曾割恒、定八州之税以供五台山僧尼香火之需。文宣帝第三子燃身五台山，诏修三子燃身寺（今寿宁寺）。《清凉山志》记载：“高齐建寺三百余所，割八州之税，以充香火之需。”当时，各地的僧侣竞相朝拜，研究经典，习经诵禅，五台山佛事活动盛况空前。

到了隋代，五台山的佛教又得到了进一步发展。由于隋文帝杨坚出生于冯翊的般若寺，且由寺尼抚养长大，因此他对佛教怀有特殊的感情。立朝后，他广做佛事，广建寺院，广纳僧尼。开皇元年（581），隋文帝下诏令：在五座台顶各置一所寺庙，设文殊像，各度僧三人。这是五台山五座台顶塑有文殊五种不同塑像之始。

隋炀帝杨广亦崇敬佛教，继位后亲临五台山朝圣礼佛，并敕令广筑寺庙，广做功德。

唐王朝建立后，历代帝王大都崇佛奉教。唐代又是我国历史上政治、经济、文化高度发达的时期，出现过"贞观之治"和"开元盛世"，使佛教进入空前繁荣的阶段。

李氏从太原起兵而得天下，五台山又在太原辖区，所以，五台山被认为是"祖宗植德之地"。唐太宗于贞观九年（635）下诏书："五台山者，文殊闷宅，万圣幽栖，境系太原，实我祖宗植德之所，尤当建寺度僧，切宜祗畏。"于是建寺十余所，度僧数百。武则天称帝后，不仅畅游五顶，而且亲自拨款扩建寺庙。唐代从太宗到德宗九帝，无不"倾仰灵山，留神圣境，御札天衣，每光五顶，中使香药，不断岁时"，使五台山佛教鼎盛至极，寺宇规模宏大，有寺宇360多所，僧尼达万人之众，高僧云集，声名远扬日本、东南亚。

唐代是中国佛教受到统治者最高礼遇的时代，也是佛教遭遇空前浩劫的朝代。唐文宗时国力不佳，他曾对宰相说："古时三人食一农人，今加兵佛，一农人乃为五人所食，其中吾民尤困于佛。"武宗则于845年在全国范围内采取行动，44 600座寺宇被摧毁，26万僧尼被强迫还俗，造成了中国历史上骇人听闻的灭佛事件，五台山的寺院几乎被焚烧殆尽。

后来，唐宣宗、唐昭宗又相继再兴佛事，下诏令于五台山再建寺庙，召回僧尼，拨给州田，使佛教得到进一步恢复，但已远不如初。

在佛教起落中，封建君主权力的作用不可小视，正所谓“正法隆替，随君上所抑扬”。

到了北宋王朝，诸帝都对佛教采取了保护政策，对五台山的佛事亲自过问。从太祖到仁宗，“眷想灵峰，流光五顶，天书玉札,凡三百八十轴,恢隆佛化,照曜林薮。清凉之兴,于是为盛”。宋太祖尽免赋税，馈赠财物，诏修十寺，使五台山佛事再度兴盛。

北宋灭亡后，五台山曾归辽属，金灭辽后，又隶属于金地。辽金两代帝王都崇敬佛教。金太宗于天会十五年（1137）在佛光寺重建了文殊殿和天王殿。海陵王于正隆三年（1158）修建了灵岩寺(即岩山寺)。金世宗于大定三年(1163)修建了万岁寺、净名寺和平章寺。

元代帝王更是对文殊菩萨特别崇敬，他们认为文殊菩萨曾化身为战神，帮助蒙古军队战胜了敌人，因此对文殊菩萨的道场五台山顶礼膜拜，敕令对五台山进行大规模修建。元世祖忽必烈继位后立即下诏书拨巨款建新寺12所。因蒙古族信奉藏传佛教，喇嘛教传入五台山，这是五台山佛教发展的一个显著特点。从此，五台山也成为兼有汉地佛教和藏传佛教的唯一佛教圣地。

到了明代，五台山的佛教又有了大的发展，特别是万历年间，寺宇如林，僧尼如云。明太祖朱元璋早年出身于僧侣，对佛教感情至深。其后各位帝王，因先祖曾为僧人，也都信奉佛教。为了安抚蒙古、藏等少数民族，使兼有汉地佛教和藏传佛教的五台山具有了特殊的地位。

清王朝入关前，国号为“满洲”，在满语、蒙古语和藏语中“满洲”和“文殊”读音相同，都读作“曼珠”。统治者认为，文殊宝号与满洲国号相符，象征着无量福禄，因此清朝诸帝对五台山怀有更加特殊的情感。从顺治皇帝开始，鉴于蒙古族非常崇敬文殊菩萨，就采取鼓励蒙古族佛教徒朝拜五台山的政策来融洽民族关系，增进民族团结。

顺治之子康熙帝曾先后五次朝拜五台山，登山顶、寻圣迹、瞻古刹、访高僧、制碑文、赐匾额。他为《清凉山志》作序：“宇内称灵山佛土最著者有三，峨眉、普陀，而五台为尤盛焉。我世祖章皇帝，上为慈闱祝釐，下为苍生赐福，赐金遣使，屡沛恩施。”

雍正皇帝自号“圆明居士”，特别喜好禅宗，曾从师章嘉参禅（章嘉为统辖内蒙古、青海佛教事务的大活佛）。他集古德参禅语要，书成《御选语录》十九卷。据《清凉山志》记载：“有清诸帝，悉信佛法，其悟入最深者，唯世宗雍正为第一。”

乾隆皇帝对五台山也是顶礼膜拜，屡拨巨款，重修寺宇，大兴佛事。曾六度朝台礼佛，广书诗文，御题牌匾，至今仍存于寺院各处。五台山现存的大部分砖木结构建筑为明清时所建。今天，当我们在瞻仰古迹的同时，也能深刻地感受到当时建筑之艰难，规模之宏大。

历代帝王对五台山情有独钟，倡导佛教，是五台山能成为佛教名山的一个重要原因，也是五台山的一大特点。他们借佛教可以教化人心、引导众生安于命运、通过自我修行祈求来世圆满这一心理调适作用，来缓和社会矛盾，维护其统治地位。少数民族入主中原，建立政权后，除了一般意义上的兴教治国外，帝王们与各教派频繁交往，促进了民族融合。佛教圣地五台山，在增进各民族之间友好往来、和睦共处中发挥了重要作用。

经历了两千多年风雨沧桑的五台山，同我们一起走进了一个新的千年时代。在今天这样一个改革开放的太平盛世，对五台山寺院的修缮、扩建，不会逊色于它所经历的任何一个时代，为这一片佛国圣地所修建的现代化道路、宾馆、通信、水电等设施，在五台山历史上也是绝无仅有的。五台山早已不为帝王所独有，它是华夏子孙共同的财富，它所具有的魅力，不仅属于历史，也属于现在，更属于未来。

博大精深的文化艺术宝库

五台山不仅环境幽美，而且处处显示着佛国之神圣，中外游人香客踏破山门，踏平山路，云集而来。到此来的人十有八九要烧香拜佛，这似乎是个常理，也是我的初衷。但当我置身于这佛国圣地，目睹那一处处红墙碧瓦的千年古刹，瞻仰那一座座挺拔林立的佛塔，聆听那一声声深厚悠远的暮鼓晨钟，探寻寺院殿堂里的碑刻、雕塑、匾额、壁画，研读历代文人留下的大量诗词、楹联时，受到了强烈的情绪上的感染和心灵上的震撼。我深刻地体会到，在中国盛行两千年的佛教，不仅是一种信仰，也是一种文化，博大精深的文化，五台山就是这种文化艺术交融的圣地。

“慈光接引，缁素共入莲花嘉会；愿筏载归，圣凡同登净土法门。”这是五台山显通寺（原大孚灵鹫寺）大门上的一副楹联。从东汉永平年间开始在五台山修建第一所寺庙开始，距今已有两千多年的历史，光阴荏苒，佛事弘扬，五百里佛山浩渺，五十余座寺宇辉煌，历史悠久，规模宏大，是历代建筑、雕塑、雕刻、绘画、书法、文学等艺术长廊，珍藏了大量的国之瑰宝，是祖先留给我们的一座博大精深的文化艺术宝库。

恢宏隽美的寺宇是佛教的载体，五台山的许多寺宇可以同北京的故宫博物院相媲美。五台山作为最早的佛教圣地，作为文殊菩萨的道场，使历代帝王崇礼有加。在历代建筑中，有木质结构、砖石结构、铜造结构，各不相同。不同时代的不同建筑风格，构成了各具特色、各具风采的古建筑群。

佛光寺的东大殿，是中国古建筑中不可多得的珍品。1937年，我国杰出的建筑专家梁思成前往甘肃敦煌观摩壁画时，发现了五台山壁画宋绘《五台山图》上的一座古庙。当年6月，他偕同林徽因等一行四人，骑着毛驴前往五台山进行探索，在五台县东北佛光山腰寻到佛光寺，还在殿外找到了唐代塑像，还有20多平方米的唐代精美壁画，从而他们断定这是唐代无与伦比的木质结构建筑。大殿经风沐雨已逾千年，但依旧稳健牢固，轮廓秀丽，庄重朴实，气势壮观。

显通寺的铜殿，是举世闻名的青铜建筑物，造于荆州。明万历三十三年（1605）春被运回五台山。三十九年（1611）重修显通寺后安装起来。铜殿是按万历皇帝的旨意设计制造的。当时五台山有一位功德僧，法名福登，尊称妙峰祖师，他曾用舌尖之血和着朱砂书写了《华严经》。万历皇帝之母李太后拜其为师，称其为“人天师表，法门砥柱”。李太后为做功德善事，永保大明江山，示意万历皇帝制一个铜殿，于是，妙峰祖师从全国募化青铜10万斤，铸成此殿，构造形式与北京的金銮殿相近，堪称精美绝伦，世之稀有。

五台山佛塔林立，而且各具特色，有高大巍峨的砖塔，也有玲珑剔透的琉璃塔，还有精美的铜塔、木塔、银塔、金塔。在诸多塔中，最为珍贵的是国家特级文物《华严经》字塔。《华严经》字塔由80卷《华严经》600 043字排列组成，为七级浮屠图案，字塔由白绫、黄绫糊裱而成，高5.8米，宽1.67米。中间的字为工笔楷书，一丝不苟。字塔上的飞檐铃铎、脊岭兽头、花卉人物，明快自然，玲珑剔透，与字塔浑然一体。这件艺术珍品是康熙二十九年（1690）由虞山三宝弟子许德心沐浴焚香用12年时间写成，虽历经300多年，但色泽犹新，字迹清丽。

自佛教传入我国后，在继承秦汉手法的基础上，又融外来佛教的技法，创造了具有我国民族特色的佛教雕塑、雕刻艺术。五台山现存的唐代雕塑，色彩丰富，色泽逼真，表情自然，栩栩如生。以后的辽、金、宋、元、明、清各代，在继承原有艺术精华的基础上又不断创新，浑厚古朴，凝重细腻，汇集成五台山佛寺雕塑的艺术宝库。明清时期的雕塑各寺庙多见，如殊像寺悬塑五百罗汉过江图，是雕塑艺术的杰作。

在五台山的寺院、殿堂，各种雕塑、雕刻随处可见，有石雕、木雕、砖雕、浮雕、陶雕，这些雕塑、雕刻都有极高的艺术价值。其中龙泉寺的汉白玉牌坊可称为绝响。在龙泉寺山门之前有一石砌平台，中间立有一座纯汉白玉牌楼，三门四柱，中高旁低。四柱为方柱，下方有四礅，前后各有两根圆柱斜顶，结构严谨稳固，造型刚健挺拔。牌楼后侧配有大石狮，两旁配有石幡杆，往后又连接石拱桥，清一色汉白玉构成。牌楼的前后垂檐和三心拱券均采用镂空雕法，中间雕有二龙戏珠，蛟龙飞舞、白云翻腾，出神入化、恰到好处。整座牌楼雕龙 81 条，有形态各异的狮子 20 只，另外，还有各种水果、花卉、书籍等。牌楼正中竖匾上题有“峻凌霄汉”四个字,中门题有“佛光普照”,雕刻工艺精湛，堪称一绝。

寺院壁画是五台山佛教文化艺术的重要组成部分，题材主要以佛教经变故事和佛教传说为主，同时结合当时的社会生活，采用民间艺术手法创作而成。其中最著名的是唐代和金代壁画，唐代壁画在内容上反映了当时的社会经济生活，具有刚劲而细腻、圆熟而洗练的特点，线条粗犷流畅，人物个性鲜明。

岩山寺现存的金代壁画近 100 平方米，为金代正隆年间御前画师王逵所绘。壁画用笔吸收了北宋以来文人水墨画的技法，布局精巧、疏密有致、笔随画意、精练清晰，峻岭层叠、古树参差、云雾蒸腾、殿阁巍峨。有人曾赞叹:“画山水破笔泼墨，意境深远；画苍松枝叶横疏，朴实素雅；画云雾笔法缥缈，虚实得当；画人物笔随画意，写神抒情。”岩山寺壁画成为我国现存壁画中稀有的瑰宝。

诗词碑刻，楹联匾额，是我国文化宝库中的珍贵遗产，也是五台山佛教文化的重要内容。五台山以旖旎的自然风光、悠久的佛教历史、宏大的寺宇群体，吸引了历代帝王重臣、高僧名师、文人墨客，纷纷前来朝山拜佛，吟诗作赋。他们触景生情，创作大量诗文，咏赞壮美山川，弘扬佛法教义，歌颂华夏瑰宝，关切时事民生。语言精粹，词句优美，气势磅礴，引人入胜，耐人寻味。

从五台山现存的诗词、楹联中分析，作者大致为三类：第一类为文人，如唐代的王勃、皮日休、温庭筠、张籍，宋代的张商英，金元时期的元好问、萨都剌等，他们的诗文多为上乘，堪称脍炙人口之作；第二类为僧人，他们的作品所占比重大，内容侧重佛教和寺院；第三类为历代帝王，特别是清朝的几个皇帝，诗词、楹联、碑文、匾额作品颇多，其中不乏好作品。

五台山，自佛教传入至今，已有两千多年的历史，沧桑岁月，浩瀚长河，已荟萃了印度佛教、藏传佛教、汉地佛教和华夏文化的精华，在鳞次栉比的佛刹中，大多建有藏经楼和藏经阁，珍存着数以万计的经文典籍、帝王御制牌匾等，这是五台山佛教文化的集中体现，对中国佛教的发展起着重要作用。作为四大佛山之首的五台山，犹如一本厚重的佛教文化史册，需要我们细细品读；又如一座丰富的文化艺术宝库，值得我们不断用心去探索、去追寻、去感悟。

一序千载留胜迹

"天下好山水，必有楼台收。山水与楼台，又须文字留。"（清·尚镕《忆滕王阁》）山水无言，楼台无言，山水楼台声名远播，全赖文人力量，留下名篇，留下文字，往往是名胜古迹的魅力所在。尤其是名人彰显之功，形胜之地，因为留下许多名人的行迹，传颂着许多名人的故事而形成名胜古迹。坐落于今江西省南昌市的滕王阁，就因王勃一序而名盛千载。

滕王阁是滕王李元婴所建。李元婴为唐高祖李渊之幼子，唐太宗李世民的弟弟，唐高宗李治的叔叔。贞观十三年（639）被封为滕王。据《旧唐书》《新唐书》记载，滕王李元婴曾任金州刺史，因无政绩，于永徽三年（652）被贬为苏州刺史，次年又转为洪州（今南昌）都督。洪州在当时是比较偏僻的荒蛮之地，也是安置谪降官员的地方。李元婴到洪州后，心中烦闷，于是想方设法寻欢作乐。这位滕王虽无政绩，但颇有才情，尤其擅画蝴蝶，有"滕派蝶画"鼻祖之称。宋代诗人陈师道曾有诗云"滕王蛱蝶江都马，一纸千金不当价"，将滕王画的蝴蝶与江都王画的马相提并论，认为其价值连城。滕王在歌舞方面也造诣颇深，他经常“宴饮歌舞”。一日，滕王带领一班僚属和歌舞伎来到赣江滨的冈峦之上，见清波送帆，南浦飞云，西山横翠，滕王不禁雅兴大发，命人就地摆开筵席，准备宴饮。可是城外的丘冈之上，乱石杂草遍布，实在难以风雅，便扫兴而归。一位善于察言观色的幕僚提议：“大人何不在临江口的丘峦上建一座楼阁？既可览山水之秀，又可享歌舞之乐。”滕王转而为喜，立刻下令召集能工巧匠，精选木石，昼夜营造。几个月后，一座瑰丽的高阁就在滨江的丘冈上落成了。飞阁流丹，层台耸翠，画栋雕梁，宫灯绮户，洪州的官员便以李元婴的封号而冠名，称“滕王阁”。

楼阁落成后，滕王常和一帮幕僚狎客在阁中饮酒赋诗，歌舞作乐。王勃路经此地参加重九盛会，即席挥毫，写下《滕王阁序》，滕王阁自此声名鹊起。

王勃，字子安，被誉为神童。六岁能赋诗，十岁精通六经，十四岁便名扬远近。他的“海内存知己，天涯若比邻”成为千古绝句，他与杨炯、卢照邻、骆宾王合称“初唐四杰”，并被推为首位。

据《唐摭言》记载：上元二年（675）秋，王勃前往交趾看望父亲，路过洪州时，正赶上重阳之日，滕王阁上大宴宾客，于是前往拜见。当地官员早闻王勃的名气，便请他参加宴会。有位阎都督本想在宴会上向大家夸耀女婿的才学，拿出纸笔请大家为此次盛会作序，大家知道他的用意，都推辞不写。而王勃毫不辞让，接过纸笔，当众挥毫而书《秋日登洪府滕王阁饯别序》，简称《滕王阁序》。据《新唐书》记载，王勃“属文，初不精思，先磨墨数升，则酣饮，引被覆面卧，及寤，援笔成篇，不易一字”。据此可知王勃文思敏捷，滕王阁上即兴而赋的千古名篇并不虚传。滕王阁一时声名远播，一千三百多年来，名人雅士、骚人墨客、达官大儒、慕名登临者络绎不绝。说起滕王阁，人们立刻会想到王勃的“物华天宝，人杰地灵”“落霞与孤鹜齐飞，秋水共长天一色”的千古绝句。

到了南昌，一定要登滕王阁。2010 年 6 月，全球汉诗学会在江西鹰潭龙虎山召开诗词研讨会。我应邀参加，路经南昌，有幸登阁赏景。

矗立在赣江之滨的滕王阁，临观之美更让人心旷神怡。头天晚上下了一场雨，初霁的阳光映照着滕王阁，更显得洁净秀美。“层峦耸翠，上出重霄；飞阁流丹，下临无地。”一千多年过去了，王勃在滕王阁上的那次抒情，永远让人怀念。

登临楼阁，一步步接近天上的蔚蓝。太阳慷慨地铺开灿烂的热情，下面波光粼粼的江水也丰富起来，风吹过江面，荡起一溜溜绚丽的浪花。朵朵白云，随风轻轻地飘着，悠然地在大江上踩出一行行浪漫的脚印。几只鸟儿在云缝里穿梭飞翔，在烟水苍茫处优雅地翩翩起舞。点点白帆散落在水天一色中，展现出各种各样的美好姿态。远处八一吊桥的吊索，酷似飞鸟的翅翼，飞过历史的沧桑，飞向美好的未来。远观烟波浩渺，近观碧水荡漾，水远山长，刚柔相济。“目极湖山千里之外，人在水天一色之中”，一江被阳光照映的波浪，一江耀眼的亮丽色彩，让人无比眷恋。

朋友有些替我遗憾，她说：要是秋季来，再赶上个晴朗的傍晚，就可以欣赏到王勃的“落霞与孤鹜齐飞，秋水共长天一色”的秀丽景色。可是，能看到绚丽的浪花在浩瀚的江面上荡出一涡涡明亮含蓄的波纹，能看到出岫的云在苍茫的宇际间舞动一行行秀美的足印，能看到欢鸣的飞鸟在水天一色中一次次飞翔起舞，能看到点点渔舟在霞光中抛出彩虹般的网，不也是一种难得吗？

我喜欢滕王阁，阁中序播千秋，江上帆收万里，烟云茫茫，碧水滔滔，那山水胜迹，渔歌帆影，令我陶然心醉。

滕王阁走过了一千多年的光阴，斗转星移，留下几多感叹，王勃来过，白居易来过，杜牧来过，王安石来过，辛弃疾、汤显祖、朱元璋……都曾来过。一代又一代的文人墨客数不胜数，留下各自的歌吟，然后下楼去，走进了历史的烟尘。古人已逝，山水依然。历史的车轮碾碎了多少珠帘旧梦、玉砌雕栏，而“物华天宝，人杰地灵”是永恒的。而今的滕王阁带给我们的依然是美好的风景和美好的心情。

体验美国万圣节

在众多节日中，万圣节对于美国人来说算是很有创意的。每当秋风吹起，枫叶转红，大地似乎披上了一层金黄色的外衣，每家门口都摆着金黄色的大南瓜。屋外是金黄色的，屋内也是金黄色的，商店更是摆满了以南瓜和鬼面具为主的商品。金黄色的彩带和各种糖果，让每个人都不由自主地感染了这种氛围，它们在告诉人们：万圣节快到了，要做各种准备了。

雕刻南瓜是万圣节不可缺少的应景活动。家家门口都摆着各种各样雕好的南瓜。南瓜要想雕得漂亮，雕刻刀具是必不可少的。南瓜雕好后，再配以金黄色的玉米束或几捆稻草，为萧瑟的秋天平添了许多温暖的感觉。

索要糖果也是万圣节一项重要的活动。

万圣节的头些天就要开始准备糖果了。上门索要糖果的大多为孩子们，他们喜欢呼朋引伴，三五成群，多的一拨十几个孩子，他们穿着鬼怪异服，戴着鬼怪面具，在社区里挨家挨户敲门要糖果。

头几天，儿子已买回一大袋糖果，31 日早上，我就在屋里等孩子们来要糖果。上午等了半天，一个孩子也没有来，我有些失望，心想：这糖果怕是白准备了。因为我第一次在美国过万圣节，很想感受一下孩子们要糖果的乐趣，几次打开门往外看，都没看见要糖果的孩子来。

天已转晚了，我听到了敲门声，便连忙开门，有两个小孩站在门口，他们都穿着黑色的长衫，上面印着骷髅图案，戴着骷髅的面具，空洞里露出一双蓝色的大眼睛，很是好玩。他们两个一见我是外国人，有些拘谨，由于语言关系，我也无法同他们交谈，给了他们一些糖果，两个孩子一溜烟跑了。

接着左一拨右一拨，不断有孩子来要糖果，我干脆不关门了，把糖果袋子放在门前，应付着一拨拨的孩子，看着孩子们跑着、笑着，我仿佛回到了童年。不到一个小时，一大袋糖果全给出去了，再有孩子来要糖果，我只能张开双手说："NO，NO."看着孩子们扫兴离去，心想：明年要是赶上万圣节，一定要多准备些糖果。

化装游行是万圣节的高潮，当夜色渐浓时，街上会出现许多奇怪的"人"，有披头散发的魔鬼，有巫婆，有拖着长尾巴的猫女，奇装异服，群魔起舞，鬼怪妖魔各显神通。童话里的人物、流行电影里的角色是孩子们的最爱，从孩子们身上花样百出的服饰来看，父母真是用心良苦。

游行结束后，人们又开始涌入酒吧、夜总会，彻夜不眠。

西欧拾零

在布鲁塞尔拜访于连

历史上的布鲁塞尔曾先后被西班牙、奥地利、荷兰、法国等国管辖过，1830 年，比利时获得了独立和统一，布鲁塞尔被归还了比利时。布鲁塞尔现在是欧盟总部的所在地，所以被称为“欧洲的首都”。我们首先来到了布鲁塞尔大广场。大广场像个大庭院，四周被高大的建筑物团团包围着，形成一个大的正方形，正面是市政厅，与其相对的是国王的居室，一座建于 15 世纪的哥特式尖塔直插云端。王宫装饰华贵，但是国王从没在王宫住过，如今已成了博物馆。布鲁塞尔的建筑精巧而朴素，路面多用灰色的砖块铺成。广场另一面有两栋矮一些的建筑，楼顶有许多徽章式的小雕塑，原来是行会的标志：狐狸代表着服饰用品行会；母狼代表着弓箭手行会；小号角代表着船夫行会；鸽子代表着画家行会……我仰起头，看着那一个个标志，心想：一定是人类喜欢用狐狸的皮毛做各种围领，所以才让狐狸做服装的标志。

人们悠闲地坐在广场上晒太阳。

在大广场附近有个叫埃杜弗的小巷，一个叫于连的孩子一直在那儿撒着尿。我早就听说过关于小英雄于连的故事：有一天晚上，入侵的西班牙人要离开这个让他们仇恨的城市，走之前，他们决定把这个城市炸毁，他们安装了炸药，点燃了导火索。小于连光着屁股出来撒尿，看见了那正在冒着火星的导火索，用尿把它浇灭了。小于连挽救了这个城市，人们为了纪念他，在于连撒尿的地方立了一个铜像。我们走近一看,才发现铜像很小，四周用粗重的铁栅栏封了起来。铜像虽小，但雕塑得活灵活现：一头卷发，小鼻子向上翘着，光着屁股，屈腿叉腰，腆着小肚子，以男孩特有的姿势，旁若无人地在撒尿，非常可爱。据说，不论哪个国家元首来访，都会给于连带一件小号的衣服，不是为了让他穿上，而是为了表达一种心意。

荷兰的三大特色

我了解荷兰是从《安妮日记》开始的：为了逃避纳粹的追捕，十三岁的德国犹太女孩安妮·弗兰克和家人一起逃到了荷兰，躲在一间密室里生活了两年。其间，安妮以纤细的视角记录下了大屠杀时代经历的人与事，表达了她对和平的向往，奉献了一部感动世界的《安妮日记》。

荷兰首都阿姆斯特丹不大，是水上城市，内有 100 多条河，把市区分成 90 多个小岛。看得出来，宗教对阿姆斯特丹的影响很深，巴洛克式建筑、拜占庭式建筑都富有鲜明的特色。这里气候宜人，肥沃的土地利于草木生长，所以牧场和奶业是荷兰传统的农业项目。

街头随处可见的农作物雕塑，让我们亲切地感受到这是个崇尚农业、崇尚田园传统的国家，因此，田园风光已成为荷兰“三大特色”之一。

木鞋是荷兰风光的第二大特色。原来阿姆斯特丹是大片大片的湿地，在塑料没发明前，人们用杨木制成鞋子以便在地里耕作。现在木鞋成了一种工艺品，木鞋厂的货架上摆满了大大小小、各种样式的花木鞋，人们围着货架欣赏着、挑选着。

第三大特色就是荷兰的风车村。荷兰别具一格的风车，是有其历史由来的。荷兰在北海的北边，最开始，它的土地是用海边的一条大坝围起来的，大坝外是海水，大坝里边是村庄，大坝外的海水常常高过大坝内村庄的地面，人们不仅要防止海水浸湿土地、村庄，还要围海造田，拓展生存空间，不得不把倒灌的海水排出去。因为古代没有电力，人们开始用手工操作，后来改为马拉踏车和水车。1229 年，荷兰人发明了第一座为人类提供动力的风车，后来又创造了高达 9 米的抽水风车。此后，荷兰人便把风车作为排水、发电、磨粉、榨油的动力来源，风车成了荷兰人生活中不可缺少的工具。靠着风车，荷兰人从大海中围造了大量的土地，有了大片大片的绿草地，才有了牛肥羊壮，才有了奶酪的醇香，才有了郁金香的芬芳。

荷兰人为这些劳苦功高的风车设了一个风车日：每年 5 月的第二个星期六，全荷兰的风车一起转动，举国欢庆，到处都是风车或风车饰品，商店里摆满了五彩缤纷、造型精致的风车工艺品。现在，风车已成为荷兰民族精神的象征，也成了荷兰特有的国家商标。

到了风车村，无论从哪个角度看，都会看到一排排风车，在一望无际的田野上，在明丽清澈的小河旁，张开翅膀随风转动，与远近一些色彩斑斓的古朴小屋和绿草地上悠闲的奶牛融为一体，令人心旷神怡。走在村中的小路上，小桥流水人家，绿草如茵，鲜花艳丽，野鸭在水中自由嬉戏，阳光明媚，轻风拂面，空气异常纯净。蓝天、白云、绿草、鲜花、奶牛、野鸭、小桥流水人家，构成一幅绝美的图画。

这风车村的一情一景、一草一木，这熟悉而又久违的乡村气息，不但让我看到比岁月还老的磨坊和不倒的风车，还让我闻到了类似童年时常闻的那种青草和芦苇的芳香，想起了我童年的故乡：那辽西平原的一个小村庄，也有一条小河。春天，嫩绿的柳枝倒映在水中，河边的绿草地上开满了各种颜色的野花。在河东边有一片芦苇，我同小朋友常去那里捉迷藏，夏天在河边草地及芦苇丛中会拾到野鸭蛋。

十岁时随父母离开故乡，读书、工作，虽然离开故乡许多年，但我一直没有忘记那块给予我生命的土地，一直想着那条给我的童年带来无比欢乐的小河。二十多年后，再回到村庄，原来的小村庄已扩大了十倍，我记忆中那一片片绿油油的庄稼也变成了一排排红砖瓦房，那一片芦苇地被一间砖瓦厂代替，不时地冒出一股股黑烟，干涸的小河袒露着河床，像一个被岁月摧残过的老妇人，向人们诉说着身心的痛。面对此景，我的心在哭泣。我站在异国他乡的土地上，面对着如画一样的美景，我在心底呼唤：伟大的中国人啊，保护好你的家园吧！

科隆大教堂

我们乘车从阿姆斯特丹到德国的科隆，我才发现国界在欧盟好像不存在了，从一个国家到另一个国家，就像在国内从一个省到另一个省一样。国与国之间都有高速公路连接，路上跑着各个国家的车子，没有任何限制，前白后黄的车牌样式都是一致的，几颗星排成一个圆圈，据说代表时间不停地运转，体现欧盟的生机与活力。只有辨认字母，才能知道是哪个国家的车子。

从阿姆斯特丹到科隆约300公里的路，我们到科隆已近下午4时，车子停在科隆大教堂附近，那高大宏伟的大教堂立刻映入眼帘，那尖塔给人一种冲天之势。曾经读外国文学史时，我也接触过关于建筑风格的介绍：拜占庭式建筑，源于古希腊，建筑特点是以三角交叉的拱形构成球面支撑着的巨大圆顶；古罗马式的建筑，中间有大厅，两边有道路走廊，墙很厚，门窗小且呈圆拱形，柱子短而粗且配有柱头；哥特式建筑，呈细长状，有高耸的尖顶，有根据《圣经》的情景所绘制的拱形玻璃大窗；巴洛克式建筑为文艺复兴晚期衍生的一种建筑风格，着力表现富贵华丽，是一种贵族与权力的象征。这是西欧之行接触的第一个教堂，是典型的哥特式建筑，高157米，被称为欧洲最高的尖塔。它确实太高了，虽然在电视里见过这个教堂，但当它金碧辉煌地高耸在我眼前时，还是让我暗暗吃惊。我想：它的高度一定是表现它的重要，因为在欧洲人眼里，没有什么建筑比教堂更重要，它是上帝设在人间的天堂，是上帝安息和布道的地方，也是教徒聆听和祈祷的地方。也许只有高，才能感受到与上帝同在，同上帝一起升腾。那么，高耸入云的教堂顶是不是一种引领、一种召唤、一种终极？人在世间挣扎的时候，虽然不知道终极在哪里，但至少需要一个通道，让生命奔向那个顶端，接近那个高度。

我们走进教堂里边，内顶也同样高大，正面是用彩色瓷砖或玻璃拼起来的雕塑、绘画，主题是耶稣、天使、圣徒，主在圣母的怀里诞生，主被钉在十字架上，主在某天复活归来……这些连环画面，成为教堂的永恒情节。

在法兰克福的遗憾

法兰克福与我国的广州是友好城市。走进法兰克福才感觉到，这是个传统与现代对比鲜明的城市，在老区还保留着欧洲中世纪的古老建筑，在新区是一座座摩天大厦。欧洲电视塔高达331米，被称为欧洲摩天大厦。法兰克福还是欧洲中央银行的所在地，共有银行300多家，其中外国银行占一半，与美国纽约、英国伦敦、日本东京并称“世界四大金融中心”。除此之外，法兰克福还是欧洲最大的空运中心。

我们首先来到了罗马广场，它是法兰克福的中心，曾是皇帝举行议员大会、公布法律、举行加冕庆典、政治家发表演说、法庭开庭、民间举办商业活动的重要场地。广场的雕塑取材于古罗马神话，“战争女神”米内尔娃是用石头雕塑的，她是城市的守护神，相当于古希腊的雅典娜女神；“正义女神”尤斯提伽是用铜雕塑的，相当于古希腊的狄克女神，她一手拿着平衡秤，一手提着剑，以示公正。广场东侧的皇帝大教堂是10位德国皇帝和国王的加冕地，查理四世颁发《黄金诏书》，将教堂以法律形式定为皇帝选举地。西侧有三个山形墙的建筑物，这是法兰克福的象征。

伟大的文学家歌德也出生在法兰克福。歌德一生不但致力于文学创作，还参与自然科学研究，他的文学才能是多方面的，有诗歌、小说、诗剧，他的书信体小说《少年维特之烦恼》风靡德国及欧洲各国，长篇诗剧《浮士德》被誉为德国世俗《圣经》,与《荷马史诗》《神曲》并称为欧洲文学史上的“三大史诗”。我很想看一看这位伟人的故居，可行程没有安排，这遗憾何日能弥补?

千堡之国——卢森堡

卢森堡被称为“千堡之国”，也有人叫它“袖珍国家”。它被夹在法国、德国和比利时中间，是西欧走廊的要冲。卢森堡很小，面积为2586平方公里，多为丘陵，莱茵河的支流阿尔泽特河横穿国境。大部分被土地、森林及草场覆盖，一眼望去，满城披绿。

卢森堡为君主立宪制国家，大公为国家元首和武装部队的统帅。同时也是一个经济高度自由化的社会,各国银行基本都有，中国银行也在此设立了分行。

卢森堡处于阿尔泽特河和佩特罗斯河交汇的河谷地区，地势崎岖，峡谷深陡，数不清的大小桥梁架在河上，将两河谷地与山坡地连为一体。其中以阿道夫石拱吊桥和夏洛特钢桥气势最为磅礴。阿道夫吊桥长221米，造型美观奇特。女大公夏洛特钢桥是1966年建造的现代化桥，长355米，宽25米，桥面与河面相距85米，因为用的是橘红色，远远望去，像一道彩虹飞架在绿色的大峡谷上，蔚为大观。

我们经过老区去宪法广场，看到路两边都是尖顶的哥特式建筑和石砌小屋，充满了中世纪的古老情调。

穿过几条街道到了宪法广场，这里高耸着两次世界大战中阵亡将士的纪念碑，碑上没有名字，也被称为无名英雄纪念碑，它象征着卢森堡人民崇尚和平自由和追求独立的精神。

广场附近就是著名的佩特罗斯大峡谷，把卢森堡分成新旧两个城区。站在广场上往下看，幽深的大峡谷两边郁郁葱葱，森林掩映，峭壁上长满了苍松翠柏。令人叫绝的是深谷地却是一马平川，绿草如茵，中间的阿尔泽特河就像一条白色长龙卧在青山绿草间，矮小的红色民房点缀着青翠的峡谷，在夕阳的余晖中，显得恬静安宁。我心里暗暗赞叹：这真是一幅绝美的山水画，这是一处真正的“世外桃源”。

世界闻名的赌国——摩纳哥

摩纳哥，这个小国面积只有1.98平方公里，人口只有3万多，却有独立的行政和外交，人民不需要服兵役和纳税。由于实行免税制，因此，吸引了大量的法国及周边资金的流入，加上风景迷人，气候温和，许多人到此度假。因国土面积小，海边布满了高楼大厦，这是我们走过几个欧洲国家所少见的。码头泊满了大大小小的豪华游船、游艇，路上跑着名牌车辆，都显示了这里的富裕。

摩纳哥在中世纪时是意大利和热那亚保护下的市镇，1338年独立成公国，1911年宣布君主立宪。1949年雷尼尔三世继承王位，与明星格蕾丝·凯利结婚，不幸的是她在一次车祸中丧生。一代王妃长眠于摩纳哥教堂，据说戴安娜王妃生前曾以她为榜样，两个人都死于车祸，真是红颜薄命。在摩纳哥教堂参观时，我特意去看了一下她的墓，上边还摆着鲜花。

蒙地卡罗大赌场晚上6点才营业，我们晚上要赶到热那亚去住，这中间还有200多公里的路程，于是我们到路边一个小赌场转了一圈，主要是感受一下这个世界闻名的赌国的风貌。

独特的威尼斯

威尼斯，亚得里亚海湾上的一个小岛，位于阿尔卑斯山下，由于山上积雪化水带泥沙入海，形成一块淤泥地，荒无人烟。公元5世纪，即古罗马战乱时期，意大利北部有些商人带着钱到此避难。战争结束后，一部分人回到了原来的城市，另一部分人留了下来。他们从阿尔卑斯山上伐下杨树，顺着河流运到威尼斯，把树木削成木桩，一根根地钉到烂泥下的岩层上，再浇注岩浆，上边压上坚固的大理石，然后在上面盖房子。起初他们靠划着船捕鱼为生，后来逐渐同陆地上的人进行商品交易。他们靠亚得里亚海的优势，把生意做到了整个欧洲，最远到土耳其的君士坦丁堡。随着经济的发展，威尼斯于687年建国。哥伦布发现新大陆以后，商人绕道而行，威尼斯的商贸和税收日益减少。

威尼斯于强盛时期发动战争，消耗了大量的财力，加上鼠疫，经济逐渐衰退，1866年并入意大利王国。

船在圣马可广场登岛，圣马可广场入口处有两根高大的柱子，这是威尼斯共和国当时的国门，也是商船停泊的港口。一根柱子上是飞狮形状的雕塑，是威尼斯的城徽；另一个雕塑是圣西奥多，手拿钢叉，脚踩鳄鱼，是威尼斯的保护神。威尼斯是欧亚大陆的连接地，也是东西方文化的结合地，所以，它的建筑有哥特式的、拜占庭式的、古希腊式的和文艺复兴式的，圣马可教堂的顶与清真寺的顶十分相似。

穿过圣马可广场，就要乘船游小巷，在这里水就是路，船就是车。没有红绿灯，也没有警察。水巷太窄，只能坐一种叫“贡多拉”的小船，它两头翘起，像一片秋天的苇叶子。小船最多坐6个人，在水巷里穿行，两边是房子，水一直漫到门边窗下，水依然清澈，只有从墙壁上长满了绿苔的砖石、窗棂门阶被水浸蚀过的颜色，才能看见岁月的沧桑。风拍打着水面，把痕迹印在两边的墙上，重重叠叠，斑驳如画。

威尼斯岛上有数不清的桥，还有看不清的桥，叹息桥就是一座不露天的桥。桥的一边是关押犯人的监狱，另一边是公爵府和法院，被判重刑的人过桥到监狱，回头看看自由的天空，总会发出一声长长的叹息。

威尼斯不但有古老的建筑，还有古老的玻璃工艺。一个年轻人，将一块玻璃用火烧成红色，用嘴一吹就形成了一个灯泡。整个过程不到5分钟，令人称奇。

这里的商铺很多，一个挨着一个，商业气息很浓。这里也是莎士比亚《威尼斯商人》故事的发源地，他写的就是这里的故事：威尼斯商人安东尼奥的朋友巴萨尼奥爱上了美丽的鲍西娅，却苦于没钱求婚，为了帮助朋友，安东尼奥向放高利贷的犹太人夏洛克借了一笔钱，夏洛克曾受过安东尼奥的侮辱，便乘机报复，提出条件：假如安东尼奥到期还不上钱，就割他身上的一磅肉抵债。由于安东尼奥的商船在海上遇险，他没能如期还上夏洛克的钱，夏洛克执意要割他身上的肉。聪明的鲍西娅得知后，装成律师来到威尼斯，宣布夏洛克割肉时不能让安东尼奥流一滴血，因为借约上只写了割一磅肉，而没写要流一滴血，夏洛克无可奈何地败诉了。我正在回忆着这个故事，同行的小刘选了两条玻璃项链拿在手里说："挺漂亮的，选两条吧。"我说："才不选呢，怕他们割我一磅肉。"

乘船离开威尼斯时，我回头望着渐渐远去的威尼斯岛，来之前曾幻想：威尼斯是什么样子呢？像浙江的绍兴？像苏州的周庄？来过之后，我才知道，它的独特无处能比，即使是一条普通的水巷，它的样式，它的声音，都不会在别处找到。

文艺复兴的摇篮——佛罗伦萨

佛罗伦萨位于意大利中部的阿诺河畔，气候温和，雨量适中，风光秀丽，曾被"情诗王子"徐志摩称为"翡冷翠"。佛罗伦萨也是个艺术名城，这里出现过许多世界名人：米开朗基罗、达·芬奇、拉斐尔、但丁、薄伽丘、伽利略等。也正是因为这些匠人的伟大创造，使佛罗伦萨成为文艺复兴的摇篮：但丁，文艺复兴时期的文学先锋；薄伽丘开创了文学批判的先河，并写出了现实主义巨著《十日谈》；乔托创造了绘画风格，并由米开朗基罗将其推至完美，他的《末日审判》被誉为“人体百科全书”；星河探索者伽利略，是一位伟大的物理学家和天文学家，他发明了望远镜，发现了太阳黑子，提出了自由落体定律、惯性定律等。

佛罗伦萨依然是一座古城，将文艺复兴时期的大量遗产保存下来。在米开朗基罗广场中央耸立着大卫的雕像，它来自《圣经》的故事：美少年大卫正在山里放羊，看到非利士人入侵以色列，他脱去衣服到河里捡起几颗光滑的鹅卵石，手里拿着牧羊鞭和石子，一步一步走近那个大骂不止的歌利亚，他将手中的石子轻轻一弹，便把侵略者击毙，于是大卫成了英雄，又当上了以色列的王。大卫投石子的样子被米开朗基罗从1503年一直定格到现在，成为一种永恒。大卫应该是穿牧羊人的布衣的，但在米开朗基罗眼里，大卫就应该是这个样子：身体是裸露的，洒满阳光，肢体完美地舒展，像神一般圣洁。

在佛罗伦萨除了大卫雕像外，还有一个老宫和老桥。老桥跨在阿诺河上，现仍保留着14世纪时的样子。桥的两侧是一排小屋，在小屋的上面架了一条长廊，据说这座桥是专为柯西莫一世一个人走路用的地方。桥的南岸是皮蒂宫，是他吃饭、睡觉的地方。桥的北岸是老宫，是他发号施令的地方。

站在桥上，看阳光洒在阿诺河上，波光粼粼，眺望远处，一望无际的橄榄树、葡萄园、牧场，到处都开着漂亮的花。走下桥到了老街，看到窄小而古朴的街道依然保存完好，红砖的古城墙，反映出浓厚的中古风格，不禁让人感叹：这是一个多么有耐心、有教养的城市，居然让这老墙站到现在，居然让这古老的石头路一直躺到现在，而不去推倒它、改变它。

走进佛罗伦萨这座古城，你会发现任何一个大街小巷都在营造着各具特色的氛围，都透着一种艺术的气息。走在阿诺河岸边，到处都可以看见作画、卖画的人，他们有的画人，有的画景。我还看见几个华人用竹皮做各种工艺品出售，有凤凰、兰花等，我想这也可以称为一种艺术吧。

世界上最小的国家——梵蒂冈

梵蒂冈位于罗马城西北部台伯河西岸的梵蒂冈高地，面积只有 0.44 平方公里，同我国的天安门广场大小差不多，常住人口 540 余人，是世界上面积最小、人口最少的国家。8 世纪中期是教皇统治时期，当时教皇势力很大，形成了教皇国。19 世纪中后期，意大利完成统一，收回教皇辖地，迫使教皇退居梵蒂冈。到 1929 年，意大利才承认梵蒂冈为主权国家，主权属于教皇，同时确立 2 月 11 日为梵蒂冈的国庆日。梵蒂冈为世界天主教中心，教皇是全世界天主教的精神领袖，目前，世界上有 12 亿天主教徒，都听命于梵蒂冈的教皇。

走近梵蒂冈就会发现，它被围墙严严实实地包围着，这个围墙叫莱奥内围墙，是莱奥内教皇执政时为了防止萨拉切尼人入侵而修造的，所以，围墙以他的名字命名。我们沿着围墙走到大门入口，刚上台阶就望见了一排整齐的柱廊。好眼熟，在哪里见过呢？忽然想起：在奥运会转播时，我在电视里见过，雅典卫城的雅典娜神庙周围就是这样的一排柱廊。洁白的柱廊上面洒满了爱琴海的阳光。柱廊原是古希腊的一种标志，但梵蒂冈的柱廊要比我在电视里见到的希腊的柱廊气派得多。我想：建筑大师贝尼尼设计这个柱廊的时候，一定是想让它永世不朽，才建设得如此雄伟、如此壮观，这一排柱廊让我知道了什么叫艺术巨匠，几百年过去了，人们依然仰望着它。

广场中央有一个方尖碑，是从埃及运回来的。正对着大门的就是圣彼得大教堂，像帐篷一样的顶，属巴洛克式建筑。因为梵蒂冈是教皇所在地，按照教规，世界上任何一座天主教堂的建筑规模及华丽程度都不能超过圣彼得大教堂，所以，这个世界上最小的国家却有着世界上最大的教堂。

走进教堂，我看到中央大厅放着彼得的铜坐像，铜像的足部被前来朝圣的信徒抚摸得斑驳不堪。圣彼得大教堂的穹顶是米开朗基罗七十二岁时设计的，缤纷的图像是由各种花色玻璃或瓷砖拼成的，耶稣、天使、圣徒……善人升入天堂，恶人下了地狱等情景，都是《圣经》里描绘的故事形象。

大教堂内设有祈祷亭，天主教徒可以用意大利语、英语、法语、德语、波兰语、西班牙语、捷克语、汉语等进行祈祷，由来自中国台湾的丘琛神父担任汉语的祈祷神父。

梵蒂冈有许多无价之宝，保存有 6 万多份名人手稿，包括 4 世纪时的圣经手抄本、古罗马诗人维吉尔的原始手稿等。

罗马的由来

意大利的首都罗马，它的名字是有来由的：公元前1183年，在特洛伊战争中，希腊人用木马计攻陷了特洛伊后，有个叫伊尼亚的人逃离了特洛伊，到了意大利的拉丁姆，之后继承了王位。二十年后，他的儿子阿斯卡尼在拉丁姆的密林里建立了阿尔巴龙加城，做了国王。后来王位传到了努米多尔，他是个心地善良的君主，可他的弟弟阿穆利乌斯却心狠手辣，杀死了努米多尔和几个王子，篡夺了王位，他还担心他哥哥的女儿希尔维亚的存在，准备把她也杀死。希尔维亚与战神玛尔斯结合，受孕后生下一对双胞胎儿子。阿穆利乌斯知道后，派人杀死了希尔维亚，又把双胞胎兄弟放到篮子里扔入河中。河水把两兄弟冲到岸上，两兄弟的哭声引来了一只母狼，母狼用乳汁哺育了他们，后来他们又被猎人抚养成人。最终，他们杀死了阿穆利乌斯，又在母狼哺育他们的台伯河畔建了一座新城，就是现在的罗马，哥哥罗慕路斯做了国王，根据自己的名字起名“罗马”。至今，罗马依然把“母狼哺婴”作为该城的城徽。

古罗马城池和斗兽场

现在的罗马曾经是辉煌无比的古罗马帝国的发源地及首都，也是古罗马宗教、法律、政治、经济及文化中心。恺撒大帝曾率领罗马军队远征不列颠，征服了高卢，随后又控制了西班牙和古希腊。十年征战，扫平欧洲，建立了一个强大的罗马帝国。到了古罗马城池，到处可见保存完好的古罗马废墟、教堂、拱门、元老院、神殿等。虽然残垣断壁，柱梁分散各处，但依然能体会到古罗马几千年的历史风云，这是最能展示古罗马文明的地方。

转过古罗马废墟，就到了斗兽场，斗兽场呈椭圆形，周长 527 米、高 57 米，场内分为 4 层，共有 80 个高大的拱门从四面八方直通场内。这里原来是皇家的一个喷泉花园。72 年，韦斯巴芗皇帝下令开始兴造。为了修造斗兽场，8 万多战俘用了十多万块大理石、300 多吨铁，历时 10 年才完工。当年造成时，规模巨大的庆典活动持续了 100 天，残忍的独裁者驱使大批奴隶角斗士和各种动物上场角斗，以供他们观赏。在贵族的狂欢中，10 000 多头猛兽被杀，2000 多名角斗士倒在血泊中。从此，这个由千千万万个奴隶建筑起来的角斗场，成了奴隶与奴隶、奴隶与野兽、野兽与野兽厮杀和殴斗的血腥之地。直到 405 年，这种野蛮的活动才被西罗马皇帝霍诺留宣布终止。今日的斗兽场已残缺不全，过去的一切都已成为历史。但当我站在这里，仿佛那喊杀声、吼叫声、被撕咬的痛苦的叫喊声，还在回荡。想起那些角斗士惊恐的眼神、紧绷的肌肉、惊天动地的呼叫，还有那些倒在血泊中剧烈喘息的猛兽，令人背后冒出阵阵冷汗。秋日的风从那两排拱门中吹出来，我闻到了一股遥远的血腥味。

永远的魅力——花都巴黎

没来法国之前，我认为巴黎一定是个非常奢华的大都市，车子穿过街道，才发现具有“花都”之称的巴黎是那样纯朴和自然。许多建筑依然保留着古典的法兰西的文化内涵，街道两边的房子也是同样古老，给人平添几分怀古之情。

位于巴黎市中心的塞纳河像一条绸带，由西向东流成一个弧形。两岸风光旖旎，楼房鳞次栉比，名胜古迹遍布两岸，许多建筑物已经历了几百年的风雨沧桑，卢浮宫、爱丽舍宫、埃菲尔铁塔、凯旋门、巴黎圣母院、巴黎歌剧院……倒映在水里，它们像童话里的星星和钻石，把塞纳河点缀得斑斓秀丽。塞纳河因巴黎而高贵，巴黎因塞纳河而生动，它给巴黎的繁华和喧闹注入了芬芳的彩雾，为巴黎的早晨和夜晚稀释了化不开的浓稠。

游船上扩音器里用法语、英语和汉语对塞纳河两岸的风光、建筑等进行介绍，我国女画家潘玉良曾在美术学院学习过西洋画，由巩俐主演的电影《画魂》中留洋片段就是在此拍摄的。塞纳河上桥非常多，桥的规模、建筑风格各不相同，每座桥都各具特色。

拾级而上，便到了巴黎圣母院，抬头仰望，尖塔高耸，气势非凡。这是一座典型的哥特式建筑，正面以《圣经》为题材的浮雕和著名的玫瑰花玻璃窗令人叹为观止，教堂两侧是巨大的炭黑玻璃和远景窗，墙壁处处装饰着雕刻和雕像，栏杆上也分别雕饰着不同形象的魔鬼图像，状似奇禽异兽。“巴黎圣母院”大教堂建造于 1133 年，竣工于 1245 年，几代人用了一百多年的时间将它建成。在世界建筑史上，它被誉为一组用石头组成的交响乐。它既是一座宗教建筑，也是一座艺术建筑，是法国人民智慧的结晶。

雨果的著名小说《巴黎圣母院》使它扬名天下。雨果，19世纪法国浪漫主义运动的领袖人物，出生在法国贝桑松城，他是法国文学史上最有才华的作家，文学生涯达六十年。他的作品体现了反封建、反教会的主题，美与丑、善与恶对比鲜明。通过他的小说描述及后来改编的电影画面，我看到了高大的哥特式建筑、此起彼伏的屋脊、纵横交错的道路、散布在广场上的绞刑架、阴森的巴士底狱及流浪者聚居的神秘怪厅，反映了巴黎独特的历史和文化底蕴。小说中卡西莫多和爱斯梅拉达在钟楼中的生活感人至深。当我面对这座教堂时，我努力寻找书中的场景，寻找那个叫卡西莫多的敲钟人。在熙熙攘攘的人流中，有多少像我这样来寻找的人？

埃菲尔铁塔是法国桥梁工程师埃菲尔设计的，美国纽约自由女神像也是他设计的。铁塔是为1889年巴黎万国博览会而建造的。四座塔墩为水泥浇筑，塔身用钢材架成，埃菲尔铁塔刚建时曾遭到一些人的反对，被称为“丑陋的骨骼”。铁塔为三层，每层都有平台和高栏，有1711级阶梯。

我们乘电梯到了塔的顶层，整个巴黎尽收眼底。当我站在埃菲尔铁塔二层向北遥望时，我的目光在极力寻找那个叫圣心大教堂的地方，因为我知道，在那附近的蒙马特高地有座公墓，里边葬着“茶花女”和小仲马。小仲马为大仲马的私生子，他与巴黎名妓玛丽·杜普莱西一见钟情，深深相爱。那段刻骨铭心的爱情，最后却像茶花一样凋零了。为了维持生活，玛丽在和小仲马相爱后，仍然同有钱人交往，小仲马一气之下写了封绝交信就出国了。几年后，小仲马从国外回来，得知玛丽已经去世，死时年仅二十二岁，情景非常悲惨，小仲马悔恨万分，将自己囚禁于郊外，一年后，凝结着爱与痛的《茶花女》问世了，真切感人的故事征服了许多人。玛丽被葬在十五区，小仲马死于玛丽逝后许多年，被葬在二十一区。这段凄美的爱情故事已经在那块高地上凝固了一百多年。

埃菲尔铁塔附近便是凯旋门。提起凯旋门就会想到拿破仑，一个把 19 世纪的欧洲大陆搅得天翻地覆的人。他领导法国士兵屡次击败反法联盟，使得法国成为当时欧洲疆域最大的国家。同时在国内镇压保王党，并颁布了《民法典》。《民法典》被誉为世界法律文化的一个里程碑，成为近代资产阶级立法的蓝本。他有一句话我觉得特别深刻："狮子领导的羊群总是战胜羊领导的狮子群。"有人说他是英雄，有人说他是暴君，英雄也好，暴君也罢，我觉得他是一头真正的"狮子"。

凯旋门坐落在著名的戴高乐广场中央，高 50 米，宽 45 米，拱门上有数百尊两米高的人物雕塑，两侧石柱上刻着著名的《马赛曲》。拱门还记载着从法国大革命到法兰西第一帝国期间拿破仑指挥过的历次战役，内壁镌刻着 386 名军官的名字，门的正下方是为纪念战死沙场的法国士兵而修造的英雄烈士墓。当年拿破仑为了庆祝自己在欧洲大地上的百战百胜，也为了迎娶那位美丽的奥地利公主，他决定建一座世界上最大的凯旋门，在凯旋门历时三十年完工时，他早已在流放地圣赫勒拿岛病逝。

同凯旋门相连的有一条著名的香榭丽舍大道，这是巴黎著名的商业区，是巴黎最时尚、最漂亮的街道，最早的房主都是名公贵族，现在虽然同过去不大一样，但仍然只属于一部分人。

巴黎的红磨坊早已声名远播。红磨坊的剧场是圆形阶梯式，有 5 ~ 6 个层次，层与层之间用围栏隔着，每层摆满了方桌，每张桌子上是一台红色的小台灯。这里的服务人员是清一色的年轻男士，白衣，黑领结，不断地给人们递送各种饮料，他们走到哪里，哪里就响起了开香槟酒的砰砰声。过道非常狭窄，坐下很难站起来，我们的座位还不错，在中间的第二层，坐在第一层的人员是在剧场吃晚餐的人。9 点演出正式开始，主要以歌舞为主，在场间表演一些小杂技。整个舞台以红色为主，红色灯光像梦魇般闪动，台上的女郎袒露着上身，不断地掀起裙子露出性感的大腿。那种浮华、那种放荡、那种刺激，也只有在巴黎红磨坊才能看到，它把生命的腐朽和灿烂凝聚在一起，把生活的奢侈和富贵混杂在一起，令人眼花缭乱，有点喘不过气来。来到红磨坊，就更加理解了巴尔扎克为什么能写出《贝姨》，小仲马为什么能写出《茶花女》，巴黎的康康舞也是从红磨坊产生的。

从剧场出来，已是深夜，揣着下一场票的人把广场都站满了。红磨坊经久不衰，肯定是有它的土壤的，这个晚上，我看到了巴黎的另一面。

走进世界上最大的艺术博物馆——卢浮宫博物馆，最先映入眼帘的是耸立在入口处那座闪闪发光的玻璃金字塔，由著名的华裔建筑师贝聿铭设计。卢浮宫本身就是一件巨大的建筑艺术品，雄伟的卢浮宫呈一个“V”字形，占地 20 公顷，长 680 米。1190 年，卢浮宫刚兴建时是腓力二世的城堡；1546 年，弗朗西斯一世在此兴建宫殿；1564 年，新的建筑将两宫用长廊连接起来；1606 年，长达 430 米的大画廊落成；到了路易十四时期又建了辉煌的柱廊；到拿破仑三世主政时整个卢浮宫形成，历时近 600

年。听后让人折服，哪个国家能做到几代人用600年的时间去修造一个宫殿呢?

卢浮宫是典型的巴洛克式建筑，壮观的柱廊，华丽的塔楼，富丽堂皇，典雅别致，建筑的匀称感、坚固感、美感、历史感让人叫绝。

卢浮宫太大了，现有225个展厅，总面积达7万多平方米，里边摆放着数不清的世界珍品，一个厅一个厅地看要看一年，一幅画一幅画地看得看三年。

到卢浮宫必须看三个女人：一个是从米洛斯岛来的维纳斯；另一个是从萨莫色雷斯岛来的尼凯；第三个是从佛罗伦萨来的蒙娜丽莎。这是世界上最美的三个女人。

我们先接触的是达·芬奇的名画《蒙娜丽莎》，也叫《永恒的微笑》。达·芬奇出生在意大利的佛罗伦萨，是意大利文艺复兴时期著名的自然科学家、杰出工程师和天才艺术家，被称为画坛伟大探索者。在绘画方面，他把科学知识和艺术想象有机地结合起来，创立了意大利文艺复兴时期的反映世俗生活的绘画派别。除《蒙娜丽莎》外，我还看过他的《圣安娜》《受胎告知》《基督洗礼》《岩间圣母》《最后的晚餐》等作品，但都是模仿画。此时，面对一幅真真切切的达·芬奇油画《蒙娜丽莎》，我激动的心情溢于言表。

《蒙娜丽莎》是达·芬奇于1503年完成的，油画描绘了一位面带微笑的佛罗伦萨少妇。她衣着朴素，头上、身上没有任何装饰。达·芬奇以巧夺天工的技法，传神地画出了蒙娜丽莎嘴角边的一丝微笑，这微笑俏丽、自然、明朗、舒畅，引人遐想。那双别具神采的眼睛，使她发自内心的喜悦之情跃然画上。

这幅画体现了文艺复兴时期人们刚刚从封建束缚和神的权力之下获得解放时那种发自内心的喜悦。这幅画让许多人流连忘返，观赏的人最多。

接着我们来到尼凯像前，这个没有头的胜利女神，又叫“萨莫色雷斯的胜利女神”。1863 年在希腊出土时，她已经失去了头部和双手，这尊雕塑是为了纪念一次海战胜利而制作的。我想，她那美丽的头颅一定是为战争胜利而失去的。虽然她没有头颅，可她仍然像鹰似的展翅，身披轻纱，健美的身躯得到绝妙的展示，被专家认为是现存雕塑作品中表现热情奔放的最完美的作品。

最后观赏断臂的维纳斯，这是 1820 年由一位农夫在希腊米洛斯岛上的一座古墓旁发现的，1921 年被收藏于卢浮宫。雕像神态优美动人，她半裸着身躯，表情自然、和谐。因精妙的雕刻艺术，至今没人能复原其断去的双臂。其实唯有断臂，才有了一种无与伦比的残缺之美。世间的事物本来就不完美，何必苦苦追寻？

走出卢浮宫大门，再回头注目，觉得卢浮宫像一部永远读不完的教科书，只是给我们的时间太短了。

凡尔赛宫始建于法国国王路易十三执政时期。之前，这里是皇家的狩猎场，四周是大片大片的森林，路易十三常到此打猎，由于当时没有汽车，只能坐马车走，很辛苦，所以他决定在此建一个小行宫，可惜他没有等到入住凡尔赛宫的那一天。路易十三去世后，五岁的路易十四登基，由他母亲和一个大臣扶持朝政，直到他二十岁时才真正行使自己的权力。1661 年，他开始修造凡尔赛宫，前后用了 40 多年，其间他又把王宫迁到了凡尔赛宫。此后，路易十五、路易十六都在此定居。由于路易十六生活奢侈，民不聊生，法国发生了大革命。1793年，法国人民将路易十六及玛丽王后送上了断头台，那个可悲的玛丽王后，就是当时奥地利女皇玛丽亚的女儿，刚做了几年的王后，就成了那场悲剧的女主角。

凡尔赛宫记载着一段发人深省的故事：在路易十四修建凡尔赛宫之前，当时的财政大臣已在距巴黎50公里的城外修了一个子爵城堡(现仍保存完好)。财政大臣为了表示自己的忠诚，讨好皇帝，把路易十四请到子爵城堡做客。路易十四看子爵城堡比自己的王宫还豪华，非常生气，偏偏又看到了财政大臣家的族徽：一棵树上边爬着一只小松鼠，下边还有一行字：我想爬多高就爬多高。路易十四看了以后更加嫉恨，心想：我当国王你还想爬过我，我让你死。所以回宫后就暗示手下人，揭发财政大臣贪赃枉法的罪行，财政大臣很快就被革职查办。这个不识时务的财政大臣，被囚禁至死，真是既可悲又可怜。路易十四派人把设计子爵城堡的勒诺特找来，让他设计一个同样的王宫，但要比子爵城堡大得多。可以说，凡尔赛宫独一无二。

凡尔赛宫占地面积110多万平方米，整体设计宏伟气派，造型华美漂亮，这是一幢两层楼的建筑，也是典型的巴洛克式建筑，选材都是大理石，外观高大雄伟，里边玻璃灯饰、金属塑像、大理石雕塑及大型壁画金碧辉煌。内有礼拜堂，为皇帝做弥撒的场所，装饰以白色和金色为主，气氛庄严。歌剧厅是典型的18世纪风格。最显眼的是镜廊，这是路易十四时期的杰作，四面镶嵌落地大玻璃镜，房间的柱子及柱头上装饰着象征国王的太阳及象征波旁王朝的百合花，天花板上垂吊的枝形灯座，做工精致。此外，还有战神厅、战事厅、王后厅、王妃厅等，都展示着大量精美的壁画，价值连城。

离开凡尔赛宫时正值中午，阳光照在凡尔赛宫金色的墙上，蓝天、白云在高处俯瞰着几千间楼阁，绿色森林像宫墙一样环绕在四周，守护着这里的宁静和华丽。昔日的主人已远逝，往日浮华如烟尘般消失在时间的隧道里，这座宫殿连同它的主人，都成了历史，成了典故。

日本札记四则

樱花之美

早些年读过冰心的散文《樱花赞》，作者被日本的樱花之美所感动，由衷地赞叹道:“樱花是日本的骄傲。到日本去的人，未到之前，首先要想起樱花；到了之后，首先要谈到樱花。……春天在日本就是沉浸在弥漫的樱花气息里。”作家王蒙多次访问日本，曾对日本的樱花做过精彩的描绘和赞美:“日本的春天就这样在樱花的盛开中爆炸了。”在我的心里便一直有一种欲望，到日本亲身感悟樱花之美。2006 年，如愿以偿。

我和朋友于 2006 年 3 月 27 日由北京乘机飞抵大阪，由于到达时已是晚上，就直接入住了酒店。第二天去大阪中央区，一路上便看到了樱花，但基本上都是含苞待放的花蕾，淡白中透着粉色，非常惹人爱。日本朋友告诉我们，在日本形容樱花开放的程度为“五分开”“七分开”“满开”“花吹雪”等。每年的这个季节，大部分樱花应该是满开了，今年气温低，所以只有五分开。

随后几天，我们从大阪到奈良，到京都，到箱根，一路上都能赏到樱花，有的百十来株花树站满一面山坡，有的十几株花树拥在一片平地上，还有的一两株花树在路旁悄然挺立。日本的樱花有三百多种，最多的是山樱，次之为吉野樱和八重樱。花的颜色也各不相同，有莲灰色的，有白中透粉的，有白中透红的，还有浅黄色的……但遗憾的是没有看到有三百多片花瓣的菊樱。

让我惊喜的是在箱根我欣赏到了雨中的樱花。天空飘落着小雨，一瓣瓣樱花随着小雨飘落，在空中划出一道道美丽的弧。叶下，残留的小花淡雅而凝静，发白的花朵沐浴在冷雨中，摇曳着凝冻的空气，香吐丝丝。

最壮观的还是鲁迅先生曾赞美过的上野公园。4 月 1 日，我们早早来到了东京的上野公园，园中已挤满了赏樱的人。有的在花树下席地而坐，饮酒谈笑；有的三三两两站在花树下，对着怒放的樱花边唱边舞，形成一道独特的风景。一眼望不到头的路两旁挺立着高大的樱花树，连成一片，满树的樱花，在人们期盼的眼神中开始绽放一春的灿烂。迎风飘逸的舞姿，时而迅速，时而徐徐，娇媚嫣然的笑靥，掩映重叠，争奇斗艳，美不胜收。

樱花素朴，随便种植，自由开放的山野之彩，在天地之间放肆地铺开。在从山野进入宫廷之前，樱花并未获得贵族的赏识。奈良时代梅花优越，梅花开在唐诗里，孤傲、清幽、高贵、华丽。遣唐使们把唐诗带来，把梅花带来，把诗的意境及盛唐的气象一并带来，一起开在日本海岛上。日本国土上没有梅花，贵族们多从唐诗里感受梅花，竟然咏梅成风。《万叶集》中有梅花诗百余首，而樱花诗只有四十余首。歌者雅集，咏梅之盛况可以想见。贵族们钟情于想象中的梅花，而忘了身边的樱花。到了《古今集》，樱花诗增至百余首，而梅花诗只有二十余首，诗人的吟咏一增一减，可见贵族们的趣味变了。到了平安时期，本土意识觉醒，在神话里就有“花神来访”之说，春天到了，樱花开了，“花妙之樱”显灵了。春天樱花一开，就到了“田打樱”的春耕季节，农民“入春山”赏花宴饮，称为“花见”。据史书记载，嵯峨天皇率先于春天赏花宴饮，开了宫廷“花见”的先河，这一风俗便从山野进入宫廷。

随着本土意识的觉醒及贵族们对樱花的钟爱，日本人的审美观也得到了改变，以永恒为目的的中国式的审美观被渴望美的日本人放弃了，而以短暂的审美体验代替了永恒的期盼，他们认为美无须永恒，瞬间的美感活泼而自然。

樱花的美丽是短暂的，花开为七天，满开只有一日。樱花在盛开之后很快就全部凋落，干净利落地完成对生命的完美谢幕，留下短暂凄凉的美。“昨日雪如花，明日花如雪。山樱如美人，红颜易消歇。”樱花在开放时漫山遍野，远看如雪，近看是花，几天便纷纷辞枝，落英满地，就像美人的红颜易逝。《源氏物语》中的女人，似樱花满开，转瞬又如花吹雪，纷落无常。源氏最钟爱的妻子若紫，观花惋叹，看破了人间的恩爱如落花一瞬，终致一片芳魂飘摇，幻灭而去。

从伟大的永恒转向瞬间的美丽，樱花承载了多少浪漫诗意，凭吊、叹息、悲泣，还有激动和欣喜，以美的心灵与花同栖共语，咏叹樱花，感悟花的命意。与其狂妄地追求永恒，还不如抓住瞬间的美丽，一瞬间平心静气，让生命凝冻，时间迟缓，落花不落，飞雪不动，在无时间的空间里感铭花韵，忘怀生死，于“幽玄”之中获得自由的美丽。日本人对樱花的钟爱，不仅仅因为樱花开放时的灿烂,还因为繁花落尽时的悲凉和凄美。在日本文学史上,歌颂花落的要比歌颂花开的多。

当今的日本，人们虽然已摒弃了以往的许多观念及思维方式，但对樱花的热情依然如故，每年 4 月初樱花开放的一周内，都要举家携友到公园或山坡赏樱花。日本国土由南向北狭长，纬度的不同造成了各地樱花开放的时间也不同，为满足全国人民的赏花需求，每年到了樱花开放的季节，全国各地的媒体会像报道天气预报一样，发布樱花开放的消息。樱花在日本被视为吉祥的化身，学校开学、企业新员工入社、公司新财政年度的开始，也都尽量安排在樱花开放的 4 月。

樱花许多国家都有，但在一种花开季节举行全国赏花活动并如此重视此花的，恐怕只有日本。正像王蒙先生所讲:“在看过樱花盛开和谢落之后，大大增加了我对日本国土、国民和文化的好感。一个能够为花而动情的民族，就像一个动情如花的人一样。”

菊与刀

在明治神宫的入门处，立有一个高大的门牌，门牌横幅中间处刻着十六花瓣的八重菊徽纹，两旁写有“菊与刀”字样。

“菊”即菊花，原生于中国，在中国文学史上，从古到今咏菊者数不胜数。“采菊东篱下，悠然见南山”，这是陶渊明的咏菊名句，多少年来被人们传为咏菊的佳作。最有气势的当属黄巢的“冲天香阵透长安，满城尽带黄金甲”。菊花在中国一直是文学的"宠儿"，但在日本却是权贵的象征。

《万叶集》中有"秋风凉，马并驰，野赏秋，花见去"的记载。春之樱，秋之菊。那时赏菊名胜"嵯峨野"，风姿闲雅"伊势菊"。平安迁都三年后，宫中设曲水宴，席上，桓武天皇即兴咏菊。数年后，其子平城天皇于清凉殿前设了一对菊花坛，于重阳日开菊花宴。从此，阴历九月为菊月，九月九日重阳节成为菊之节。菊月期间，宫中开"菊花宴""菊酣宴"，欢快放肆地喝菊酒。平安时期，菊花在日本扎了根。

"菊纹"作为皇家的徽章也始于平安朝。在菊纹之前，皇家的徽章是桐纹，到了镰仓时代，后鸟羽天皇好菊，开始菊纹桐纹共用，但最后归于菊。至今皇家仍然使用十六瓣八重菊的纹样作为天皇家的徽章，他们认为放射的花瓣像太阳的光芒，代表着美和希望。

"刀"，在日本为武士之魂。少年武士在幼小时便开始使用刀。年满五岁，就穿上全副武士的服装，站立在棋盘上，通过腰间佩带的真刀代替此前玩弄的玩具小刀，首次被承认武士资格。在这个最初进入武士资格的仪式结束后，如果不佩带表示身份的刀，就不能出父亲的家门。不过日常佩带的是一把涂上银色的木刀。到了十五岁就看作成年了，就能够拥有锐利的刀，拥有了这样的刀，便被赋予了自尊和负责的感情和态度，他们称刀为"胁差"，绝不离开身边，夜里放在枕边或者手轻易就能拿到的地方。对刀的羞辱就等于对刀主的羞辱。

在日本，刀匠不仅仅是工匠，而是赋有灵感的"工艺师"，他们的作坊就是圣殿，每天都以斋戒、沐浴开始其工艺。抡锤，淬火，用磨石研磨，其一举一动都是严肃的宗教仪式的举动，或者说，他们把三魂六魄都投入刀的锻冶之中。

作为工艺品，刀是完美的，那洁净无瑕的纹理放射着青色的光，它的弯度把最卓越的美和最强大的力结合在一起。而日本刀绝不仅仅是一件工艺品，而是起到了艺术所赋予的之上的作用，它是日本武士道的象征，代表着“勇气”“征伐”“忠义”和“名誉”。

谈到“菊”与“刀”，就不能不提到美国女人类学家鲁思·本尼迪克特的著名作品《菊与刀》，但凡试图探讨了解日本的学者，都阅读过这本书。

第二次世界大战后期，德日败局已定，美国亟须制定战后对德日的政策。对德国，美国比较了解，政策也比较明确，即武装占领，直接管制。而对日本，美国不太了解，认为日本人的脾气是最捉摸不透的，其行为和思维同西方国家公认的基于人性的战争惯例迥然不同。因此，关于日本的许多问题亟须做出解答。其中，最需要弄清的两个问题是：第一，日本政府会不会投降？盟军是否要进入日本国土而采用对付德国的办法？第二，假如日本投降，美国是否利用日本政府机构以保存天皇？为了回答这些问题，美国政府动员各方面专家、学者对日本进行研究。本尼迪克特于 1944 年 6 月接受美国政府的委托，从事对日本的研究工作。她把战时在美国拘禁的日本人作为调查对象，同时大量参阅日本的历史和文学史，对日本人的思维及感情习惯以及这些习惯所形成的模式、东京当权者发动战争的动机和目的等进行了深入研究。她把研究的结果写成报告，报告中推断的结论是：日本政府会投降，不能用对付德国的办法对付日本，美国不能统治日本，要保存并利用日本的原有政府机构。战争结束后，事实的发展同她预料和建议的一样。

1946年，本尼迪克特将这份报告整理成书出版，这就是研究日本的旷世之作《菊与刀》。作者以“菊”与“刀”作为书名，通过这对矛盾的载体象征日本人的矛盾性格（即日本文化的双重性）：既温和又极其好斗；既彬彬有礼又倨傲自居；既柔弱善变又顽固不化；既驯服又不愿受人摆布；既能为“明志”“报国”而切腹自杀，又难以忍受小小的委屈；既保守又十分愿意接受新的东西。《菊与刀》于1949年被译成日文，立刻在日本引起强烈反响，后又被译成多种文字，直到现在仍被广泛阅读，此书影响至今不衰。

“菊”与“刀”本来是两个常见的事物，可在日本的文化中却被赋予深刻的内涵。当我走出明治神宫，回过头来，再次注视那枚菊纹时，心中感慨颇多，十六瓣八重菊纹虽然还清晰地被雕刻在皇家的门牌上，但它在当今日本人心中的分量还有多重呢？“刀”啊，武士之魂，当今的日本，还有多少人能真正体味战国时期武士的境遇及他们内心的悲凉？

如厕文化

我讲日本的如厕文化，有的朋友不解地问：如厕也能成为一种文化吗？是的，在日本，如厕确实是一种文化。

其一，日本的厕所既多又干净。地铁、大小商场、公园、餐馆、各旅游景点、高速公路加油站、城乡社区、道路两旁都设有公共厕所，比较常见的名称有“御手洗”“洗面所”“化妆室”“休息室”“洗手间”等，所有厕所都是免费的，而且特别干净。在日本的家庭中，厕所同浴室一般都是分开的，换了鞋才能进去。在农村，厕所一般都建在庭院的绿荫丛中，装饰得干净雅致。居民小区的公共厕所都是居民自己管理，厕所的清洁及运营都是居民自愿承担。而且，所有的使用者都必须遵守公共道德和大家协商制定的一些规定，比如，有的小区规定，进厕所就像进家门一样，必须先脱鞋并将鞋整齐地摆在门口，方可进入。

其二，日本的厕所设备齐全、技术先进。日本人在厕所上费了很多的心思，不但对厕所的设备、色彩下功夫研究，就连冲水量的大小、手纸的厚度等同样有研究。有针对老年人、儿童、残疾人设置的不同功能的厕所，有的地方还设有可以推行李进去的单间。像奈良这样的城市，古寺名刹多的地方，公共厕所便建成了寺院的样子，里边摆放盆景和装饰品。厕所的功能设备更是让人赞叹，提供集坐垫圈加热、温水冲洗、流动水按摩、暖风烘干等多种功能于一体的智能化厕所，在一些高级宾馆，还设有自动检测疾病的高智能厕所。

其三，国家重视，将如厕作为一种文化进行宣传和管理。每年的 11 月 10 日举行一次全国性的“厕所节”，开办多种形式的“厕所网络”，举办各种规模的“厕所卫生文化研讨会”。在 1985 年成立了“厕所协会”,负责厕所业内的相关事宜及每年“十佳厕所”的评选活动。

其四，民间的积极参与。日本有一个民间的“美化协会”，协会成员不定期地到企业、社区、学校开展义务宣传，号召人们自觉地维护厕所卫生，打造干净优美的厕所环境，并倡导人们亲自打扫厕所，总结出五大好处：一是可以磨炼人的心灵；二是使人变得谦虚；三是让人更加务实；四是让人学会感动和感激；五是让人摆脱偏见，体会平等的感觉。

由于日本人非常重视厕所，洁具的研究和生产都很先进，他们在研究开发温水冲洗系统时，研究和开发人员为了调试最佳水温及喷头喷水的最佳角度，多次身体力行，进行试验。

对于日本的厕所，作家郁达夫曾感叹道："日本人的庭园建筑，佛舍浮屠，又是一种精微简洁，能在单纯里装点出趣味来的妙艺。甚至家家户户的厕所旁边，都能装置出一方池水，几树楠天，洗涤得窗明宇洁，使你闻觉不到秽浊的熏蒸。"日本作家谷崎润一郎更是用诗化的语言描绘日本的厕所："可以说，在日本建筑物中，最风雅的场所，恐怕就要算厕所了。将一切事物诗化的我们的祖先，把住宅中最不洁净的厕所，建成了最雅致的场所，与风花雪月相联系，使人融化于依依恋慕的遐想之中。"

人们常常认为厕所是个肮脏的地方，其实这个地方却体现了一个民族的文明程度和开放程度。日本人对厕所的重视，世界上独一无二。把厕所建成最雅致的场所，把厕所同风花雪月联系起来，这一切难道还不是一种文化吗？

从衣食住行中认识日本

中国与日本一衣带水，近在咫尺，自古以来，就有着千丝万缕的联系。中国有个传说：秦代的徐福带着童男童女，同时还带着先进的生产技术和工具东渡日本，成了今天日本人的祖先。尽管日本人对自己的历史有另外的说法，但日本几千年来一直受惠和受益于中华文明却是个不争的事实。追溯历史，日本曾经是中华文明和文化最热情的崇拜者和学习者。从7世纪开始，日本的天皇及其宫廷对中国的文明和文化赞叹不已，并着手用于充实本国的事业。在7世纪前，日本连文字都没有，7世纪时，日本采用了中国的表意文字来书写与中国完全不同的语言；之后，又从中国大规模引进佛教，作为保护国家的至善宗教；天皇又仿照中国的京城建造了新的奈良城；天皇还采用遣唐使节从中国学来的官阶品位和律法，授给世袭贵族和封建领主，形成了日本等级制的组成部分。日本前首相竹下登在访问西安和敦煌时曾感慨道："中国文化是日本文化的源流。"在世界上，中国人同日本人是最形似的，黑头发、黑眼睛、黄皮肤，使用的都是汉字。尽管同文同种，但在衣食住行上却存在很大差别。

从传统来看，中国和日本都属于农业文明，都崇尚"以食为天"，但两国人民在饮食方面却大不相同，中国人吃饭讲究"酒足饭饱"，而且讲排场，大鱼、大肉、大盘子、大碗。一桌人围在一起吃，桌上的菜共用。而日本人吃饭讲究少而精，一人一份，每个人必须将自己面前的那份吃完，使用的盘盘碗碗也特别小。多数情况下，日本人喜欢吃凉的、生的，如生鱼片、生虾、生蟹等。而中国人喜欢吃热的、熟的。日本人吃饭时一般不进行语言交流，吃完便迅速地离开。中国人一起吃饭，喜欢天南地北地聊，有时饭吃完了，围着桌子还接着聊，一顿饭吃完需要两三个小时。

在衣着方面，原始的日本服饰又窄又瘦，极不方便。在日本的几个城市，我看见很多穿和服的日本女人，走起路来都是小碎步。当今的日本人（如白领、学生）大多已不再穿和服，但他们的衣着很朴素，颜色也比较单一，以白色、蓝色、黑色为主色调。而中国人的传统服饰比较宽松，走路方便，干活也方便。现代的中国人(尤其女性)唯恐别人说自己穿着与他人雷同，总是挖空心思，在穿衣打扮上标新立异，张扬个性。

中国的建筑讲究“百年大计”，且气势宏大，高楼大厦基本都是砖石结构。而日本的房屋建筑大多是木质结构，小巧精致，简单实用。在农村也是小门小户小庭院，既干净又有情调，像中国农村那种大套房、大宅院几乎找不到。

我们住的宾馆，一人一个房间，大约十平方米，设备齐全，又很干净，只是各种用品都很小。电视屏幕同我们常用的手提电脑的屏幕相仿。一个朋友开玩笑说:“这也太抠门了，这样的小电视在我们那儿早扔垃圾箱了，他们生产那么多好电视，还用这么个小东西。”其实，日本人是非常俭朴的，他们到超市买生活用品，买半块豆腐、半条活鱼、两三块生鱼片、一把小青菜，不像我们去超市常常一买一推车。

在行为举止上，日本人通常表现得彬彬有礼，比较含蓄，一般不直接表达自己的真实想法。他们忌讳身体接触，即使是要好的朋友，在公共场所也不勾肩搭背，而总是含笑鞠躬，用鞠躬向对方表示致意和问候。打电话时,也含笑向对方鞠躬。在机场、车站同恋人、亲人、朋友道别时，也是默默地目送登机或上车，一般不激动地拥抱、亲吻等。有时即使需要握手，也是轻轻的。

日本人从小就受到“不要打扰别人”的教育，他们在乘地铁或者公共汽车时，喜欢静静地看书看报，或闭目养神，从不接听手机、高声讲话。他们习惯将报纸折叠起来，一小块一小块地阅读，即使在宽松的飞机座位上，也不把报纸摊开读。日本人一般不轻易进入别人的家门，以表示对对方隐私的尊重，就是两个要好的主妇，聊了两三个小时，也是站在门外。而中国人正好相反，朋友或者客人来访，不请到屋里坐而站在门外聊，那是最大的不尊重。

日本人把“耻辱”纳入道德体系，他们说：“知耻为德行之本。”一个人的自尊是以其道德水准，如善良、诚实、忠义、节俭，及事业的成就为标准的。他们认为：每个人的心灵本来就闪烁着道德的光芒，犹如一把刀，如果不勤于磨炼就会生锈，这种自身的锈同刀上的锈一样，都是不好的东西。因此，人必须像刀一样注意磨砺本性，使之脱锈生辉。所以，每个人都十分重视社会对自己的评价，而且会根据别人的评价来调整自己的行为。

日本人普遍认为：不洁比死还可怕。所以，日本的许多文学作品，都把自杀描绘得很美。日本著名作家渡边淳一在《失乐园》中，描绘了男女主人公在深爱与现实痛苦折磨之后，选择了自杀，并吸引了许多模仿者。决定自杀后，还要选择场地和仪式，将与尘世的诀别操办得尽善尽美。而在中国文学、戏剧中，即使投河自尽，也要安排获救，要一个大团圆的结局。

狭小的国土，单一的民族，也形成了日本独具特色的“和亲一致”的民族精神。他们将和睦相处作为立国之本，将自己称为“大和民族”，并将有关事物也以“和”命名：“和服”、“和食”、“和风”、“和果子”（点心）等，“大和魂”始终贯穿于日本人的思想和文化中，至今依然是日本企业的核心指导思想：和谐、合作、友爱、互助、忍耐、谅解。“天时不如地利，地利不如人和”，这本来源于中国儒家的文化精髓，却已深深地渗入日本民族的灵魂。

从衣食住行这些看似平常的事中，我们悟出了日本独特的国民性及独特的文化内涵。作为岛国，日本四面环海，国土狭小，"像落花一样，漂浮在海面"。古代的日本人，没见过太阳从地平线上升起又从地平线上落下，不知道地球上还有一望无际的原野，也不知道地球上还有烟波浩渺、横无际涯的江河，更不知道地球上还有连绵起伏、耸入云端的山脉。日本人常见的自然是山和平原交错的小自然，被日本人誉为民族象征的富士山，海拔也只有三千多米，所以也不可能有中国式的万里长城和大运河，也没有罗马式的水道。栖居在小自然中的日本人，衣食住行自然就采取相应小的形式。

狭小的国土，匮乏的资源，决定了日本民族居安思危的特点，也决定了他们比中国人更懂得不断地改革和进取。日本近代史上，几次政治及经济的改革都是非常成功的。比如，19世纪后半叶发生的明治维新。在明治维新之前，日本农民没有土地，也没有姓氏，被称为"没有完全人格的人"。明治维新以后，整个国家脱胎换骨，完成了跳跃式的快速发展，成为世界改革史的典范。

正是因为日本人具有积极进取的精神，所以日本能在短短几十年内，从一个封闭的东方小国，一跃成为世界经济强国。

第二次世界大战时，美军及其盟军的炮火摧毁了日本大部分工业设施。1945年8月，日本宣布投降，曾经在太平洋战争中与日本军队浴血奋战的美国将军麦克阿瑟曾宣布："日本已沦为第四流国家了。"然而，日本仅用了短短十多年时间，工业生产就恢复到了战前水平，并开始在许多领域赶上或超过了西方发达国家。日本的国土面积相当于美国中等大的一个州，但国民生产总值却接近美国的四分之三。在20世纪90

年代，日本的经济泡沫破裂之前，日本的经济如日中天，全球几家最大的银行和证券公司几乎都在日本。时至今日，日本依然是世界上最大的债权国，拥有世界上最大的外汇储备和最高的国民储蓄。

日本在近代史上的作为及在当今世界上的地位，证明它绝不是个一般的国家，而是一个值得中国人认真研究和严肃对待的国家。

由于历史原因，中国人对日本人缺乏全面的了解和客观的认识，主要是因为日本在近代对中国多次入侵，给中国人民造成了最为沉痛的灾难。第二次世界大战已过去了七十年，日本至今依然未能正视他们在战争中犯下的罪行。历史意识的惯性，造成了许多中国人将特殊阶段的历史事实定格为日本民族的普遍性特征，因而导致中国人民对日本“整体记忆”的普遍恶化。许多中国人虽然喜欢日本的产品，但不喜欢日本人。其实，战争是日本军国主义在犯罪，而非日本人民犯罪。日本人民也是战争的受害者。日本人自身有很多优点，比如，他们敬业、重团结、讲诚信、守纪律、懂礼貌、尊师长、爱干净、爱学习。日本公共秩序良好，许多女士在商场等公共场所，手提袋都是敞开的。一、二年级的小学生可以自行上下学。乘地铁或公共汽车，上下电梯等都是文明礼让。大街上很少看到警察，交通秩序井然。无论是城市还是农村，日本的水可以放心地喝，食品可以放心地吃。

随着世界经济一体化的加快，各个国家、各个民族在思维方式及价值取向方面的差距势必还会扩大。日本在发展中的经验和教训也给我们不少启示。“知己知彼，百战百胜”，如果我们将先辈的至理名言都忘记的话，如何能立于不败之地？

注：《源氏物语》是日本中古时期物语文学的典范作品，全书有近百万字，故事涉及四个朝代，历时七十多年，出场人物四百多个，它是一部统一完整的长篇小说，作者是女作家紫式部。

《万叶集》是日本现存最早的诗歌总集，所收诗歌自4世纪到8世纪，经多人多年编选传承、校正、审定而成，诗歌多来源于民间。

《古今集》为《古今和歌集》的简称，成书于905年，即平安朝初期，共二十卷，《古今集》与《万叶集》不同，逐步形成了贵族的审美意识。

四辑　晚晴赢雪濯尘心

那一年，我心烦意乱，迷茫中与《晚晴集》相逢，一字字，一句句，就像一位智慧长者谆谆的教诲。如圣洁的瑞雪，濯除我心间的尘埃。

唯有牡丹真國色

我与晚晴集

那一年，我的心情糟透了。职务升迁的困惑，单位分房子无望，许多事情都让我心灰意冷。一天，读高中的儿子回家后给了我一本书，是弘一法师的《晚晴集》。我读过他的一些诗词和文章，弘一法师是我最崇拜的大师。

李叔同（1880—1942），法号弘一法师，原籍浙江平湖，生于天津，1942 年 10 月 13 日，圆寂于泉州不二祠温陵养老院晚晴室。

弘一法师是中国近现代佛学史上最杰出的一位高僧，他集儒释道之大成，是中国新文化运动的先驱和早期启蒙者之一。他的一生充满传奇色彩，他出生于富商之家，才华横溢，在诗词、音乐、书画、戏剧、文学、篆刻等方面均有极高的造诣。林语堂曾这样赞誉他："李叔同是我们时代里最有才华的几位天才之一，也是最奇特的一个人，最遗世而独立的一个人。他曾经属于我们的时代，却终于抛弃了这个时代，跳到红尘之外去了。"

从风光八面的文化名流转而皈依佛门，就在他人生无比绚烂之际，剃度出家，在风花雪月的杭州避世而居，潜心修行，最终成为一名虔诚的佛门弟子。他一生高洁，一世勤奋，为中国佛教文化的传承和发展创造了丰功伟业。他的讲演稿及辑录的处世格言，被梁实秋、林语堂等文化巨擘誉为“一字千金，值得所有人慢慢阅读、慢慢体味，用一生的时间静静地领悟”。

对他的一生，赵朴初先生曾有诗形容：

深悲早现茶花女，胜愿终成苦行僧。

无数奇珍供世眼，一轮明月耀天心。

《晚晴集》是弘一法师晚年静修期间集成佛经、偈语、警句共 101 条，书名取自李义山的诗“天意怜幽草，人间重晚晴”。

为了读懂《晚晴集》真意，我查阅了许多相关资料，受益匪浅。在读的过程中，有许多感受也随时写了出来，收录本书中的十篇文章，就是从中摘录出来的，这只是我自己的一些体会。

追寻生命的本源

若失本心，即当忏悔，忏悔之法，是为清凉。

《晚晴集》第 1 条

上面这句话出自《金刚三昧经》，这是一部大乘经典，主要是讲众生与佛本无差别，还有一些关于佛性的思想。在唐代这部《金刚三昧经》曾被多处引用，因为这部经典当中的佛性思想和禅宗的一些主张是相当一致的。

这句话的大意是：如果失去本心，就应该立即忏悔，忏悔才能得到本心，才能做清凉的人。

弘一法师把这句话作为《晚晴集》的开篇，由此可看出这句话的重要，同时也体悟到他的良苦用心。

“若失本心，即当忏悔”，这是大师给我们上的第一堂课，什么是“本心”？净空法师是个博学的和尚，他曾解释说：“本心，即禅宗真如本性，是清凉心。”

“清凉心”是什么样的境界？新罗沙门元晓所作的《金刚三昧经论》做过这样的解释：“灭不善因沉浊故清，离生死果热恼故凉。”因缘生灭，有因必有果，灭掉不善之恶因，脱离生死之苦果，是为清凉，佛门要求弟子之心常清、常净。

在人生的一开始，心灵是清凉的，身体是清爽的，德行是清洁的,这是佛学讲的“三清”。后来受了外界的污染,变成了“三浊”:眼睛浑浊，心灵污浊，欲望秽浊。三清三浊，一定要归于清，清凉的人是真正得到人生的人。

2002年的夏天，我同朋友去探访黄河的源头，看见黄河源头的水清澈无比，河里的小草、小鱼都看得清清楚楚。河里的石块被河水冲洗得白白亮亮，像一块块宝石。我非常震惊，难道这就是我认识的那条浑浑秽秽的黄河吗？它的源头竟然如此清澈，我深深地感悟：我们的人生犹如一条河，你若看到本源，就会发现，它原本是清澈的。上天赐给我们的生命原本也是洁净的，我们失去了本心，是被这个世界太多的东西所污染，所以，我们要积极地寻求“本心”,在“源头”得到它,并不断地“忏悔”，才不会迷失在过程中。

那么,如何“忏悔”？并不是烧香拜佛,磕头赎罪。“忏悔”，梵语的音译为“忏摩”，意译为悔过，真心悔改。也就是说，当我们真正地认识到自己被世间太多的烦恼、欲望所引诱，被假象所蒙蔽时，就要坦诚地承认这一切，勇敢地接受这一切，并且真心悔改。

台湾作家林清玄曾在一篇文章中这样说：“垦地播种，总是花未发而草先萌，禾未绿而草先青。”为何？原来是草籽早在耕种前就已存在。一个人垦殖心田，竟也多是草先萌长，这是因为我们的心田早已存下了杂念。生命本应是单纯快乐的，因为这蔓延的杂念，生命的光泽早已不再，人欲无穷，烦恼无限，如果不勤加修剪，一颗干净的心很容易在这污浊的世界上沉沦堕落。

一个干净的社会，人心组成的元素是：爱心、关怀、知足、正义；一个肮脏的社会，人心组成的元素是：自私、暴戾、贪婪、邪恶。人心干净，这个社会就干净；人心肮脏，这个社会自然就肮脏。

国学大师南怀瑾不断地告诫人们：让心回到最初的清澈。他说："水的本性是清澈平和的，如果搅动它就会变得混浊，如果堵塞住不让它流动，它也就不会纯清了。这和人心是一致的，人心的本初都是清净如水的。但是流落于世，渐渐被欲望所迷惑，就像是往水中掺入泥沙一样，也就渐渐变得混浊起来，只有懂得顺应天道的人，才能使自己的心重回当初的澄澈。"虽然我们不可能生活在真空社会里，但是我们可以让自己的心像流水一样流动起来，不断地排除杂浊，留下水本质的澄澈明净，找回那颗原本纯洁、善良、清明、知足的本心，这是生命的本源。

没有天空的高度，也要学习大海的胸怀

是身如掣电，类乾闼婆城，云何于他人，数生于喜怒？

《晚晴集》第 8 条

这句话出自《诸法集要经》，大意是：人的生命就像闪电一样短暂，就像乾闼婆城（佛经里讲此城为一座空幻之城）一样虚幻，为什么要对别人生出那么多怨恨呢？主要是告诫世人，要敞开胸怀宽容处世。

胸怀也叫心胸。把一个人的心，一个人的灵魂，一个人的人格素质加起来，这便是我们通常所说的心胸。它是世界上最神奇、最博大精深的一种精神载体。法国大作家雨果曾说过："世界上最宽阔的是海洋，比海洋更宽阔的是天空，比天空更宽阔的是人的胸怀。"一个心胸宽阔的人表现的是豁达、宽容，既不会为恩恩怨怨耿耿于怀，也不会对区区小事而念念不忘。君子坦荡荡，小人长戚戚，心胸狭窄的人表现的是自私、妒忌。

我们都知道白雪公主的故事。"魔镜，告诉我谁是世界上最美丽的女人？""皇后，你是世界上最美丽的女人。"镜子回答说。

直到有一天，她又站到镜子旁问道：“魔镜，魔镜，谁是世界上最美丽的女人？”镜子回答说：“皇后，你虽然非常美丽，但这世界上还有一个比你更美丽的女人，她就是公主。”前任皇后所生的肌肤如白雪的公主长到了十岁，她的美丽已超过她的后母。皇后听了就像被妒忌的烈火焚烧，一点也不能容忍世界上有一个女人比自己漂亮，所以要千方百计地除掉白雪公主。

虽然这只是一个故事，却反映出一个心胸狭小的人容不得别人比他(她)好，总是轻视别人。如果听到有人夸某某长得漂亮，他便说：“可惜脑袋太笨了。”如果听到有人夸某某很有才华，他便说：“长得太丑了。”总是挑些毛病以贬低别人。心胸狭小的人不论外表多么漂亮，也不能让自己的心里充满宽容、温柔和爱。

在这个世界上，人与人交往时，难免会遇到一些摩擦和不快，这个时候，如何处理最能体现一个人的度量和胸怀。心胸豁达的人，用一颗宽容的心来包容一切，无数的干戈便化成了玉帛，历史上的蒋琬就是一个心胸大度的人。

蒋琬是三国时蜀国权倾一时的重臣，有个叫杨敏的小官在背后议论他说：“蒋琬这个人做事情糊涂至极，与前人相比简直是天壤之别。”

有人把这番话告诉了蒋琬，蒋琬只是淡然一笑，依旧埋头做自己的事情。后来，杨敏的顶头上司知道了这件事，立即拜见蒋琬，自责管教不严，影响了大人的声誉，一定要重重惩治杨敏。

蒋琬一听急忙制止说：“千万别这样做啊！我确实做事不如前人，杨敏说的都是大实话，对于说实话的人赞扬还来不及，怎么能惩治人家呢？”

事也凑巧，不久，杨敏因工作失误而铸成了大错，被囚禁下狱。人们纷纷猜测，杨敏犯的错误够得上死罪，以前蒋琬之所以没有惩治杨敏，是因为没有合适的借口，现在机会来了，掌握大权的蒋琬一定会借机报复，岂能放过？

谁知蒋琬在了解了杨敏失误的前后经过后，如实进行了汇报，并且替杨敏求了情。经过蒋琬一番努力，最终杨敏只承担了很轻的罪责。杨敏事后得知是蒋琬秉公办事，为自己求了情，感动地说：“蒋琬毫无个人亲疏恩怨，这种光明磊落的风格实在是无人能及啊！”

《淮南子》中有这样一句话：大足以容众，德足以怀远。包容是一种品德，也是一种智慧。真正的君子，往往拥有大胸怀、大气魄，面对别人的小肚鸡肠，甚至是诋毁侮辱，也能选择宽怀待之。所以，在生活中他必是内心平静，神态安逸，善明事理。

恨意会让生活变成地狱！正如莎士比亚所说：“不要因为你的敌人而烧起一把火，结果却烧伤了你自己。”人生在世，不过是白驹过隙而已，何必斤斤计较！同小人计较，我们会输掉很多时间和精力；和朋友计较，不但花费很多的口舌和心机，还失去友情；同兄弟姐妹计较，会丢失许多金钱买不到的亲情。

国学大师南怀瑾曾说：“人生的快慰往往源于不记恨。”大师是在告诉我们，原谅那些伤害过我们的人，记住那些曾经对我们好的人，忘记那些微不足道的愤怒，让自己的身心得到平和。

德国伟大的哲学家叔本华在生命处于绝望的时候曾说道：“如果可能的话，不应该对任何人产生怨恨！”我们何不从现在起，多一分豁达和宽容？即使达不到天空的高度，也要学习大海的胸怀，容纳百川，让自己活得更轻松、更快乐！

愤怒是处世的祸首

嗔恚之害，则破诸善法，坏好名闻，今世后世，人不喜见。

《晚晴集》第 9 条

这段话取自《佛遗教经》。《佛遗教经》全称为《佛垂般涅槃略说教诫经》。此经篇幅不长，只有一卷，记录的却是佛陀在涅槃之前对弟子的最后训话，可见意义重大。

这段话可以这样理解：愤怒的害处在于它能把一切佛法都破坏掉，破坏掉一个人的好名声，今生后世都不被人喜欢。

佛经上讲："愤怒不能得到佛法的根本原因，是堕入恶道的缘故，与超脱之后产生的喜悦是冤家，是偷走我们善心的大强盗，是种种恶言的仓库。"

从这句话可以看出佛家对愤怒是持何等的否定态度。弘一法师每提到这句话时便告诫世人："不要轻易动怒，也不要在愤怒的情况下做出任何选择。"有人说："愤怒是愤怒者的坟墓。"人在怒气十足的情况下往往是不理智的，做出的决定也往往是很鲁莽的，愤怒之气是一把"双刃剑"，不仅伤害别人，也会伤害自己。对此，我耳闻目睹的事情很多，让我感触最深的就是2006年德国世界杯决赛场上发生的一幕。

决赛由法国队和意大利队争夺“大力神杯”，这两个队实力相当，很难预测谁胜谁负，但我心里还是希望法国队能胜，因为我喜欢法国队的球星齐达内。

球已踢到110分钟，双方谁也没有进球，这时我突然看到齐达内转身走向意大利队的后卫马特拉齐，并用头将其撞倒。我惊呆了，怎么办？千万别亮红牌，我心里为齐达内担忧着。

裁判跑过来，亮出一张红牌，齐达内被罚下场，躺在地上良久的马特拉齐看到这个结果后立刻从地上爬起来，并欢快地鼓起掌来。“三届足球先生”得主齐达内转身低头离开了赛场，他最后一场就这样谢幕了。

场上的形势由此急转直下，法国队失去了主力，慌了阵脚，意大利队在心理上、人数上都占了优势，最后如愿地捧走了“大力神杯”。

事后有关部门经过调查，证实是马特拉齐用语言挑衅齐达内。第一次用语言挑衅侮辱齐达内，齐达内压住了怒火；第二次挑衅齐达内，齐达内没有理智地对待，而是用头将其撞倒。这是齐达内职业生涯的最后一场比赛，他原本可以完美地谢幕，但由于自己没有控制好情绪，就这样无奈地收场了。

虽然人们为齐达内打抱不平，也谴责马特拉齐的行为，但一切都不可改变。

“天地万物之理，皆始于从容，而卒于急促。”这句话是明代思想家、养生学家吕坤用来告诫人们的，收录在他的《呻吟语》中。弘一法师常对弟子们讲：“应事接物，常觉得心中有从容闲暇时，才见涵养。”所以，人在情绪不稳定时，一定要使自己静下心来，让愤怒的情绪平静下来，才能做出正确的选择，否则，许多言行都是错误的，悔之晚矣。

知足寡欲，风清云白

行少欲者，心则坦然，无所忧畏，触事有余，常无不足。

《晚晴集》第 10 条

这句格言出自《佛遗教经》。唐太宗曾专门指定人员抄写此经，吩咐京官与地方官，以此规范其行为。

这句格言的大意是：一个清心寡欲的人，心就会坦然，无忧无畏，因为欲望少，所求不多，所以，很容易满足。

曾有人问弘一法师："世上最可怕的是什么？"

弘一法师回答："欲望。"

他还告诫人们："人要学会克制自己的欲望，欲望太多会让人迷失本性。""为欲念所困，人就会昏庸。"关于人的欲望的理解，弘一法师有自己独到的看法，在他眼里，人有欲望是很正常的，比如，满足自己必需的衣食住行。但万事都有一个度，一个人的欲望过于强烈，就失去了自己的本性。人的欲望是无止境的，而且永远无法满足它，这正是人性最大的弱点。因为欲望无穷，所以烦恼也无穷。国学大师南怀瑾认为：每个人都有七情六欲和喜怒哀乐，因而人类必然存在烦恼，但很少人能看到，大多数烦恼都是自我的，比如，有的当了几年乡长之后就想当县长，提了别人没提他，他肯定不高兴。还有人为钱而烦恼，有了一万想两万……如果欲望不加以限制，就会膨胀，当被欲望的洪水淹没时，才意识到自己的错误所在，但为时已晚。

我曾看过这样一个小故事：一个人在沙漠里迷失了方向，他祈求神保佑他走出沙漠，神答应了他。神告诉他抓住一把沙粒，每掉一粒就是他前进的方向，于是，他很快走出了沙漠。正当他仰天大笑，并要松开双手散落手中所剩的沙粒时，突然发现手里的沙粒已变成了金子。他止住笑声，后悔莫及，为什么我不多带点沙粒，这样我就拥有很多金子，他这样想着，决定再回原处，结果他再也没能从沙漠里走出来。

在现实生活中，欲望是困扰人的心灵的蜘蛛网，许多人不能控制自己的欲望，为了满足私欲而见利忘义、贪赃枉法，最终落个身败名裂的下场，甚至丢了自己的性命。

中国有句名言叫“知足者常乐”。人生快乐的一个要点就是懂得“知足”。人们往往很少想到自己所拥有的，却时刻想着自己还没有得到的，所以，不能很好地享受自己已经得到的东西，正像一个穿着布鞋的人，常常羡慕穿高档皮鞋的人，但他没有看到的是，有一个人还没有脚。

有一个贪婪的地主，他用一生的时间来侵占土地，到他死的时候，他侵占的土地需要骑上马来丈量。他要死了，佃农们在原野上为他挖好墓穴。“让我最后看一看要安息之处吧。”这个贪婪的地主说。于是，佃农们把他抬到墓穴边，面对墓穴，地主突然醒悟，原来，我最终只能占有这么一小块地方。

一个人赤条条地来到这个世界，还要赤条条地离开这个世界，一生辛苦得来的财富再多，自己所能享受的也只是一犀一床、一衣一饭。

曾叱咤风云、富贵荣华的亚历山大大帝，死后也只是两手空空，一抔黄土而已。他的墓志铭是这样刻的：当初，整个世界都不够；如今，一抔黄土就够了！

多欲之人，总是贪得无厌，苦恼也会随之增多。要想减少苦恼，时刻记住“知足”二字。知足之人，身处贫贱也会觉得安乐自在，粗茶淡饭吃得香，土屋木床睡得安稳；而不知足之人，就是住在天堂也会觉得处处不称心，即使锦衣玉食，他也是个穷人。因为一个人的富有，不在于他手里攥着多少金子，有多少豪宅和名车，而在于沉淀在他心底的智慧和良知。心灵的财富是我们无法用手触摸的，但我们时刻能感受到它的分量。一个人学识修养的好坏，品德的高尚与低劣，最能体现他心灵财富的富有与贫穷。因此，在为人处世上，我们要像弘一法师告诫的那样：用理智战胜欲望，远离物欲，这样心灵才能获得永久的平静和安宁。让真实、纯净的心灵伴我们度过快乐的一生。

卸去悬在头上的剑

名誉及利养，愚人所爱乐。能损害善法，如剑斩人头。

《晚晴集》第 12 条

这句话弘一法师标注的出处是《有部律》,《有部律》在《中文大藏经》里全称为《根本说一切有部毗奈耶》,“有部”是“说一切有部”的简称。这句话的大意是：名誉与利益，这些都是愚人所喜爱的，它们会损害佛法，如同利剑斩人的头。

这句话是佛陀亲口说的，说话时有个特定的背景，所指人物为佛陀的堂弟提婆达多。

提婆达多小时候是个聪明善良的孩子，长大后成了一个英俊的青年。在《根本说一切有部毗奈耶》里有这样一段记载：佛陀正在王舍城羯阑铎迦池竹林园之中，时值大荒之年，僧侣们外出乞讨，很难讨到食物。于是，一些身具神通的僧侣便借助神通前去赡部林，在林中取得赡部果，分给众人。这让提婆达多很是羡慕，心想：如果我能学到神通，也像僧侣们那样自由自在地去各地取食，那该多好。于是，他去找佛陀，让佛陀教他神通。

佛陀知道他动机不纯，只是告诉他："你得先好好修习戒、定、慧，然后才能学习神通。"

提婆达多不肯听从佛陀的劝告，又找到阿若憍陈如，向他提出同样的要求。阿若憍陈如也察知了提婆达多的心理，给出和佛陀相似的回答。

经过无数次碰壁之后，提婆达多终于如愿以偿，一夜之间便获得了神通法力，上天入地，穿墙入水，无所不能。

提婆达多找到"未生怨"（未出生便同父母结下了仇怨）太子，在太子面前施展神通，获得了太子的供养，而且供养极其丰盛：每天一早一晚太子都以五百辆宝车到提婆达多处礼敬，每餐太子还会供上五百釜食器的美味佳肴，同时还有五百比丘追随在提婆达多的左右。提婆达多的声望与享受一时间达到了令人瞠目结舌的程度。

佛陀座下的弟子们把提婆达多的情况告诉了佛陀，佛陀对弟子们说："你们可别羡慕提婆达多，别看他现在受到如此隆重的供养，这供养反而会害了他，这样隆重的供养就像竹子开花，骡子怀孕，最终会给自身带来毁灭。"接着佛陀讲了四句话：

芭蕉若结子，竹苇生其实。
如骡怀妊时，斯皆还自害。
名誉及利养，愚人所爱乐。
能损害善法，如剑斩人头。

提婆达多的声望越来越大，邪念也越来越大，他还怂恿太子囚禁父母，图谋篡位。他看佛陀年纪大了，想接收佛陀的弟子，并屡屡陷害佛陀。他还在手指甲里涂了毒药，想在接近佛陀时施以杀手，结果走在路上，大地突然裂开，提婆达多被吞了进去。玄奘在《大唐西域记》里提到的孤独园东向百余步有一处大坑，就是提婆达多堕入地狱的地方，佛学上讲为天地报应。

名利从古至今都是人们拼命追求、争夺的东西，有些人为了名利想尽一切办法，不择手段，甚至不惜谋害他人的性命。

“物忌全胜，事忌全美，人忌全盛。”弘一法师常常用这句话来劝诫那些终日追求名利、春风得意之人，要及时悬崖勒马，告诫人们要想想，在自己的权势膨胀、极度风光的时候，危险是不是也在靠近自己？许多得势之人常常无所顾忌，被一时的风光遮住了双眼，也蒙蔽了心灵，无所畏惧地全身心投入到追逐名利、追逐财富的滚滚潮流之中，到了危险的边缘，自己却浑然不知，最终葬身其中。

一个年轻人向往功名利禄，希望名利双收，原是非常自然的，但一定要有个度，不可强求，不可奢求。当一个人过分地向订立的目标迈进时，往往对隐藏的陷阱视而不见，最后落个“两虎相斗，势不俱全”“鸟残以羽，兰折由芳”的下场。

人到了中年并不可怕，人到了晚年也没有什么可畏，这是自然规律，是生命的进程，怕的是步入了生命的后半段时，名利之心不但没有看淡，反而超浓；欲望的焚烧不但没有和缓，反而激烈；为人处世的步履不但没有从容，反而躁进，这是不可取的。

在现实生活中，很多人拥有了名利、权位，心却不能安顿，依然彷徨无依。名人表面上荣光，内心却是沉重的。

有些人之所以烦恼少，在于他能把一切事情都看得很平淡，就像装点大地的小草一样，平凡而坦然，有着旺盛的生命力。

看清生活道路的真相，并不意味着要过消极的生活，也不是不要成功，而是要在自己的心里留一个自我的空间。而且，要懂得：成名者是从普通人中脱颖而出的，必须以朴实为本；获得了利益也要懂得珍惜、知足。成功时淡然，失败时坦然。

其实，名利也好，权势也罢，都是日旦风朝之事，像烟云过眼，不是生命终极的寄托。所以，弘一法师告诫我们："有名不要高高在上，有利不要贪得无厌。"保持高洁的品行和平常心，弱化虚荣，淡泊名利，卸去悬在头上的剑，安然轻松地生活。

韬光养晦，智者之举

处众处独，宜韬宜晦；若哑若聋，如痴如醉；埋光埋名，养智养慧；随动随静，忘内忘外。

《晚晴集》第 16 条

这段话出自翠岩禅师的《警僧铭》，清代同治年间被净土宗高僧古昆辑入《净土神珠》。

这段话的大意是：无论是与大众相处还是独处时，都不能炫耀自己，显露自己的才华，做到韬光养晦，像个聋哑人，像个痴人，傻乎乎地像喝醉了酒，不求闻名显达，动静之中，物我两忘。

《警僧铭》，顾名思义，属于铭文，是座右铭的性质，被工整抄写挂在禅房之内，以便警醒。

弘一法师在《寒笳集》中对《警僧铭》全文收录，可见何等重要。无论是对于佛门之人还是世俗之人，这些都是最基本的做人道理。

弘一法师曾对他的弟子讲陶渊明的故事：陶渊明在青年时代怀有建功立业的雄心壮志，先后任过江州祭酒、镇军参军、建威参军、彭泽令等官职。由于他不愿意参与官场的争斗，便在四十一岁时弃官归田，隐居不仕，独与庐山僧人慧远相交。慧远是个有修养的大和尚，十年不出虎溪，两个人都平平淡淡，极好相处。他们还有一个朋友，就是当时很有名气的诗人谢灵运。谢灵运是开创山水诗派第一人，他曾骄傲地说："天下才气有一石，曹子建占了八斗，我谢灵运占了一斗，还有一斗天下闻名之人分去。"其狂若此。谢灵运说这番话的时候，陶渊明也在身边，这两个人都是才华横溢的大诗人，但陶渊明修养好，从不显露自己的才华。慧远会看相，说谢灵运身上有杀气，意思是像他这种高傲之人，会招致祸端。

谢灵运在晋朝为官，世袭为"康乐公"。入宋以后，爵位低了，心存不满，到处发贵族脾气，后有人告他谋反，结果被杀死了。

人生在世，总要谦虚一些，谨慎一些，有一点自知之明为好。谦虚不是一种无能，而是一种境界，一种修养。低调做人也不是低声下气，奴颜婢膝，而是一种情韵，一种智慧。不因博学而骄傲自大，也不因地位显赫而盛气凌人。

如果一个人总是趾高气扬地昂着头，他看不到自己背后的阴影，头昂得越高，人生的高点可能就到了尽头。所以，人该低头时就得低头。

美国开国元勋之一富兰克林年轻时去拜访一位老前辈，老前辈住在乡下一个小茅屋里。他出行前，心里想着自己的成功，便昂首挺胸地向小茅屋走去。一进门，"嘭"的一声，他的额头撞在了门框上，青肿了一大块。老前辈笑着出来迎接说："很痛吧，可是，这是你今天来拜访我的最大收获。一个人要想洞明世事，练达人情，就必须记住适时低头。"富兰克林记住了，他也就成功了，他不仅是美国《独立宣言》起草人之一，在合众国创建时留下许多功绩，也是著名的政治家和科学家，故有“美国之父”之称。

古人云：“天不言自高，地不言自厚。”

任何人所拥有的一切，与有大美而不言的天地相比，与浩瀚无际的宇宙相比，都不过是沧海一粟，实在是微不足道。

韬光养晦，不仅是一种品格，一种修养，更是一种智慧，一种哲学。

先把自己的鼻子擦干净

鼻有墨点，对镜恶墨，但揩于镜，其可得耶？好恶是非，对之前境，不了自心，但尤于境，其可得耶？洗分别之鼻墨，则一镜圆净矣！万境成真矣！执石成宝矣！众生即佛矣！

《晚晴集》第 18 条

这段话出自飞锡大师的《念佛三昧宝王论》。

锡，就是僧人手持的锡杖。传说高僧出游，把锡杖抛于空中，驾之飞行，便有了飞锡之称，游云僧也被称为“飞锡”。

这位以飞锡为法号的大师是位净土大德，唐朝人，声誉很高，曾奉诏入大明宫内道场译经，佛学修养很高。

据《念佛三昧宝王论》中飞锡法师自序：有客至飞锡的禅房拜访，请教佛法，言谈清雅，为飞锡法师三十年来所未闻。由此契机，飞锡法师撰文作答，便是这部《念佛三昧宝王论》。

弘一法师所取的其中的一段，大意是：一个人的鼻子上有墨点，对着镜子看觉得墨点很难看，但他不擦鼻子却擦镜子，他的鼻子上还是黑的。一切好恶是非，不做自我检查，而是怪外境，这有什么用呢？要把自己鼻子上的墨点擦干净，镜子也就干净了。飞锡大师的这一段论述，对于佛家弟子来说，主要有两点：一是修炼内心，莫向外求；二是如《坛经》所言："随其心净，则佛土净。"

飞锡法师曾引《续高僧传》的一段记载：齐朝有位向居士，给慧可禅师写信说：影子是由形体而来，回声是由声音而来，追逐影子，却不知道形体是根本；止住回声，却不知道要先止住声音的源头。

弘一法师把飞锡法师的这段话用工整小楷抄在纸上，他的书法非常好，虽然字瘪瘪的，但骨肉丰满，很有韵味，鲁迅就是跟弘一法师学的书法。看来他对这段话很是欣赏。

要把自己擦干净，这个干净可不是光指外表好看，而是指内心的洁净和真实，如果我们像擦去鼻子上的墨点一样擦亮内心，我们的心也就成了一面光亮无瑕的镜子，心中自见珍珠。

心志不为外物所移

千峰顶上一茅屋，老僧半间云半间。昨夜云随风雨去，到头不似老僧闲。

《晚晴集》第24条

这句话出自归宗志芝庵禅师。

宋代禅宗以临济宗与云门宗最盛，临济宗六传至石霜楚圆门下，旁出杨岐方会和黄龙慧南两支，归宗志芝庵主即出自黄龙慧南门下，深得黄龙真传。黄龙慧南隐退后，众僧亲附于归宗志芝庵主，但他不愿意领受寺中职务，而是在绝顶高峰上结庐而居，并作偈语：千峰顶上一茅屋，老僧半间云半间。昨夜云随风雨去，到头不似老僧闲。

这句话很好理解：山峰高处有一间小茅屋，老和尚住在山顶的茅屋里，高山有云，老和尚占了半间，云占了半间。昨夜云已经随从风雨走了，老和尚依然如故。云随外界的变化而变化，老和尚却没有，因为老和尚心志坚定，一心向佛，不受外物羁绊，不为外物所诱惑。

人活一份心志，不论是参禅悟道，还是做其他事情，只要心态坚定，就不会受外界的影响。在我国历史上有很多心志坚定、情操不渝的人，吴隐之就是其中一个。

吴隐之，字处默，东晋濮阳鄄城人。年轻时就孤高独立，操守清廉。在晋隆安时，朝廷选任吴隐之为龙骧将军、广州刺史。魏晋时期的广州治所在番禺，辖境相当于现在两广的绝大部分地区，北有五岭，南临大海，山清水秀。吴隐之携家小、下属赴广州赴任，一路跋山涉水，当他们抵达离广州二十里的石门时，发现不远处有一口泉水，但当地人说凡饮过此泉水的人，无不陡生贪念，所以此泉被称为“贪泉”。

贪泉无人不知，当地人夸张地说只要沾一滴贪泉水，就会立刻燃起贪欲，连六根清净的世外高僧也不例外。自命清高的过客纷纷避之不及，怕玷污了自己的清名，一些伪君子也假装正经，不接触贪泉。人们认为岭南贪污成风，就是因为贪泉。

吴隐之不信邪，他说：“不见可欲，使心不乱，岭南官吏丧失节操的真正原因我已经知道了。”于是，他走到贪泉边，俯身舀起一碗泉水，咕嘟咕嘟喝下去，然后微微一笑，当即赋诗曰：“古人云此水，一歃怀千金。试使夷齐饮，终当不易心。”全诗大意是：古人说这泉水，只要一沾唇就会顿生贪念，要得千金。假如伯夷叔齐来到这里，尽管大饮，他们的清廉之心也不会改变一分一毫。吴隐之道破了他酌饮贪泉水而不渝情操的真谛：人自己的思想品行和道德情操高尚，外面的任何事物都改变不了。

吴隐之在广州任职清廉勤政，一大批贪官污吏受到严惩，当地习俗日渐淳朴，大小官吏奉公守法。

唐代名臣魏徵在编修《晋书》时，用“晋代良能，此焉为最”

来评价吴隐之。

“春风多情门前过，我自不动任婆娑。”

弘一法师的这句诗我非常喜欢，什么事，只要心志不动，无论是多情的春风还是冷漠的秋雨，都改变不了。

梅子熟时栀子香

过去事已过去了，未来不必预思量；只今便道即今句，梅子熟时栀子香。

《晚晴集》第25条

这句话出自《石屋山居诗》，由石屋禅师所讲。

这句话明白简单，很好理解：过去的事情已经过去了，不必再多追想，未来的事情还没有到来，也不必多做预期；今天就说今天的话，就好比梅子熟时栀子花就香了。

江南地区的初夏正是梅子成熟的时节，梅子成熟了，栀子花也开了。梅子和栀子之间并没有什么特殊的联系，都是眼前之物，石屋禅师看见了，随手拈来入句，表明现在就很好，美景就在眼前，花当开时开，当落时落，一切顺其自然。梅子还没熟，你不能强行让它熟，栀子花还没开，也不能强行让它开。事情都有自身的发展规律，遵守事物的发展规律，做起事来会得心应手，成功的机会就多一些；违背事物的发展规律，做起事来就会处处不顺。有些人总想按照自己的意愿去改变一些不可改变的事情，结果事与愿违，一事无成，平添无尽烦恼。

隋炀帝去扬州看琼花，看到花还没开，就下圣旨让花马上开放，那琼花当然不会为他开放，因为还没到开花的时节。隋炀帝一气之下命人把花连根拔掉，他至死都没有看到琼花开放。在他死后，琼花即发了芽，开了花，一代一代地传下来，满天下的人都看见了。

武则天看到牡丹还没有开放，就强行让它开放，她不知道花即使开了，又意味着什么。《红楼梦》里写的那株海棠花开了，不久贾家就败了，凡事都要符合自然规律。

秋天的树叶抵挡不住严寒的威逼，纷纷凋落了，但春天又焕发出勃勃生机。

冬天的蜡梅笑到了最后，迎着漫天白雪绽放了。在它身后，绿色的小草胚芽正悄然地在白雪下边的沃土里萌动，吐露着春天的消息。

落叶飘落之后，春天的新芽就要抽出。

蜡烛燃尽之时，黎明的天光就要到来。

春蚕吐丝自缚的终极，是一只蛾的重生！

春日的繁华，夏季的喧闹，秋野的庄严，冬天的萧条，都是自然的现象。

宋代的慧开禅师曾有一首名为《无题》的诗偈：

春有百花秋有月，夏有凉风冬有雪。
若无闲事挂心头，便是人间好时节。

此偈的前两句描写了大自然的景致，春花秋月，夏风冬雪，都是人间胜景，让人赏心悦目。后两句将话锋一转，说世间偏偏有人不能欣赏当下所拥有的美景，而是怨春悲秋，厌夏畏冬，或者在夏天里渴望冬天的白雪，又在冬天里向往夏天的丽日，总是因为有“闲事挂心头”，纠缠于琐碎的尘事，而破坏了欣赏“人间好时节”的佳境禅趣。

弘一法师非常欣赏“梅子熟时栀子香”这句话，因为它体现了大彻大悟之意。他也常常告诫弟子：顺其自然，往往是最好的处世方式。这样可以获得身心的自然安宁、惬意、舒适、安逸，福报也会随之而来。

潘天寿是弘一法师的弟子。一次，他特意到杭州烟霞寺拜见弘一法师，言谈之间流露出要出家的意愿。弘一法师劝他说：“你以为佛门是个清净的地方，如果把握不住的话，同样也会有许多烦恼。”潘天寿听后思考了许久，最终打消了遁入空门的念头，此后经过努力，终成一位国画大师。

假如弘一法师当初答应潘天寿的请求，或许烟霞寺里就多了一个不安分守己的和尚，尘世里也少了一位国画大师。由此可见，弘一法师不愧为一代宗师，他对佛学的理解，劝人顺其自然的做法，令人敬佩。

『放下』，换得超然人生

将身心世界全体放下，作一超方特达之观。

《晚晴集》第 37 条

这段话出自蕅益大师的格言录，简单易懂。

意思是：要把身心、世界都放下，做一个达观超然之人。身心世界指内部的身心和外部的世界，看似两个世界，其实两者是统一的，放下外面的世界，身心也得到了解脱。

我这里借用一首禅诗来理解这段话：

四大由来造化功，有声全贵里头空。
莫嫌不与凡夫说，只为宫商调不同。

这首诗的大意是：世间的一切事物都是由地、水、火、风“四大”物质和合而成，“木鱼鼓”自然也不例外。“有声全贵里头空”指的是“木鱼鼓”，即鱼形木鼓，是寺院诵经时用于击之的法器。木鱼鼓之所以能发出声音，妙在内无，这个道理凡夫俗子是不明白的，因为他们观察事物和认识人生的方法与禅者有所不同，就如音律中的宫商调不尽相同一样。为人处世也如同木鱼鼓一样，贵在“空”字，即心中空明，禅意顿生。如何做到心中“空明”？那就是“放下”，从而获得超然的人生。

老街上有一个铁匠铺，老铁匠把他打制的东西摆在门外，他自己坐在门内，不吆喝也不还价。从早到晚，人们都会看到他在竹椅上躺着，微闭着眼，身体一边是一个半导体，另一边是一把紫砂壶，他的生意够他喝茶吃饭，他很满足。

一天，一个古董商人从老街路过，看到了老铁匠身边的那把紫砂壶。那把壶古朴雅致，紫黑如墨，有清代制壶名家戴振公的风格。古董商走过去，顺手端起那把壶，壶嘴内有一个印迹，果然是戴振公所制。古董商惊喜不已，因为戴振公在世界上有“捏泥成金”的美名，他的作品现存仅有三件：一件在美国纽约州立博物馆，一件在台北故宫博物院，还有一件在泰国一位华侨手里，是他 1995 年在伦敦拍卖市场上以 60 万美元的价位买下来的。

古董商想以 15 万元的价格买下那把壶，老铁匠听到这个数字先是一惊后又拒绝了，因为这把壶是他爷爷留下的，他家祖孙三代打铁时都用这把壶喝水。

壶虽然没卖，但老铁匠有生以来第一次失眠了。他想不通，一把用了六十年普普通通的壶能卖 15 万元。以前他躺在椅子上喝水，闭着眼睛把壶放在小桌子上，现在他总忍不住起来看一眼。而且，当地人知道他有一把价值连城的壶后，总是挤破门，有的问他还有没有其他宝物，有的开始找他借钱，吵得他从早到晚都不得安宁。

当那位古董商带着 30 万元第二次登门时，老铁匠召集左邻右舍，拿起一把小锤子，当众把那把紫砂壶砸个粉碎。现在老铁匠还在卖拴小狗的链子，据说他已经一百零一岁。

一把价值连城的壶打破了老铁匠原本宁静与安详的生活，老人的内心承受着煎熬，但老人最终悟得“虚空”的禅机，找回了原本属于自己的那份安详和宁静。

人生在世，身心承受的东西太多，包括名誉、地位、权力、财富、亲情、友情、健康、知识等，另外，还包括烦恼、忧闷、挫折、沮丧、压力等。

这些东西，有的早该丢弃而没有丢弃，有的早该储存而没有储存，要不断地清理，该留的留，该丢的丢，让自己的身心腾出更多位置，舍得放下，才能换得超然人生。

五辑　诗书相伴忘年深

越过时间与空间的距离，用心领会千古华章。拈一朵诗花，呷一口词香，细细品味其中的温柔与缱绻、豪放与磅礴、凄苦与悲凉……

物換星移百事沉詩書相伴忘每深蘭馨竹節三生觀月郎風清一壺綠山水怡情添雅興晚晴觀雪濯塵之人間紛紛千般豔桂點綴飾素襟

右錄劉雲霞女史句之 [illegible]

愿得一人心

近日，听一首叫《愿得一人心》的歌，是由男歌手李行亮演唱，悲悲戚戚，委委婉婉，很有些打动人心。听了这首歌，我想起了卓文君写给丈夫司马相如的《白头吟》。

卓文君，容貌姣美而有才，善诗词，又弹得一手好琴。司马相如，长身玉立，风度翩翩，早闻文君才貌双全。一天，二人在百人欢宴之中相逢，为赢得美人心，司马相如在宴会之上以绿绮弹奏一曲《凤求凰》:“凤兮凤兮归故乡，遨游四海求其凰。时未遇兮无所将，何悟今兮升斯堂……”文君听后，心明他的琴音，也深深被他的真情打动，抛家舍眷，随相如当夜私奔。

可谁能想到，千金之躯面对的竟是家徒四壁，但文君没有半点犹豫和悔意，脱钏换裙，与相如一起当垆卖酒。

情意正浓时，他和她的心中只有彼此。功名利禄、荣华富贵，不及她对他深情的爱意；珠玉环佩、翡翠华钗，难比他对她的一腔柔情。信誓旦旦之中，他们看到的是“愿得一心人，白头不相离”的未来，是厮守一生的幸福。但这样的爱不难得到，却难长久。

司马相如，因倾慕战国名臣蔺相如而以“相如”为名。虽家境贫寒，但一身才华，踌躇满志。当年以一首《凤求凰》赢得美人心，后又以一篇《上林赋》赢得了功名。

赢得功名后的司马相如在长安志得意满，逍遥自在。而卓文君在成都却独守空房，啃噬寂寞，但她的心如当初私奔时一样热烈。当文君得知相如身边又多了一个女人时，不啼不泣，不吵不闹，提笔作了一首《白头吟》：

皑如山上雪，皎若云间月。
闻君有两意，故来相决绝。
今日斗酒会，明旦沟水头。
躞蹀御沟上，沟水东西流。
凄凄复凄凄，嫁娶不须啼。
愿得一心人，白头不相离。
竹竿何袅袅，鱼尾何簁簁。
男儿重意气，何用钱刀为。

文君要的是如白雪一样纯净、如明月一般皎洁清透的爱情，如有半点差池，唯有诀别。她把《白头吟》寄给那个负心人，并在诗后面附一封诀别信：“春华竞芳，五色凌素，琴尚在御，而新声代故！锦水有鸳，汉宫有木，彼物而新，嗟世之人兮，瞀于淫而不悟！朱弦断，明镜缺，朝露晞，芳时歇，白头吟，伤离别，努力加餐勿念妾，锦水汤汤，与君长诀！”

面对走了味的爱情，文君诀别的心已坚如磐石，但那个负心人仍深留在她内心深处的柔软部分。在决绝之外，她辗转于诗中的悲情哀怨，只期盼那个负心人能够读懂。

司马相如手握诗文，忆起往昔绿绮传情、当垆卖酒、患难相随的往事，打消了纳妾的念头。他回到了和文君相逢的地方，轻轻地呼唤文君的名字，于是他带着他们共同的回忆和柔情回到了文君的身边，给她承诺：白头安老，再不分离。

相如携文君退隐归乡，二人择林泉而居，十多年后，相如因糖尿病溘然长逝。第二年深秋，文君亦随相如而去。

“愿得一心人，白头不相离”，让多少人企盼，让多少人等待，又让多少人失望。不知从什么时候开始，这种情感走得那么远，走得那样让人绝望！岁月抚平了各种伤害，却也蚕食了纯洁的情感。曾经的种种誓言都已烟消云散，一起经历的艰辛，一起走过的风风雨雨都荒凉在了路上，将曾经的真情甩到了遥远的过去。“愿得一心人，白头不相离。”当我们说这句话的时候，心里已经没有了底气。“夫妻本是同林鸟，大难临头各自飞。”这句话被忘恩负义之人奉为经典，患难与共的真情已成过去，只留下“愿得一人心”的歌声，还悲悲戚戚、委委婉婉地飘零于江湖之上。

独钓寒江雪

初中语文课中读过《黔之驴》《捕蛇者说》，我便知道了柳宗元。后又读过他的《永州八记》等一些文章，更觉得清新流畅。他的《黔之驴》《永某氏之鼠》《临江之麋》《蝜蝂传》等寓言都妙趣横生，寓意深远。

柳宗元二十岁就高中进士，可谓少年得志，但柳宗元所处的时代，已非陈子昂、李太白时的盛世。“安史之乱”后，大唐帝国每况愈下，各种政治弊端都显现端倪。柳宗元不是那种只顾自己前程的钻营之辈，他是个有远大抱负的人，想为国家干点大事业，消除当时的一些弊端，他就和王叔文、王伾进行了“永贞革新”。他的好友刘禹锡也参与了，当时被称为“二王刘柳”。

“永贞革新”的主要目的是打击那些专横跋扈的宦官和藩镇割据势力，虽然是利国利民的好事，却涉及了权贵们的利益，所以遭到了不少大臣的反对。“永贞革新”和历史上其他革新一样，注定以失败而告终，于是，王叔文被杀，柳宗元被贬永州。

和柳宗元同去的还有他六十七岁的老母亲。他们到了永州后连住的地方都没有，在一位僧人的帮助下，才在龙兴寺寄宿下来。由于条件艰苦，到永州半年，他母亲就离开了人世，他也得了风湿病。

柳宗元在永州一住就是十年，有志难伸，转而著书赋诗。在他的诗作中，一首《江雪》最为出尘脱俗：

千山鸟飞绝，万径人踪灭。
孤舟蓑笠翁，独钓寒江雪。

此诗简淡幽峭，工细深婉，读来令人清气满胸。“千山鸟飞绝，万径人踪灭。”所有的山川都看不到飞鸟的影子，所有的道路都没有人的踪迹。那是个多么孤寒、独绝的境界，正是诗人内心境遇的写照。

“孤舟蓑笠翁，独钓寒江雪。”天地皆白，寂静无声，一位老翁乘着一只孤零的小舟，身披蓑衣，头戴斗笠，在飘洒着大雪的寒江上独自垂钓。这画面产生的一种空灵，一种禅意，超脱世俗。柳宗元的母亲笃信佛教，此时的柳宗元受净土宗的影响，那白茫茫干净的大地，正如他的内心了无尘埃，一片净土。

在风雪奇寒的政治环境下，诗人如垂钓的渔翁，不避风雪，不畏强寒，雪中独钓，这种凛然不可侵犯的气概，这种横扫一切、战胜一切、凛然不屈的形象，怎不让人肃然起敬！

诗如其人，境如其心，柳宗元诗作的风骨、气质、修养，是来自诗人本身。

柳宗元年少时，家境并不富裕，他母亲为了供养子女们念书，自己常常挨饿。因为他经历过少年时的苦日子，所以他对那些只顾搜刮百姓而不管百姓疾苦的贪官更加痛恨，在《捕蛇者说》

中写出“孰知赋敛之毒有甚于蛇者乎”的犀利句子。

柳宗元品质高洁，超然物外。他在寓言《蝜蝂传》中描写一种小虫，见东西就背，贪得无厌，累得不行了，人们帮它把背上的东西卸下点儿，它又背上了，直到累死。柳宗元借小虫辛辣地讽刺了那种贪得无厌的人。

从屈原开始，中国的知识分子一旦在官场上受了挫折，他们流落于凄苦之地，便将远志封存起来，用幽远的山水蓄养心灵，留下的诗句流芳千古。

从《江雪》中我们可以看出，被贬之后的柳宗元，情寄山水，以洗涤心灵和魂魄。他的品质，他的境界，正如寒江上垂钓的渔翁，遗世独立，清傲绝俗，凛然不屈。

读柳宗元的《江雪》，会让我们的心性骤然清明。其实，我们都是红尘中来去自如的人，可以沉浮于烟火迷离处，也可以徜徉在山水灵秀间。当千帆过尽，找一青山秀水处闲居，抚琴作画，赋诗参禅，或者在春花中，在夏柳边，在秋月下，在冬雪里，垂钓自己的影子，带着至性天然的淡泊和从容，一任流年似水。

一蓑烟雨任平生

我喜欢东坡先生的诗词，他的《水调歌头·明月几时有》《念奴娇·赤壁怀古》《八声甘州·寄参寥子》等词作，我总是百读不厌。“但愿人长久，千里共婵娟”“大江东去，浪淘尽，千古风流人物”“人生到处知何似？应是飞鸿踏雪泥”“欲把西湖比西子，淡妆浓抹总相宜”等,都是传诵千古的佳句。他的诗词清新豪放，大气磅礴，夸张比喻恰到好处，不失诗词美感，独具风格，尤其他的那首《定风波》，更让我情有独钟：

莫听穿林打叶声，何妨吟啸且徐行。竹杖芒鞋轻胜马，谁怕？一蓑烟雨任平生。

料峭春风吹酒醒，微冷，山头斜照却相迎。回首向来萧瑟处，归去，也无风雨也无晴。

词的前面还有一段序言：“三月七日，沙湖道中遇雨，雨具先去，同行皆狼狈，余独不觉。已而遂晴，故作此。”

三月七日，东坡先生外出，归家途中经历了一场大雨，雨点穿过树林打在叶子上，发出啪啪的响声，他没有像同行者一样感到狼狈，而是伴着风雨潇潇、穿林打叶声而吟诗长啸，信步缓行。穿着草鞋，拄着竹杖，词人感到轻松自在胜于骑马，更是感叹道：小小风雨有何怕！我平生就是这样带着一蓑烟雨走过来的。所以，词中所指“烟雨”不仅仅是他路上所遇的风雨，也指他在仕途中的挫折和磨难。

苏轼，字子瞻，又字和仲，号东坡居士，世称“苏东坡”，四川眉山人，是北宋时期著名的散文家、书画家、诗人、词人，是豪放派词人的主要代表。他知识渊博，才华横溢，曾上书力言王安石新法之弊，后因作诗讽刺新法而下御史台狱。那一场专门针对他的文字狱“乌台诗案”让他在狱中受尽了折磨，出狱后被贬黄州。

经历了坎坷和挫折的苏轼，到黄州后过着平民百姓的生活，亲自下地耕田，日出而作，日落而息，比官场上的尔虞我诈不知幸福多少倍。他结交了许多僧人朋友,佛学中一些深奥的道理，他读懂了，而且悟出了许多人生哲理，所以能传达出一种搏击风雨、笑傲人生的豪迈之情。

结句：“回首向来萧瑟处，归去，也无风雨也无晴。”这包含着人生哲理意味深长的点睛之笔，道出词人在雨来及雨去的自然变化中所获得的顿悟和启示：自然界中的风雨本属寻常，人生路上的政治风云变幻其实也是一样的，若能做到心境不变，既无风雨，也无晴天，又何惧行走在风雨中呢？

自古以来，人间万事，经历多少风云变幻、沧海桑田，许多曾经美好的事物，都落满了尘埃，不管我们如何擦拭，也不可能回到最初的色彩。纵然万里青山，百代长河，也同样随着时光的流逝而有所改变，留下命运的痕迹。可是词人留下的闪光的语言，依然在照亮后人。东坡先生未曾想到，千年以后，在华夏大地上有一个弱女子，因读了他的词而追随他的脚步走了三十多年！

在乡下务农那段艰辛的日子里，在情感困惑、夏雨霏霏的季节，在经风沐雨的前行路上……我心里默念着“竹杖芒鞋轻胜马，谁怕？一蓑烟雨任平生”，现在依然如故。

化作春泥更护花

第一次读《红楼梦》时,我就埋怨作者为什么这样不通人情,宝玉和黛玉自幼生活在一起,青梅竹马,两人又暗生情愫,可偏偏把他们拆散了,而让宝玉娶了薛宝钗。

尤其读到《葬花吟》:

花谢花飞飞满天,红消香断有谁怜?
游丝软系飘春榭,落絮轻沾扑绣帘。
闺中女儿惜春暮,愁绪满怀无释处。
手把花锄出绣帘,忍踏落花来复去?
柳丝榆荚自芳菲,不管桃飘与李飞。
桃李明年能再发,明年闺中知有谁?
…………
尔今死去侬收葬,未卜侬身何日丧?
侬今葬花人笑痴,他年葬侬知是谁?

我心中不由得对黛玉产生怜悯之情。黛玉,这个像花一样美好的女子，她爱花，不忍美好的花朵飘落后，成为人们脚下践踏之物，因此她葬花，为花流泪。“尔今死去侬收葬，未卜侬身何日丧？侬今葬花人笑痴，他年葬侬知是谁？”这个冰清玉洁的女子，心中藏着多少凄凉悲苦，才能问出这样催人泪下的话语来？最后，她也如一片落红般飘然凋谢。我的心酸楚得很，眼泪总是不知不觉地流下来，当时，我的同学半认真半开玩笑地对我说：“原以为你是个很坚强的人，原来也是个多愁善感的弱女子。”

我承认我内心的多愁善感，每当看到那一朵朵美丽的花辞枝飘落时，就会想起林黛玉：肩上担着花锄，锄上挂着花囊，手里拿着花帚，流着泪葬花时吟唱《葬花吟》。一种悲凉便涌上心头，这种情绪一直影响我十多年。

> 浩荡离愁白日斜，吟鞭东指即天涯。
> 落红不是无情物，化作春泥更护花。

清·龚自珍《己亥杂诗》

也许人到了中年，思维也发生了变化，当我读到这首诗时，眼前一亮，另有一番领悟。说心里话，我不太喜欢龚自珍的诗，他的诗我只会背一首：“九州生气恃风雷，万马齐喑究可哀。我劝天公重抖擞，不拘一格降人才。”这是读书时在语文课上学的，但他的“落红不是无情物，化作春泥更护花”让我惊呼妙语。

龚自珍，出生在杭州，他的祖父、父亲都曾在北京做官，可谓是一个世代儒家的官僚之家。少年时他爱好经世之学，身为贵公子却才华出众，但他仕途坎坷，十九岁开始考功名，四次乡试才得到举人的资格，接着连续五次会试落第，直到三十八岁才考上三甲进士。

他所处的时代为晚清，内有农民起义，外有列强虎视。几千年的封建帝国正处于风雨飘摇之中，但朝廷依然花天酒地，歌舞升平，官僚们仍想着日日升迁，没有人顾及国家的危机。

但龚自珍自有他的政治理想和主张，他是一个很有抱负的爱国者，所以他在中了进士后殿试时，当着道光皇帝的面，在《对策》答卷中以王安石变法的思想讨论天下事，他的自负和大胆令阅卷的诸公皆大惊，当时的朝廷怎能容下一个胸怀变革的异己分子？但不得不承认他才华出众，便以他字写得不好为借口，压低了他录取的名次，最后他只当了一员六品主事。

当英国人利用鸦片入侵时，朝廷分为主和与主战两派。龚自珍越位言事，极力主战，因此得罪了朝中权贵穆彰阿，于道光十九年（1839），毅然辞去做了二十年的京官回乡。

他离开北京时是农历四月二十三日，他雇了两辆车，自己乘一辆，另一辆装着他的书和文稿，他只身一人从北京广渠门出发，朝着家乡杭州的方向驶去。

龚自珍是自请辞官，本应像陶渊明一样轻松洒脱，但他想到自己身怀经世之才而无用武之地，加之对国事的担忧，让他恋恋不舍。出了广渠门往东走，天已过午，离京城越来越远，他的离愁也越来越浓（浩荡离愁白日斜），他一想到这次离开京城便不再回来了，好像车子离开京城走向了天涯海角（吟鞭东指即天涯）。一阵晚风吹来，片片飞花离开枝头纷纷坠落，在一片花树下堆叠起舞。他痴痴地望着，觉得自己也像是这辞枝的落花一样凋零，但他突然又醒悟：这落花虽然辞枝飘落了，最后融入泥土，这泥土不是能滋润来年的花朵吗？落红不是没有感情之物，即便化作春泥，也甘愿培养美丽的春花成长，不为己香，只为护花，于是，“落红不是无情物，化作春泥更护花”纯然咏出。

人的思维有时是很奇妙的，也许是对某一经历的一种认识，也许是对一些事情的一种感悟，也许是对生活的一种理解，有时追问千遍万遍，冥思、苦想，也得不到答案。可突然有一天，经历一件事情，或者看到一个场面，或者聆听一段语言，心灵就开了窍。就龚自珍而言，如果他依然深居京城，也不会写出这样的诗句，这与他的人生经历有很大关系。贾府的林妹妹是无论如何也写不出这样的诗句的。

世间万物都在不断地轮回，花亦然。花开时是美丽的，但凋落时也有一种难言之美。在清冷的风中，看到辞枝的花纷纷飘落，以一种洒脱的姿态，以一种安逸的神情，扑向生它养它的土地，融入土地，化为春泥，使来年的春花更加美丽，这种精神真的让人感动。

从此，再读《葬花吟》，我不再伤感、不再落泪。

乡音无改鬓毛衰

少小离家老大回，乡音无改鬓毛衰。
儿童相见不相识，笑问客从何处来。

贺知章《回乡偶书》

诗人宦海沉浮五十载，八十六岁时辞官返乡，这首诗是他回到家乡时所写。

贺知章，字季真，晚年自号四明狂客，越州永兴（今浙江萧山）人，中进士时已三十六岁。他是唐朝诗人中一个很有趣的人物，比杜甫大五十多岁，比李白大四十多岁，但难得的是，他在晚辈面前没有一点架子，可称得上是李白的“伯乐”。天宝元年（742），当时李白四十二岁，无官无职无名气，而贺知章已逾八十岁，而且是拥有太子宾客、银青光禄大夫兼正授秘书监等一大堆头衔的知名学者。他见到李白的模样就“奇其姿”，李白喜爱“侠酒诗仙”，颇有些仙风道骨、潇洒出众的气度，狂放的贺知章喜欢这样的人物，就让李白拿出诗文给他看。李白拿出他的《乌栖曲》，贺知章对李白大加赞许。后来李白又把《蜀道难》拿给他看，贺知章居然“读未竟，称叹者数四”，可以看出贺知章是个性情直率的人。他把李白赞为“谪仙人”。后来李白被称为“诗仙”，但贺知章在李白还没有成名时就独具慧眼，看来他的眼光独到，确实不凡。

贺知章豪放中带着真诚，他的一生官运不错，他要求辞官还乡时，玄宗御制《送贺知章归四明》诗赠行，朝臣应制和诗者三十六人，太子以下百官饯行送别，可见荣华至极。

“少小离家老大回，乡音无改鬓毛衰”，少小离家时正值青春年少，风华正茂，老大归来时已是华发稀疏的老人，这是对其一生经历的概括。置身于家乡的山水，听到亲切的乡音，想到在外沉浮了五十多年，虽然乡音还没有改变，但如今自己已是两鬓斑白的耄耋老人了，流露出诗人对人生易老的感怀。

“儿童相见不相识，笑问客从何处来”，这淡淡的一句，言尽而意未止，对诗人却成了重重一击，引出他无限感慨。全诗在有问无答处悄然作结，而弦外之音却空谷传响，哀婉不绝。反主为客的悲凉，伤感却不浮沉，无奈中带着诙谐。

“乡音无改鬓毛衰”，让多少世人体会深刻，乡音是刻在生命里永远抹不去的印迹。语言承载着各种文化，种种乡音可以反映出各地域迥然的人类行为以及各地域的乡情文化风貌，有深厚的文化底蕴。

我刚到北京工作时，有个同事对我说：“你们东北人（他们不分辽、吉、黑，统称东北人）十和四不分。”我心里很不服气，回到家里对着镜子说“十是十，四是四”，那分不清“平舌音”和“翘舌音”的大舌头，怎么也短不来。不用介绍，一开口别人便会问：“你是东北人吧？”

我第一次参加儿子的家长会，要从祖家街坐车到二龙路，那时儿子在实验中学读书。上了公共汽车，我同乘务员说到二龙路请告知一下，我怕坐过站，特意找个离乘务员近些的座位坐下。大约过了十站，车门开了，两个乘客下了车，我听乘务员大声对我说:“东北那个女的，你到站了！”我一听赶紧往车门走，一边走一边说:“对不起，我没听清报站。”乘务员说:“我都报了三遍了。”可惜我一遍都没听清，北京人的舌头正好同我们东北人相反，是永远伸不直的舌头。

后来到了南方，粤语我是一句也听不懂，而我依然是一口东北话。离开故乡五十个年头，再回到故乡时已是两鬓花白，那朴实的乡情让我感到非常温暖，那浓浓的乡音听起来总是那样亲切。

随着时间的流逝，人的容颜总会有所改变，无论是由少小到老大，还是由中年到老年，永不改变的是一口家乡话，无论是到天南还是地北，那浓浓的乡音永远相伴相随。

泪痕红浥鲛绡透

初识陆游之名，是初中时读他的那首绝笔诗《示儿》：

死去元知万事空，但悲不见九州同。
王师北定中原日，家祭无忘告乃翁。

这首《示儿》是陆游在病榻弥留之际所写，全诗虽仅仅28个字，语言平淡、自然、朴实，却蕴含着极其强烈、极其真实、极其深厚的情感。以“北定中原日”“无忘告乃翁”作为对儿女的最后嘱托，其悲壮的情怀，对中原平定、祖国统一的强烈期盼，让后人怀有深深的敬意。人在病榻心系国家的爱国情操堪称后世之楷模。

我初读这首诗时，就认定陆游一定是个拥有满腔爱国热情、心怀忧国忧民之悲的大丈夫。但当我踏入沈园之后，才知道纵是铁汉也柔情，这名铁骨铮铮的男子，内心不但深藏着柔情，还有一番难言的苦情。

沈园，又名沈氏园，位于绍兴市区东南的洋河弄，原为富商沈氏的私家花园，占地七十余亩。园内亭台楼阁，绿树成荫，小桥流水，富有典型的江南特色。一处私人花园，经历了岁月的沧桑，至今仍得以流芳，是因园内令人瞩目的一面墙上留有陆游与唐琬二人应和的两首流传千古的《钗头凤》，这里有一个千年不老的爱情故事。

陆游与表妹唐琬青梅竹马，情投意合，二十岁时结为琴瑟之好。陆游年少才高，胸怀磊落，唐琬知书达理，文静素雅，婚后二人相亲相爱，日子过得很甜蜜，但二人的爱情却遭到陆游母亲的粗暴干涉。陆游的祖上几代为官，到了陆游这一代却一落千丈，竟然考不取功名，加上唐琬又没能为陆家接续香火，因此，这一切责任都被推到了唐琬这个弱女子身上。尽管唐琬对公婆敬重孝顺，但仍不能为陆母所容。而陆游又是个极孝顺之人，不能违背母亲意愿，只好狠心将唐琬送回娘家。伉俪情深，被迫离异。陆游遂了母亲的心愿，另取王氏为妻，而唐琬也无奈地嫁给了越中名士赵士程为妻。

转眼十年，南宋绍兴二十五年（1155）春日，沈园对外开放，陆游满怀忧郁独自前往，遇到唐琬和丈夫赵士程。尽管隔了十年光阴，但那份刻骨铭心的情缘始终没有被岁月磨灭。陆游正欲黯然离去时，唐琬征得丈夫赵士程的同意，差人给陆游送来酒菜。陆游惊喜之余，又有无限惆怅，于是将酒一饮而尽，当即在沈园的墙壁上写了一首《钗头凤》：

红酥手，黄縢酒，满城春色宫墙柳。
东风恶，欢情薄。一怀愁绪，几年离索。错，错，错。
春如旧，人空瘦，泪痕红浥鲛绡透。

桃花落，闲池阁。山盟虽在，锦书难托。莫，莫，莫。

全首词记述了他与唐琬的这次相遇，表达了他的眷恋之深和相思之苦的凄楚心情：我仍清楚地记得你那纤纤玉手曾为我频频斟酒，现在这满城春色里，你却像宫墙外的绿柳般可望而不可即。可恶的东风吹散了我们曾经的欢乐和幸福，如今我们各怀愁绪，两地相隔，真是莫大的错误。眼前的良辰美景依旧，而我们却为相思而空瘦，桃花纷纷落下，池阁也被冷落，我们的海誓山盟还在，但情书却送不到你的手上，算了吧，不想了，不想这些了。

陆游写完这首词后便黯然离去，但词被唐琬看见了，一首《钗头凤》句句箫声呜咽，她知道这个世界只有她懂，这是陆游对她的表白和倾诉，犹如一记重锤敲击着她的心房。她再也忍不住多年的相思与悲苦，也写了一首《钗头凤》作为应和：

世情薄，人情恶，雨送黄昏花易落。
晓风干，泪痕残。欲笺心事，独语斜阑。难，难，难。
人成各，今非昨，病魂常似秋千索。
角声寒，夜阑珊。怕人寻问，咽泪装欢。瞒，瞒，瞒。

这一首绝妙凄美的悲词，犹如音乐中美妙绝伦的和音。

唐琬的这首词交织着十分复杂的感情内容，“世情薄，人情恶”两句，抒写了对世俗礼教支配下的世故人情的愤恨之情。“雨送黄昏花易落”，采用象征的手法暗喻自己像雨中的落花般飘荡。“晓风干，泪痕残”，写出了内心的痛苦，黄昏时的雨水打湿了花草，经晚风一吹已经干了，而自己流了一夜的泪水，到天明时节而未干，残痕仍在。想把自己别离后的相思之情写下来寄给对方，在倚栏沉思后独语：难、难、难。这一叠的“难”字，由千种愁恨、万种委屈合并而成。

“人成各，今非昨”，从昨天的美满婚姻到今天的两地相思，从昨天的被迫离异到今天的被迫改嫁，这么多的不幸！昨日方有梦魂，至今日只剩下“病魂”。改嫁以后连悲哀和流泪的自由也丧失殆尽，阑珊的长夜将尽，还要咽下泪水，强颜欢笑。结句的三个“瞒”字，表达了她对陆游一往情深的爱情和矢志不渝的忠诚。从此唐琬郁郁寡欢，不久便抱恨而终。其时，唐琬只有二十多岁，却带着满腹幽怨走了，沈园从此留给陆游的是温馨的梦和伤心的痛。

此后，陆游北上抗金，又转川蜀任职，几十年风风雨雨，依然无法排遣对唐琬的眷恋。绍熙三年（1192）秋，秋风吹红了枫叶，沈园一片金黄，这年陆游已经六十八岁，他又重游沈园，看到了当年题写《钗头凤》的半面墙壁，触景生情，又写诗感怀：

枫叶初丹槲叶黄，河阳愁鬓怯新霜。
林亭感旧空回首，泉路凭谁说断肠？
坏壁醉题尘漠漠，断云幽梦事茫茫。
年来妄念消除尽，回向蒲龛一炷香。

到了七十五岁高龄，唐琬已去世四十年，陆游又赴沈园旧地重游，写下了《沈园二首》。

其一：

城上斜阳画角哀，沈园非复旧池台。
伤心桥下春波绿，曾是惊鸿照影来。

其二：

梦断香消四十年，沈园柳老不吹绵。
此身行作稽山土，犹吊遗踪一泫然。

第一首回忆了与唐琬在沈园的相遇，“城上斜阳画角哀”，第一句就渲染了悲凉的氛围。傍晚时分，斜阳惨淡，给沈园也蒙上了一层悲凉的感情色彩，又配以“画角哀”的听觉形象，更增添了诗人的悲哀之情。次句引出的“沈园”，诗人对其具有特殊的感情，这里是他与唐琬离异后唯一相见之处，也是永诀之处。这里留下了他刹那间的喜与永久的悲，他多么渴望旧景重现，可心上人已去，连景物也非复旧观。但诗人仍在竭力寻找，看到了“桥下春波绿”一如往日，只是没有了故人，更让诗人伤心：“曾是惊鸿照影来。”唐琬如“翩若惊鸿”的仙子，飘然降临于春波间，现在一切早已无可挽回，那照影惊鸿已一去不复返了。

第二首抒发了诗人对爱情的忠贞不渝，虽然佳人已离世四十年，柳树已老，不再飞绵，也是借以自喻已年逾古稀，正如园中的老柳树无所作为，自己也将埋葬于会稽山下而化为黄土，所以，对沈园的遗踪还是要凭吊一番，并黯然泪下，表达了对唐琬永不泯灭的眷念和爱情，其真挚的情感让人回味无穷。

唐琬离世至陆游去世的五十年间，陆游多次去沈园并作了多首悼亡之诗，表达对唐琬无比真挚的情感，有对封建礼教的谴责，也有无比的辛酸、无奈的呼喊。

其中有爱，有恨，也有悔。

见与不见

你见，或者不见我
我就在那里，不悲不喜
你念，或者不念我
情就在那里，不来不去
你爱，或者不爱我
爱就在那里，不增不减
你跟，或者不跟我
我的手就在你手里，不舍不弃
来我的怀里
或者，让我住进你的心里
默然，相爱
寂静，欢喜

信徒

那一天

闭目在经殿香雾中
蓦然听见你诵经中的真言
那一月
我摇动所有的转经筒
不为超度，只为触摸你的指尖
那一年
磕长头匍匐在山路
不为觐见，只为贴着你的温暖
那一世
转山转水转佛塔啊
不为修来生，只为途中与你相见

最好不相见

最好不相见，便可不相恋。
最好不相知，便可不相思。
但曾相见便相知，相见何如不见时。
安得与君相决绝，免教生死作相思。

不负如来不负卿

曾虑多情损梵行，入山又恐别倾城。
世间安得双全法，不负如来不负卿。

同朋友去旅游，一日休息时她让我看几首诗，是打印稿。

朋友告诉我这是六世达赖喇嘛仓央嘉措写的诗。我知道仓央嘉措这个名字，但我没读过他的诗，当我读了这几首诗以后，便对他的诗产生了兴趣。

后来我知道《见与不见》非仓央嘉措所写，是一个叫扎西拉姆·多多的现代女诗人写的，而这首诗的灵感来自莲花生大师著名的一句话：我从未离弃信仰我的人，或甚至不信我的人，虽然他们看不见我，我的孩子们，将会永远永远受到我慈悲心的护卫。而《信徒》，始见于音乐人朱哲琴作品《央金玛》。

我认为：对于写下无数首缠绵悱恻的情诗的仓央嘉措来说，有或没有《见与不见》《信徒》这些诗，都不能改变他在世人心中美丽情僧的地位。

初读他的诗，我觉得有些过于简单，过于潦草。当细细感受生活、体味人生的时候，就会感悟到他的诗简单中透着真实，透着深邃。诗中的无奈、悲凉，甚至绝望，总是深深地打动我的心，我也被这个纯粹的男子所感动，会不由自主地随着他的诗歌，去触摸这个深邃男子内心的波澜，探索他迷离而凄美的生命历程。

在喜马拉雅山南坡有个叫门隅的地方，这个神圣的地方，是金刚女神多吉帕姆的化身，那里世代居住着门巴族。这个古老的民族民风朴实，远离尘嚣，与世无争。生活在这里的人们信奉宁玛派（红教），但宗教与爱情并不矛盾，他们喝烈酒，唱情歌，祖祖辈辈在这块美丽、宁静、安详的土地上自由恋爱，快乐生活。

六世达赖仓央嘉措就出生在这个静谧的小村庄。康熙二十二年（1683）其出生之日，有七日同升、黄柱照耀的异象。他出生于普通的农家，父母都是善良勤劳的农人，也是虔诚的红教徒。对于仓央嘉措出生时的异象，人们认为这个孩子是佛祖的恩赐。善良朴实的父母从未想过这个孩子会是五世达赖的“转世灵童”，以后会住进布达拉宫，接受万民朝拜；也从未预料过他二十四岁风华正茂时成了西藏政治斗争的牺牲品。

是谁为他的生命涂满了悲剧色彩？又是什么左右了他人生的轨迹？

佛教传入中国西藏后，分成了许多派，有格鲁派、宁玛派、噶举派、萨迦派等，各派之间少不了倾轧争斗。

格鲁派创始人宗喀巴，三岁时被喇嘛敦珠仁钦带到寺中修行，十六岁时，为了接受更深的佛法，他去了西藏，学了显宗经论，后又攻学密宗。十年寒窗后，他开始讲经，普度众生。因他学习圆满后改戴黄色帽子，他的追随者也改戴黄色帽子，于是格鲁派便被称为“黄教”。

因宗喀巴才智过人，他的追随者众多，又因黄教戒律严格，也深得众教徒的信赖，到 17 世纪初，格鲁派的主导地位已确立，但与别的教派的争斗仍然波涛暗涌。

格鲁派教派戒律严格，宗教与情爱不能相容，踏入格鲁派的门，就证明与爱情和婚姻诀别，这便是造成仓央嘉措日后人生悲剧的根基。

与仓央嘉措命运有直接关系的一个人就是五世达赖喇嘛阿旺罗桑嘉措。

1616 年 12 月 25 日，四世达赖喇嘛云丹嘉措在哲蚌寺突然去世，按照格鲁派的规矩，要找一个转世灵童，这便是后来的五世达赖喇嘛阿旺罗桑嘉措。

1617 年，阿旺罗桑嘉措出生于山南一个叫琼结的地方，他出生时日月同辉。其家庭是山南地区的一个封建主，为当时政权下的贵族。这样一个贵族子弟，家业殷实，他本可以娶妻生子，度过幸福的人生，可佛却交给他一个更大的使命，他成了四世达赖的转世灵童。

罗桑嘉措六岁进入哲蚌寺，接受非同寻常的教育，他天资聪颖，才华出众，被其他教徒所爱戴。在西藏佛教史上，五世达赖罗桑嘉措是个举足轻重的人物。

当时的西藏为噶玛地方政权统治，由第巴管理政事，藏巴汗政权利用地方势力内讧之机，发动了一场反黄教的斗争，致使五世达赖避险山南。五世达赖与四世班禅经过策划，推翻了噶玛地方政权，平定了战乱，并确立了五世达赖罗桑嘉措建立甘丹颇章政权。

明朝末年，内地兵荒马乱，明王朝即将崩溃，而清王朝正蒸蒸日上。1642 年，五世达赖派遣伊拉古克三呼图克图为代表，前往沈阳。当时的清太宗皇太极认为西藏人的到来是天意的安排，是上苍保佑清朝的象征，遂率亲王贝勒及大臣出城迎接。

西藏使者在沈阳停留八个月，返藏时皇太极给五世达赖罗桑嘉措书写了亲笔信，赞扬他“拯救众生，扶兴佛法”。同时赠了丰厚的礼品，以表达清朝对藏传佛教的重视。

罗桑嘉措以他深邃的目光和远见卓识，争取到了清政府的认可和支持，这说明格鲁派的地位在西藏得到了进一步巩固。

1645 年，五世达赖开始重建布达拉宫。当年的藏王松赞干布为了迎娶唐朝的文成公主，特意在红山修造了布达拉宫，共千间宫殿，三座九层楼宇，宏伟而华丽。在吐蕃王朝瓦解的几百年里，已是年久失修，断壁残垣。在重修布达拉宫的同时，五世达赖还对西藏的政府机构进行了一次完善，对寺院管理及学经制度进行了重新修订，还进行了第一次人口普查，开创了祈愿大法会以及雪顿节等僧俗共享的节日，实现了政教合一的伟大理想。

1648年，布达拉宫重建后，五世达赖将政权中心移至这所王者至尊的宫殿。从此，布达拉宫成了历代达赖喇嘛居住和进行政教活动的场所，这也说明布达拉宫从此同男欢女爱绝缘。

五世达赖又用从内地带回的金银财宝，在布达拉宫周围修造了十三座黄教寺院，称为“黄教十三林”。

世间万物，皆有情缘，人间的因果宿命早有安排，不是谁都可以删改的。罗桑嘉措从一个普通的富家子弟，继而成为四世达赖的转世灵童，进入了喇嘛角色，他又从纷乱的藏传佛教中脱颖而出，成了万众膜拜的活佛，这样一个雄韬伟略的人物，这样一个建功立业的英雄，自然是万众心中的王，自然是万人膜拜的活佛。

到了晚年，五世达赖已不大过问政事，他把政务交给了第巴·桑结嘉措主持，他自己专心著作经典。年轻的桑结嘉措承担了五世达赖的重托，他接受了第巴的职务，背负着管理西藏的一切重任，无论荣辱，他都无怨无悔。

1682年，六十六岁的五世达赖罗桑嘉措病逝于布达拉宫。此时的桑结嘉措心中非常明白：五世达赖的去世，对于他自己，对于格鲁派，对于整个西藏的政权，都是一个严峻的挑战，看似风平浪静的表面，实则波涛暗涌。固始汗掌握着军事大权，蒙古、藏两个民族之所以能够和睦相处，正是因为五世达赖的功德盖世，佛光照映大地。倘若五世达赖圆寂的消息一经公开，这种平静就必然会被打破，于是他做出决定，也许命运安排他要做这样的决定：秘不发丧。

为了消除他人的顾虑，桑结嘉措派使者前往大清，请求亲政的康熙皇帝对五世达赖进行册封。桑结嘉措也是个绝顶聪明的人，他知道这件事总有公开的时候，于是他派曲吉卡热巴·多伦多吉和多巴·索朗查巴两个知名喇嘛去寻找那个不平凡的孩子。

幼小的仓央嘉措看到了两个戴黄帽子的僧人来到家里同母亲说话，而且对母亲极为客气。两位高僧在仓央嘉措家里进行了长达七天的考察，他们让仓央嘉措指认物品、画像以及叙述一些事情，仓央嘉措的言行让两位高僧非常欣喜，有时还向他敬礼。幼小的仓央嘉措感到很奇怪，他完全不知道自己就是五世达赖的转世灵童，更不知晓佛祖将赋予他艰辛的使命。

桑结嘉措找到了五世达赖的转世灵童，一颗悬着的心终于放了下来，他知道：如果事情败露，这便是一根救命稻草。

在西藏的上层社会，一直演绎着残酷而激烈的政治斗争，虽然转世灵童找到了，却不能立即接到布达拉宫，知情者包括仓央嘉措的父母都必须对这件事守口如瓶，只是仓央嘉措定期被送到巴桑寺里学习经文。

十几年过去了，诵着经文、听着情歌长大的仓央嘉措，已从一个不懂人事的孩子成长为一个玉树临风的翩翩少年，他有一颗善良的心，心中溢满如水的柔情，那清澈的双眸里带着一种与生俱来的忧伤。当他情窦初开的时候，没有人告诉他今生同爱情无缘，他是转世灵童，来到世间是为了度人，个人的情爱注定是烟云，无论多么深情，也只是一场梦，他今生注定要坐在佛床上孤独一生，一直到死。

一个不知自己真实身份的少年，肆无忌惮地追逐爱情，他和邻家少女玛吉阿米眉目传情，互诉衷肠，他的母亲看到自己的儿子沉浸在爱情的甜蜜中，满脸幸福的笑容，也不忍心告诉他今生他注定没有圆满的爱情和婚姻。

杜鹃从门隅飞来
带来了春的气息
我和情人相见
身心轻松欢愉
露着皓齿的微笑
把少年魂灵勾去了
是不是真心爱慕
请发个誓儿才好

仓央嘉措，这个满腔透着纯真、满眼尽是柔情的少年真的恋爱了：

活着永不分离
我的意中人儿
若是要去学佛
我少年也不留在这里
也跟你到山里

他的爱是那样执着，那样真诚，那样无辜，他只想和相爱的人一生一世相守，这对普通人来说，只不过是一个平常的愿望，可对于仓央嘉措来说，爱情却是宿命给他的一个劫。多年以后，他也为自己的多情而受到了无情的惩罚。

1696年，康熙皇帝在平定准噶尔叛乱中，从一个俘虏口中得知五世达赖罗桑嘉措已去世多年，康熙对桑结嘉措隐瞒不报的行为极为愤怒，欲发兵讨伐问罪。

桑结嘉措不愧是五世达赖信任的弟子，他得知这一消息后异常冷静，他一方面发书函奏报朝廷，说明不发丧并非自己所愿，而是五世达赖的遗嘱，为了稳定西藏的局势，他也是迫不得已；另一方面他发布了转世灵童的消息，派使者将仓央嘉措接到布达拉宫。

因清朝入关后连年战争，康熙皇帝觉得桑结嘉措的理由也情有可原，为了稳定西藏局势，也只好如此。所以，他不但没有惩罚桑结嘉措，反而派使者参加了六世达赖仓央嘉措的坐床大典。

1697年9月，仓央嘉措被桑结嘉措派来的使者从门隅匆匆接走，他还没来得及擦去母亲脸上的泪水，还没来得及同心爱的姑娘说一句离别的话，就被使者一路风尘地带到拉萨。途经浪卡子县时，以五世班禅罗桑益西为师，剃发受沙弥戒，取法名罗桑仁钦仓央嘉措。

1697年10月，拉萨为仓央嘉措举行了盛大的坐床典礼，十五岁的仓央嘉措正式入主布达拉宫，接受万人顶礼膜拜。这个时候，他有些莫名，有些惊喜，这个纯真、多情的少年还曾幼稚地想过:他坐上佛床，可以拥有天下，可以爱自己所爱的人，过自己想过的日子，他根本不知道，只要他坐上布达拉宫的佛床，便与情爱决绝，与婚姻无关。而且按照活佛转世章程规定，转世灵童要年满十八岁才可以亲政。

六世达赖喇嘛，这是上苍赐给仓央嘉措的礼物，一份不可抗拒却沉重如山的礼物，没有人思量过这个在乡野里长大的十五岁少年能否背负得起。他每天面对经师严格的督促，那么多的经文没完没了地摆在他面前，稍有松懈，就会受到第巴的严惩，让他感到前所未有的负累。不论他多么不情愿，甚至浮躁不安，都必须接受宿命的安排，没有选择的权利。

仓央嘉措毕竟是转世灵童，他骨子里带着佛性与智慧，他的学业突飞猛进，经过三年艰辛的学习和生活，十八岁的仓央嘉措已经从一个俊朗的少年成长为一个睿智的青年。诵经念佛，他拥有了广博的学识。十八岁的他也到了亲政的年龄，但在桑结嘉措心中，这个在乡野生活了十五年的孩子，还远没有达到他心中的标准，五世达赖的雄韬伟略已在他心中扎了根，那些非凡的成就又岂是仓央嘉措所能取代的？因此，他仍不肯将政权交到仓央嘉措手里。

青灯，古佛，断断续续的木鱼声，仓央嘉措的心被孤独啃噬，他被迫去读那些经文；他被迫承受着别人寄托在他身上的也是命中注定的期望；他被迫放弃爱情，被迫成为别人手中的一枚棋子。他怀念那美丽的小山村，云白草绿，山清水秀，门巴人在篝火旁动情地唱情歌的情景，他更想念那露着皓齿的心爱姑娘。他心中充满了无奈，又无力反抗，不得不屈服于宿命的安排，所以才写出这样无奈的诗句：

第一最好不相见，如此便可不相恋。
第二最好不相识，如此便可不相思。
第三最好不相知，如此便可不相欠。
但曾相见便相知，相见何如不见时？

安得与君相决绝，免教生死作相思。

仓央嘉措离家多年，他的母亲思念儿子，从遥远的门隅看望他，给他带来了恍如隔世的惊喜，也带来了让他悲痛欲绝的消息：那个曾同他海誓山盟的门巴族姑娘已做了别人的新娘，他的心被彻底击碎：

热恋着自己的情人
被别人娶去做妻子了
相思折磨着我
已经身瘦肉消

从他被带进布达拉宫时起，就意味着他们的缘分已经结束，他们从此将天各一方，更何况他是一个不能沾染人间情爱的活佛，怎么能怪心中的姑娘无情呢？

他觉得自己根本不是一个合格的活佛，他无法承担这样的负重。侍从看他整天紧锁着眉头，有些于心不忍，一天，对他说：尊者如果愿意，我可以给您准备一套便装，这样您可以出去散散心，只是别被人发现才好。仓央嘉措听了非常开心，经过侍从的准备，仓央嘉措穿上华丽的便装，又回到了“人世”之中，他高兴得想跳起来，但怕被别人发现。

一个被囚禁了几年的生命，获得一次机会，就如决堤的水再也难收。

八廓街的酒馆，是拉萨城里许多青年男女唱歌跳舞的地方，仓央嘉措化名宕桑旺波，经常到酒馆喝酒唱歌。他俊秀的面容，玉树临风的气质，柔情似水的双眸，令许多在场的姑娘怦然心动。有一个叫达瓦卓玛的姑娘，两个人眼神相视的那一刻，便有了心灵的交融，从此常常相会，难舍难分：

桑耶的白色雄鸡
请不要过早啼叫
我和相好的情人
心里话还没有说了

仓央嘉措又一次品尝到爱情给他带来的甜蜜，当他面对众生的朝拜时，心中也难免责备自己的行为：

若以这样的“精诚”
用在无上的佛法
即在今生今世
便可肉身成佛

我们可以看出仓央嘉措对于佛法是深信不疑的，但是他心里知道他深深地爱着一个人，无法割舍：

我往有道的喇嘛面前
求他指我一条明路
只是不能回心转意
又失足到爱人那里去了

他无法舍弃自己的信仰，无法让自己背离佛祖，他心里明白:作为格鲁派的活佛，他必须恪守清规戒律。想到佛祖的崇高，想到班禅罗桑益西的谆谆教诲，想到自己的门徒如何虔诚，本应一心求佛，专心悟道。但是他心里清楚，他深深地爱着那个如“山顶之雪”的姑娘。他就这样在佛法与爱情之间痛苦纠缠，所以他感叹:“世间安得双全法，不负如来不负卿。”但当他处于热恋时，情感的天平总是倾向情人的一边，从他和达瓦卓玛爱情触碰开始，便沉浸在情爱的美梦里不愿醒来。

梦终究是要醒的。那天凌晨，他依依不舍地同情人告别返回布达拉宫，他忽略了晚上的一场大雪，雪地上留下了两行深深的脚印,从纷乱的酒馆抵达庄严的佛殿。这是无可抵赖的证据，一位至尊无上的活佛不守清规戒律，贪恋凡尘情爱，他必须受到惩罚。

自从清廷将噶尔丹部落歼灭之后，蒙古部落再次成为西藏的最大威胁，固始汗的曾孙拉藏汗是个野心极大的人，他想夺回丧失的权力。所以，仓央嘉措的行为成了拉藏汗用于讨伐桑结嘉措的理由，他给康熙帝上书，指出了仓央嘉措的种种劣迹，指责桑结嘉措欺骗皇帝，仓央嘉措根本不是转世灵童，而是桑结嘉措用于应付皇上的假活佛。

睿智的康熙帝并没有听信拉藏汗的片面之词，他派使者去西藏查明这个年轻活佛的真假。当使者看到气宇不凡、智慧过人的仓央嘉措时，疑惑有所消除。但使者心里也清楚，这是一场政权斗争，与活佛的真假并无多大关系，他不想由于他的断定使西藏局面发生变化，所以他上书皇帝:“此喇嘛不知是否五世达赖的转世灵童，但确有圆满圣体之法相。”这种模棱两可的定论，也让康熙找到了无法惩罚仓央嘉措的理由。

虽然康熙帝没有立即对仓央嘉措进行惩罚，但第巴·桑结嘉措不再容忍他的任性妄为，桑结嘉措找到五世班禅罗桑益西，让他对仓央嘉措进行规劝，让仓央嘉措从情海中清醒过来。

仓央嘉措在日喀则的扎什伦布寺受比丘戒，罗桑益西对这位年轻的活佛进行规劝、开导。突然仓央嘉措跪在五世班禅面前，重重地磕头，并说："违背上师之命，实在有愧，弟子深知世相皆空，但弟子已然回不了头，恭请上师收回从前所授的沙弥戒，让弟子还俗。"仓央嘉措的态度平静而坚定，让整个扎什伦布寺的众僧大为惊叹。这位年轻的活佛，竟然甘心抛弃至高无上的地位，做一个歌者凡夫。

桑结嘉措有些愤怒了，巨大的声音从他那弱小的身体里发出："您以为活佛的身份是谁想要就要，谁想丢就丢的吗？您是观世音菩萨的化身。作为活佛，您不仅要庇护西藏的百姓，还要庇护天下所有的生灵，您的行为已被拉藏汗作为罪状报告给大清皇帝了，而您仍旧执迷不悟。如果您被认为是假活佛，那后果是您要死，我要死，所有的一切都要化为灰烬；格鲁派、宗喀巴以及数百年来历任活佛和他们用心血造就的佛教经典都会化为灰烬；西藏百姓将会陷入一场劫难。所有这一切是一万个达瓦卓玛也无法阻挡的。杀戮、战争、生灵涂炭，格鲁派的灾难，西藏百姓的痛苦，如果这些都是您愿意看到的，您非要一意孤行，那我也无能为力了。"

桑结嘉措的一番话让仓央嘉措震惊，自己好像从未思考过这样的问题，他不理解桑结嘉措瘦小的身体里怎么会蕴含着那么大的能量，正如桑结嘉措无法理解仓央嘉措为了一个女子甘愿放弃一切一样，这两种截然不同的世界，蕴含着同样优秀的灵魂。仓央嘉措想反驳桑结嘉措，但又觉得他说的是对的，那么自己对达瓦卓玛的爱情是错误的？他再次回到佛祖与爱情的问题上，他有些迷茫，有些绝望，沉默了许多，头也低了许久。

仓央嘉措还俗未成，又回到了布达拉宫，但他心里一直没有忘记达瓦卓玛。然而，在布达拉宫他听到了达瓦卓玛家被灭门的消息，他不能理解，为什么桑结嘉措要这样做，自己已经顺从了他，为什么还要斩尽杀绝？他心如死灰，无法再想象任何美好的东西。

桑结嘉措看着颓废的仓央嘉措，心生无限悲怨，这样一个没有远大抱负的活佛，怎么能跟自己的恩师五世达赖相比？想到自己肩负着五世达赖的重托，独揽西藏政权二十年，经历了多少风雨，自己都承担了。他已厌倦了争斗和杀戮，长时间的争斗让他疲惫不堪，面对拉藏汗的咄咄逼人，他有些力不从心，到了该分出胜负的时候了，无论成败，他都要孤注一掷。

当拉藏汗还没有真正对桑结嘉措发动进攻的时候，桑结嘉措就提前采取了行动，他买通了拉藏汗府内侍从，向拉藏汗饮食中下毒。派去的奸细不守诺言出卖了他，一场无法避免的战争爆发了。

1705年，拉藏汗的部队征服了拉萨。在桑结嘉措人头落地的那一刻，仓央嘉措手中的佛珠断了，仓央嘉措已知道了结局。他跪在佛前，不断地磕头，第一次虔诚地承认自己的过错，他为自己过往的任性痛悔不已。多年来，虽然桑结嘉措剥夺了本该属于他的权利，却给了他坚实的避风港，更何况桑结嘉措有一颗热爱西藏子民的慈悲心。他在心里暗暗责备自己：仓央嘉措，你是活佛啊，不应该为个人的情爱而置众生于不顾。他望着佛泣不成声地说：“佛，如有来世，我一生为您。”

拉藏汗这个野心勃勃的男人，他除去了第巴·桑结嘉措这个心头大患，仓央嘉措对于他来说没有一点利用价值，他要独揽西藏大权，就必须除掉仓央嘉措。狡猾的拉藏汗心里非常清楚：仓央嘉措在西藏人民心中有不可动摇的地位，他要借用一种力量，让仓央嘉措名正言顺地从活佛宝座上下来，这种力量就是大清皇帝。他派出亲信进京向康熙皇帝报告，第巴·桑结嘉措意图勾结准噶尔人谋反，已被他处决。他还在书信中历数仓央嘉措的种种恶习，说仓央嘉措根本不是五世达赖的转世灵童，恳请康熙皇帝废除仓央嘉措六世达赖喇嘛的身份，重新找一个真正的达赖喇嘛。

康熙皇帝心里非常清楚，仓央嘉措只是西藏政权斗争的牺牲品，但他更清楚，西藏的大权掌握在拉藏汗手中，他要的是大清的江山，是西藏政局的稳定，至于谁做活佛，对于康熙来说都一样。康熙皇帝派了使者，将仓央嘉措从布达拉宫的活佛位置上废除，并押解京师。

当康熙皇帝派来的使者同拉藏汗的部队将仓央嘉措从布达拉宫押解出来时，前来送行的民众跪拜于冰冷的大地，心痛难当。

看着跪满一地的众生，仓央嘉措终于忍不住流泪，他为信仰他的众生彻底动容。过往的叛逆是一场无法收拾的残局，他心中备感愧对佛祖，愧对众生，但一切都已无法挽回，泪水滑过他英俊的脸庞。

当押解队伍行至哲蚌寺时，几千位僧人乘军队不备，快速冲上前去把仓央嘉措解救出来，随后哲蚌寺的大门严实地关上，其余的僧人和信徒挡在门口，将哲蚌寺的道路堵得水泄不通。

那些清廷使者此时已经目瞪口呆，他们互相对望，不知该做什么。押解的蒙古军杀气腾腾，他们要强冲入寺，然而众武僧及众信徒死守寺门，不肯退让。僵持了半日，拉藏汗失去了耐心，下令军队强行冲进寺内，令拉藏汗没有料到的是，在面对生死和信仰的时候，坚强的格鲁派信徒用鲜血和身躯保护着他们心中的活佛。

仓央嘉措心中明白，拉藏汗这样的暴徒是绝不会因有人死去而善罢甘休的，他不忍见爱戴他的子民无辜地死在拉藏汗士兵的刀下，他走出寺院，大声说："住手，都住手，我跟你们走！"那些僧人和信徒再次跪拜，齐声诵经，高呼佛号，俯首哭喊，惊天动地，为他们心中爱戴的活佛送行。仓央嘉措没有回头，因为他不忍让子民们看到他眼中蓄满的泪，那个背影意味着仓央嘉措此去京城将永无归期。

解送仓央嘉措的队伍从布达拉宫出发，行进非常缓慢，他们翻过茫茫雪山，越过戈壁荒原，艰辛的路程，加上恶劣的天气，致使一些士兵终于经不起折磨而死在路上。经过几个月的艰辛跋涉，当他们抵达青海湖草原时，曾经风流倜傥的仓央嘉措已形销骨立。据《清史稿》记载：至京途中，年仅二十四岁的六世达赖，病逝于青海湖。然而，仓央嘉措的死因，众说纷纭，成了历史上以及藏传佛教里一个无法破解的谜。

但愿仓央嘉措将生命托付给那湛蓝纯净的湖水。

白羽的仙鹤
你的双翅借给我吧
我不飞往远处

只到理塘就要折回的

这首诗是当年仓央嘉措被押往京城的途中所写的。一开始，许多人不理解其中寓意，当仓央嘉措于青海湖畔失踪后，甘丹寺、哲蚌寺、色拉寺的僧人，从这首诗中悟出了仓央嘉措诗里隐藏的用意，是在暗示他们，他转世灵童的所在地。众僧抵达理塘，找到了格桑嘉措，并经过多方验证，确定了他就是六世达赖的转世灵童，将其尊为七世达赖喇嘛。

虽然格鲁派的众僧一致认为格桑嘉措为七世达赖，但清朝政府坚持认为格桑嘉措为六世达赖。直到乾隆四十八年（1783），乾隆皇帝册封强白嘉措为八世达赖喇嘛时，意味着已默认格桑嘉措为七世达赖，而仓央嘉措理当成为六世达赖。

从东边的山尖上
白亮的月儿出来了
“未生娘”的脸儿
在心中已渐渐地显现

三百年时光流逝，善良的人们从来没有忘记六世达赖仓央嘉措，他流传下来的情诗及情歌，一直在青藏高原上空乃至大江南北传唱着。

同向春风各自愁

那一次我同朋友去公园，看见一株盛开的丁香，密集的花朵沉沉地缀满枝丫，弯曲的枝干向着地面披垂下坠，淡紫色的花朵攒集成一个个圆锥形花序，同时绽开，在阳光的照射下散发着淡淡的芳香，成群的蜜蜂穿梭其中。香气梦幻般笼罩着我，我抚摸着那一朵朵花蕊，那里装满了生命的酒酿，那决然绽放的花，那么强烈的生命信息，为什么和一个“愁”字联系起来？

历代词人、诗人写丁香，大多托物寓意。丁香花虽不艳丽，却散发着淡淡的清香，这种气氛比较接近文人的心灵，所以，丁香在历代文人的精神世界里柔肠百结。

“芭蕉不展丁香结，同向春风各自愁。”（《代赠》）这是唐代著名诗人李商隐的名句，虽然短短十四个字，丁香的意义却被定格了，后人写丁香，就如写梅兰竹菊，大体是沿着这个意义扩展。

晚唐五代的牛峤在《感恩多》一词中写道：“自从南浦别，愁见丁香结。”这个晚唐词人似乎也对丁香产生了浓厚的兴趣，选择用丁香来寄托一种别离之情。宋代词人钱惟演《无题》诗：“合欢不验丁香结，只得凄凉对烛房。”以丁香暗喻相思，抒发内心无限的情感。尹鹗的词《何满子》:“欲表伤离情味，丁香结在心头。”金末元初诗人元好问诗:“一树百枝千万结，更应薰染费春工。”

历代文人借花来抒发心志，是由相似的审美情趣决定的，这其中有三个典型的代表人物。

第一个人物是李商隐，他为什么赋予丁香哀愁情绪？他的愁在何处？

李商隐，字义山，号玉溪生，又号樊南子，怀州河内（今河南沁阳）人，唐文宗开成二年（837）进士及第，曾任弘农尉、佐幕府、东川节度使判官等职。他年轻时文才出众，深得“牛党”成员令狐楚的赏识，后又被“李党”王茂元赏识，并将女儿嫁给他。“牛党”认为他忘恩负义，因此他受到“牛党”的排斥。“李党”对他也有所猜忌，他在牛、李两党的夹缝中生存，郁郁不得志，一生过得十分郁闷，四十六岁就死在了荥阳。

周汝昌先生曾说过:“玉溪（李商隐）一生经历，有难言之痛，至苦之情，郁结中怀，发为诗句，幽伤要眇，往复低徊，感染于人者至深。”那么，李商隐藏在这些诗中的“难言之痛，至苦之情”到底是什么？历来诗家众说纷纭，他的《锦瑟》《无题》《碧城三首》等诗都是很令人费解的，许多文人认为李商隐这些诗是政治讽刺，或者是党争之恨。但后来很多文人也否定了这种观点，因为在唐代和大兴“文字狱”的清朝是不同的，文人许多政治观点是可以自由抒发的。李商隐的许多政治诗都是观点鲜明、直刺时弊的。据一些资料记载：当年，李商隐赴长安赶考，途经洛阳，住在堂兄李让山家里，并与堂兄邻居十七岁的柳枝姑娘一见钟情。一天，柳枝姑娘在家门口与李商隐约定：三天后焚香以待，请郎君过访。李商隐欣喜地答应了。但在三天内，他的一个朋友将他的行李偷偷带到了长安，他为了追行李，不得不赶去长安，负了柳枝的约定。这年冬天，柳枝姑娘被关东的一位地方长官强行娶为妾，令李商隐伤感不已。

这是他的第一段情。李商隐的《锦瑟》千古流传："锦瑟无端五十弦，一弦一柱思华年。庄生晓梦迷蝴蝶，望帝春心托杜鹃。沧海月明珠有泪，蓝田日暖玉生烟。此情可待成追忆，只是当时已惘然。"这首诗是多年以后，李商隐对那段感情的痛惜和追忆。

李商隐的《代赠》诗，是他写给后宫一名同他有隐情的女子的诗作。"楼上黄昏欲望休，玉梯横绝月如钩。"前两句暗喻了女主角的身份之高。李商隐在一个偶然的机会见到了诗中的女主角，但她是一位皇室的王妃，用现代的话讲就是他爱上了一个不该爱的人。李商隐见到这位王妃之后便心魂不定，夜夜思念，并在一宫扇上写诗托人带给她：

霜月

初闻征雁已无蝉，百尺楼台水接天。

青女素娥俱耐冷，月中霜里斗婵娟。

这首诗虽然写得很含蓄，但王妃也是一名冰雪聪明的女子，"青女素娥"的冷寂孤单之情触动了她的心，所以，找个机会和李商隐在后堂见了一面，而且二人一见钟情。"嗟余听鼓应官去"，李商隐因公差不得不匆忙离去，这一面见得实在太匆匆。

他们都知道这一次冒险相会后，再想相见就难了。所以，李商隐在《代赠》中以一个女子的口吻，展现了她不能与情人相会的愁思，一个女子在黄昏时走到楼上想去望望远处，却又废然而止。“玉梯”取自南朝梁诗人江淹的“玉梯虚”，是说玉梯虚设，无人来登临。此诗的“玉梯横绝”意为玉梯横断，喻指情人被阻，不能来此相会。写女子渴望见到情人，想去楼上眺望，但想到情人必定来不了，只得止步，欲望还休，反映了女子孤寂无助的失望情态。“月如钩”烘托出环境凄凉，月儿不圆也象征着有情人不得团圆。

“芭蕉不展丁香结，同向春风各自愁。”（《代赠》后两句）

女子低头看看地上的景物，芭蕉的蕉心还没有展开，丁香也是缄结不开的花蕾，它们共同对着黄昏时清冷的春风，哀愁无限，更有一种“相见时难别亦难”的忧伤。

不久，李商隐外出任职，离开京城时他悲伤地写下了《板桥晓别》：

回望高城落晓河，长亭窗户压微波。
水仙欲上鲤鱼去，一夜芙蓉红泪多。

诗里的“红泪”是有出处的，据说魏文帝时的宫中美人薛灵芸离别亲人时所泣之泪用玉壶盛之，泪为红色。李商隐用此典故正是为宫中的情人王妃所发。

第二位借丁香抒发愁肠的是五代十国南唐皇帝李璟，他有一首词为《浣溪沙》：“手卷真珠上玉钩，依前春恨锁重楼。风里落花谁是主，思悠悠。青鸟不传云外信，丁香空结雨中愁。回首绿波三楚暮，接天流。”卷起珍珠做的帘子，挂上帘钩，在高楼上远望的我和从前一样，年年依旧的春恨笼罩着重重楼阁。风吹起落花，谁将是它的主人呢？越想越茫然，思绪悠悠。总盼青鸟（信使）能带来云外慰抚，但唯有雨中的丁香相伴而同愁百结，情深无奈。怅然回首眺望暮色里的三峡，一波绿水流向暮色苍茫的天际，犹如无限弥漫的浓浓忧愁。

“青鸟不传云外信，丁香空结雨中愁。”

这位南唐中主抒发的多愁善感的名句，不仅接续了李商隐的名句，而且请来了雨，让丁香深植于长江边的霏霏细雨中，更增加几分凄凉愁思。那么，这位皇帝的“愁”从何而来？

烈祖李昪育有五子：景通、景迁、景遂、景达、景逷，长子景通即李璟。景迁早夭折，景逷因母失宠。因此，在帝位继承上只有三人。

李璟幼有奇相，个性也宽容敦厚，又有文学才华，义祖父徐温非常喜欢他。但李璟明白，历代帝王之家，围绕一个帝座免不了生出许多是非，所以他处处谦让。他的谦让正是烈祖期望的为君的美德，于是，李璟当了皇帝。

遗憾的是，李璟在位期间，天下乱纷纷，后周世宗柴荣屡次派兵讨伐南唐。《元宗本纪》记载：贯穿于中主李璟帝王生涯的竟是讨伐。十几年间，南唐对外的战火一直未曾熄灭。后来大败于周师，便向后周称臣，改国号，自请降制，从此被称为江南国。李璟在位二十年，先后与闽、楚、吴越、南汉、后周开战，加之内乱频起，天灾连年，竟是国无宁日，国家处于一片风雨飘摇之中，一国之君，最后竟到了不得不向后周称臣的地步，怎会不愁肠百结地追问“风里落花谁是主”？

这种愁绪到了近现代，就有现代诗人戴望舒的名诗《雨巷》：

我希望逢着 / 一个丁香一样的 / 结着愁怨的姑娘 / 她是有 / 丁香一样的颜色 / 丁香一样的芬芳 / 丁香一样的忧愁 / 在雨中哀怨 / 哀怨又彷徨。

戴望舒（1905—1950），浙江杭县人。1923 年考入上海大学文学系，同施蛰存、杜衡创办《璎珞》旬刊。这首诗写于 1927 年夏天，当时戴望舒因参加革命活动，避居于松江的友人家中。

1927 年大革命失败后，进步青年因找不到出路、看不到前途而陷于彷徨迷惘的状态，在孤寂中咀嚼着大革命失败后的幻灭与痛苦。

《雨巷》描绘了江南梅雨季节的阴沉小巷，那狭窄的雨巷正是当时沉闷的社会现实，在雨巷中独自徘徊的那个像丁香一样的姑娘是一种美好理想的象征，她的出现和飘然而去象征着诗人对理想的追求和幻灭的痛苦。

戴望舒是一个有着强烈爱国精神的诗人，1941 年底，香港沦陷，他被日军以抗日罪名下狱。诗人在狱中备受折磨，但毫不屈服，他在狱中写下《狱中题壁》："如果我死在这里 / 朋友啊，不要悲伤 / 我会永远地生存 / 在你们的心上。" 表现了诗人面对随时到来的死亡毫不畏惧的精神。"你们之中的一个死了 / 在日本占领地的牢里 / 他怀着的深深仇恨 / 你们应该永远地记忆。" 诗中对日本侵略者有着刻骨的仇恨。

1942 年春，戴望舒被营救出狱。抗战胜利后他回上海任教，1950 年因病逝世。

虽然戴望舒一生情路坎坷，但他有着美好的初恋。1928 年，在戴望舒忧郁而强烈的感情世界里，他遇到了"一个丁香一样的姑娘"——施绛年。因天花使脸上终身落下残痕的戴望舒，在讥讽嘲笑中长大，虽然他深爱着施绛年，而且二人几乎天天相见，但他对施绛年的爱情羞于启口，只能借诗表白。他每天给报刊写诗，是为了谋生；他每天给施绛年写诗，抒发他对施绛年的爱，但他从未直接交给过她。由于每天必写的两首诗装错了信封，促成了二人的姻缘。两个人订了婚，虽然他们最终没能走进婚姻的殿堂，但戴望舒把最纯真的感情给了施绛年，施绛年也终身未嫁，给后人留下了一段动人的传奇。

零落年深残此身

上阳人，红颜暗老白发新。
绿衣监使守宫门，一闭上阳多少春。
玄宗末岁初选入，入时十六今六十。
同时采择百余人，零落年深残此身。
忆昔吞悲别亲族，扶入车中不教哭。
皆云入内便承恩，脸似芙蓉胸似玉。
未容君王得见面，已被杨妃遥侧目。
妒令潜配上阳宫，一生遂向空房宿。
宿空房，秋夜长，夜长无寐天不明。
耿耿残灯背壁影，萧萧暗雨打窗声。
春日迟，日迟独坐天难暮。
宫莺百啭愁厌闻，梁燕双栖老休妒。
莺归燕去长悄然，春往秋来不记年。
唯向深宫望明月，东西四五百回圆。
今日宫中年最老，大家遥赐尚书号。
小头鞋履窄衣裳，青黛点眉眉细长。

外人不见见应笑，天宝末年时世妆。

上阳人，苦最多。

少亦苦，老亦苦，少苦老苦两如何？

君不见昔时吕向《美人赋》，又不见今日上阳白发歌！

这首《上阳白发人》是白居易《新乐府》五十首中的第七首，词中描述了入宫一女子从十六岁到六十岁被幽禁深宫之一生的悲凉与绝望，揭露了封建帝王广纳嫔妃的荒诞与残忍。诗中的“上阳”指当时东都洛阳的皇帝行宫上阳宫。唐朝天子从开元二十四年（736）十月以后，不再到东都，上阳宫自然成了冷宫，但仍有大量宫女被禁锢在戒备森严的冷宫里，诗中的上阳白发人就是其中之一。

“玄宗末岁初选入，入时十六今六十。”一个“脸似芙蓉胸似玉”、花容月貌的女子被选入宫时刚刚十六岁，几十年过去，当年的花容月貌已暗暗消失，如今已经六十岁，已是白发如银的垂暮老人。

“未容君王得见面，已被杨妃遥侧目。妒令潜配上阳宫，一生遂向空房宿。”当年入宫时，还没来得及与君王见一面，被贵妃娘娘远远地冷眼相望，遭到嫉妒，被送进了上阳宫，从此，一生独守空房。

“宿空房，秋夜长，夜长无寐天不明。耿耿残灯背壁影，萧萧暗雨打窗声。”漫长的秋夜，独守一盏残灯无眠，企盼着天亮，只有残灯壁影相伴，夜雨潇潇敲打着门窗，无限凄凉。

“春日迟，日迟独坐天难暮。宫莺百啭愁厌闻，梁燕双栖老休妒。莺归燕去长悄然，春往秋来不记年。”春天也是那样漫长，独坐望着天，天又黑得那么晚，宫里的黄莺百啭啼鸣，不但没有带来任何欣喜，反而增加了满怀愁绪，梁上的燕子成双成对，同飞同栖，本该让人羡慕嫉妒，可现在已绝望得再没有任何感情。黄莺和燕子飞来飞去，飞去飞来，送走了春天，迎来了秋天，送走了秋天，又迎来了春天，已经记不得有多少年了。

“小头鞋履窄衣裳，青黛点眉眉细长。”外面已是“时世宽装束”，描眉也是短而宽了，而她还是几十年前的打扮，穿的还是小头鞋子、窄窄的衣裳，还是用青黛画眉，画得又细又长。

“今日宫中年最老，大家遥赐尚书号。”如今已是上阳宫中最老的一位宫女，皇帝听说后，送了一个“女尚书”的称号。垂暮之年，担一个“女尚书”的虚名，能抵偿一生被幽禁深宫的悲哀吗？

封建统治者为了自身的需求，强迫大量民女入宫，进宫时经过千挑万选，个个秉花柳之姿，她们带着一身的美貌、一身的风韵进了宫门，但皇帝的后宫佳丽三千，得到宠爱的能有几个？她们几十年如一日，被禁锢在深宫中，失去了做妻子、做母亲、做一个真正女人的权利，白白葬送如花似玉的青春年华。深宫高墙禁锢了多少红颜！没有温暖、没有人性的冷宫，蚕食了她们的容颜，摧残了她们的青春，吞噬了她们的生命，让她们在深宫中静静凋落。

宫闱之内幽怨多，若清点封建时代的宫怨诗词，你会发现，多少红颜在那一片高墙之内悄无声息地枯萎了、凋零了，化为灰土。李白的《玉阶怨》也有异曲同工之处。“玉阶生白露，夜久侵罗袜。却下水晶帘，玲珑望秋月。”描写了一个深宫女子的生活片段，玉石台阶上生起露水，女子独自站在台阶上直到深夜，露水将她的罗袜浸透了。她回到屋里放下水晶帘，仍然心生哀愁无法入眠，痴痴地望着天上的月亮。

“玉阶”出自班婕妤《自悼赋》中的“华殿尘兮玉阶苔”。班婕妤才貌双全，除诗词歌赋外，她还精通音律，深得汉成帝的宠幸，不但皇帝喜欢，连汉成帝的母亲——皇太后对班婕妤也是多多称赞。但是，赵飞燕姐妹的出现，致使班婕妤在宫中稳固的地位被颠覆了，也落个凄凉的下场。

赵氏姐妹原是阳阿公主府上的舞女，后被汉成帝看中得以入宫，入宫后风头一时无两。姐姐飞燕体轻如燕，舞姿优美，能在“掌上起舞”。妹妹合德风情万种。有了赵氏姐妹，汉成帝很快就把班婕妤忘了。班婕妤看尽了宫中的争斗和悲凉，她曾写下一首《怨歌行》，又名《团扇歌》，大意是：炎炎夏日，扇子是最有用的时候，可秋天一到，扇子也不再被需要了，无论它多么有用过，也逃不开被抛弃的命运，深宫的女子也是如此。历史上如班婕妤这样的人不计其数，天底下的男人皇帝怕是最喜新厌旧的一个，天底下怕是没有一个地方能比宫墙困住更多的红颜。

古代很多描写深宫女子幽怨的诗词，被称为“宫怨诗”，如王维的《秋夜曲》、王昌龄的《西宫秋怨》、顾况的《宫词》等。张祜的《何满子》更是入木三分：“故国三千里，深宫二十年。一声何满子，双泪落君前。”

年年岁岁，一批又一批年轻貌美的女子，在深宫中重复着同样的凄惨命运：零落年深残此身。

唐代诗人崔郊有诗云“侯门一入深如海”，不管是侯门还是宫门，道理都是相同的，既然如此，现世的红颜又何必往“海”里跳呢？

当时父母念，今日尔应知

梁上有双燕，翩翩雄与雌。衔泥两椽间，一巢生四儿。
四儿日夜长，索食声孜孜。青虫不易捕，黄口无饱期。
嘴爪虽欲敝，心力不知疲。须臾十来往，犹恐巢中饥。
辛勤三十日，母瘦雏渐肥。喃喃教言语，一一刷毛衣。
一旦羽翼成，引上庭树枝。举翅不回顾，随风四散飞。
雌雄空中鸣，声尽呼不归。却入空巢里，啁啾终夜悲。
燕燕尔勿悲，尔当返自思。思尔为雏日，高飞背母时。
当时父母念，今日尔应知。

这首诗的大意是：梁上有一雄一雌两只燕子，它们口衔着泥，忙忙碌碌地在两椽间筑了一个巢，生了四只小燕。这四只小燕不停地叫，不断地向父母乞食。小燕一天天地长大，好像永远吃不饱似的，可是，捕捉活的小虫不容易啊！为了捕虫供养小燕们吃，雄雌双燕的嘴和爪子都磨破了，但它们仍不知疲倦，不怕辛苦，不断地、重复地捕食，给小燕喂食。片刻之间它们就往来忙碌十多次，如此辛苦，只是担心巢里的儿女吃不饱而挨饿。

辛辛苦苦三十天的哺育期里，小燕子一天天长大，一只比一只肥壮，母燕却因操劳过度而日见消瘦。尽管如此，母燕却不愿多休息，不辞劳苦地教小燕子学语言，一个接一个帮它们刷羽毛。

终于有一天，小燕们的羽毛和翅膀全长齐了，可以飞了。母燕带领它们飞到庭院的树枝上，可小燕们张开了翅膀，随风四散飞走了，尽管雌雄双燕不停地呼唤，还是叫不回小燕们，它们只好无奈地飞回这空空的巢里，一整夜伤心地悲鸣不停。

燕子啊，你们别伤心，应该好好地回想一下你们高飞背母时的那一刻，你们的父母当时是什么感觉，现在你们也应该体验到了吧？

这首《燕诗示刘叟》是白居易写给一位刘姓老人的，这个老人有个很疼爱的孩子，离家出走背弃了他，老人很悲伤，很想念他的儿子。诗人有感于老人年轻时也做过背离父母的事，所以写了这首寓言诗给他。

诗中叙述了双燕辛劳地抚育幼燕的经过，深刻地反映了父母养育之恩的伟大。每当我读到这首诗，就想到为我们操劳一生的父母，想起他们对子女那无法言喻的爱，我的眼里总是噙满泪水，也更加怀念逝去的父母。

我们小的时候，不也像四只燕子一样“索食声孜孜”？而父母也是“嘴爪虽欲敝，心力不知疲”，他们宁愿自己百般辛劳，也不让我们冻着、饿着。

这一生中，最无法报答的就是父母的养育之恩，他们在世时我们往往忽略了对父母的关爱，忙工作、忙家务。时光匆匆而过，父母离开了我们，才觉得给他们的回报太少太少。

安葬父亲那天，三妹对我说：“大姐，我要给爸爸扎一栋楼，爸爸在世时没住上楼。”我没有反对，但我心里清楚，父亲已经去世了，给他扎一百栋楼又有什么用呢？只是一点心理安慰而已。所以，作为儿女，父母健在时要多孝敬他们，他们腿脚好，就多带他们出去走一走；父母喜欢吃什么，需要什么，要尽力满足他们。其实父母对儿女的要求很少很少。

父亲去世后，在收拾他的东西时，我发现在老木柜里还保存着一张飞机票。老木柜常常是锁着的，父母总是把一些贵重的东西放在里边，可以看出这张机票在父亲心目中的位置。

父母从没坐过飞机，1996 年 11 月，我休了几天假，决定带他们去海南旅游。父母得知后非常高兴，但知道要花费很多钱，就觉得太贵，不想去了。我告诉他们钱已交给旅行社（当时还没交），不去也要不回来了，这样，父母才不得不去。我同小妹陪父母从北京飞海口，坐上飞机，父母很是兴奋，让小妹多给拍了几张照片，那时相机用的还是胶卷，小妹前后左右一气地照，直到一卷胶卷全部用完。我特意给父亲要了一个靠窗的位置。飞机起飞后，父亲和母亲轮换着从窗口往下看。那是七十多岁的父亲第一次坐飞机，也是他一生中唯一一次坐飞机。所以，那张飞机票他一直保存着。

11 月的东北已下了雪，北京也进入了冬季。到了海口，父母见到树木依然青翠，绿草如茵，鲜花正艳，不断地赞叹。母亲不断地问我：“这是咱们中国的地盘吗？”我告诉她：“这只是我们的一个省。像这样好看的地方还多着呢！等过几年我退休了，我带你们都去看看。”到了三亚，面对一望无际的大海，母亲又问我：“这海也是我们国家的吗？”我说：“当然是，这只是一小部分，我们的海还多着呢！”父母在海边照了许多照片，看到父母的兴奋劲儿，我心想：以后退休了一定多带他们出来走走。

谁能料到，我还没退休，父亲就去世了。父母相依相伴六十年，父亲一走，母亲精神上一下子就垮了，身体一天不如一天，后来连路也不能走了，所想的、所要安排的都已无法实现。

“当时父母念，今日尔应知。”父母为儿女的付出，做儿女的一定要知道。在父母健在时，要多关爱他们，尽力地报答他们，不要等他们离开了，而留下太多的遗憾。

老境唯存一束书（后记）

初识世事的童年，我就喜欢读书。尽管那时的小人书才几分钱一本，可还是没钱买，只好千方百计地借书看。

1968年高中毕业下乡后，我开始写日记，也有感而发地写一些文章，那时读的一些诗歌基本都是手抄稿。参加工作后，每月有了固定的收入，我便从生活费中节余一些开支用于买书。与人合编过书，也合写过书，自己独立成书是2008年出版的诗集——《水滴集》。

原计划用两年时间把我写过的文章整理一下，出一本散文集。2010年，我的眼睛做了一个手术，医生劝告我不能再过度用眼，我不得不节制自己的读书和写作时间，不能像以前那样兴致来了读到、写到凌晨。尽管在读书和写作上有所节制，但我始终没有放弃。经过近两年时间的筛汰和修改，这本散文集终于成册，虽然比原计划晚了两年，但甚感欣慰。

“少年曾纵千场醉，老境唯存一束书”，读放翁的这两句诗，我深有同感。一个人来到这个世界上走一趟，总应给后人留点东西，这种东西不是物质财富，而是一种精神，一种纯洁、高尚的精神，我愿把这种精神留存在我的一束书里。

文学传达的是人的思想情感，其中自有喜、怒、哀、乐。

记忆是萦回岁月的烟云，在那些已经消失的时间里，那些经历过的事情，那些目睹的场景，那些朋友间、师生间深深的情谊，还有那些压在心底的无法抹去的伤痛和无奈……总是那样自然清晰地浮现在眼前，似乎还留存着当年的温度，这个时候就会情不自禁地拿起笔去抒发内心的感受、感悟、感慨和感动。收集于本书中的文章，多为记事遣怀之作，有我自身生活的记忆，也有对社会生活的感悟和思考。我遵从的是事情的本来面目，展示的是我真实的心态，所以，我写的每一笔都有我人格的介入。

中华文化博大精深，古典诗词从形式到内容都充满着中华文化的独特之美。那些早已消失于历史烟云中的人物，在我的阅读和思考中，似乎重新转活，给我们现世人同样的教化和激励。无论是山水怡情，还是诗词陶冶，都有我自身的情感在里面。

铅华落尽，我特别感谢李国文老师为本书赐序。回想起来，我也是读着他们这一代老文学家的书成长起来的。文学艺术是一种境界，是通往灵魂深处的营养，滋润着我的心田。在阅读那些优秀的文学作品时，我的心真正地沉静下来，脱离浮躁，让心灵保持着宁静和坦然，也因那些文字的陪伴，我的生活增添了许多色彩。

我非常感谢对本书的出版给予支持和关怀以及为编辑付出辛苦的朋友们，再次表示深深的敬意和谢意！

“老境唯存一束书。”如今，我有自己喜爱的一束书可读、可存，还要有自己写的一束书可编、可存。此外，别无所求。